mtb

Umwelthinweis:
Dieses Buch wurde auf chlor- und säurefreiem Papier gedruckt.

Ben Bennett

Die Traumweberin

Roman

MIRA® TASCHENBUCH
Band 25895
1. Auflage: Januar 2016

MIRA® TASCHENBÜCHER
erscheinen in der HarperCollins Germany GmbH,
Valentinskamp 24, 20354 Hamburg
Geschäftsführer: Thomas Beckmann

Originalausgabe

Konzeption/Reihengestaltung: fredebold&partner GmbH, Köln
Umschlaggestaltung: pecher und soiron, Köln
Redaktion: Sarah Hielscher
Titelabbildung: Thinkstock / TomasSereda / photonaj
Illustrationen im Innenteil: Detlef Krause
Autorenfoto: Melike Akdülger
Foto Carlos: Ben Bennett
Satz: GGP Media GmbH, Pößneck
Druck und Bindearbeiten: CPI books GmbH, Leck – Germany
Printed in Germany
Dieses Buch wurde auf FSC®-zertifiziertem Papier gedruckt.
ISBN 978-3-95649-262-4

www.mira-taschenbuch.de

*„A dream you dream alone is only a dream.
A dream you dream together is reality."*

John Lennon

Schlüsselloch: Ein Geheimnis

Lexikon der Träume

St Ives, Cornwall, September 1997

„*Lieber unsichtbarer Freund …*"

So nannte sie ihn seit seiner Abreise.

Ruby las leise und andächtig mit, während ihre Augen dem geschwungenen Lauf der Tinte folgten. Zäh wie schwarzes Blut floss sie aus dem Füllfederhalter in ihrer kleinen Hand auf den blütenweißen Bogen Papier.

Es tut mir leid, dass passiert ist, was passiert ist. Kannst Du mir verzeihen? Ruby.

Mehr noch als die Dinge, die wir tun, sind es die Dinge, die wir *nicht* tun, die wir später am schwersten bereuen – ihre Großmutter hatte das einmal gesagt, und hier und jetzt ahnte Ruby, was sie damit meinte.

Ihr Blick fiel auf den Brief, den sie soeben verfasst hatte.

Sollte sie ihn wirklich abschicken? Oder war es besser, auf den nächsten Sommer zu warten und es ihm selbst zu sagen?

Bevor sie länger darüber nachdenken konnte, hob sie erschrocken den Kopf.

Was … war das?

Ein fernes Geräusch, das aus einem anderen Flügel des Anwesens zu ihr herüberwehte, ließ sie aufhorchen. Es klang wie ein leises Schluchzen. Vorsichtig legte sie den massiven Füllfederhalter auf dem kleinen Nachttisch neben ihrem Bett ab, den sie kurzerhand zu ihrem Schreibtisch umfunktioniert hatte.

Nur Augenblicke später lief sie auf nackten Füßen durch das herrschaftliche Haus.

Nun, eigentlich war es ein Palast. Jedenfalls in ihrer Phantasie. Ein Palast, in dem sich hinter jeder Tür und jeder Wand ein Geheimnis verbarg.

Sie durchquerte den mächtigen Saal, an dessen Decke trompetende Engel über einen türkisblauen Himmel flogen. Vorbei an dem großen, mit Goldbrokat bezogenen Diwan und der geschwungenen Marmortreppe, die ins Obergeschoss führte.

Doch Ruby wollte nicht ins Obergeschoss.

Sie wollte nur eines: herausfinden, woher das Geräusch kam.

Fest stand: Sie war ihm dicht auf den Fersen, denn nun vernahm sie es sehr viel klarer und deutlicher. Es klang, als würde jemand weinen.

Behutsam drehte sie den kühl glänzenden Messingknauf in ihrer Hand, der die Tür zu dem Schlafzimmer ihrer Großmutter öffnete. Und steckte ihren Kopf fast ein wenig ängstlich durch den Spalt, der freigegeben wurde.

Es war stockdunkel in dem Zimmer.

„Granny?“, fragte sie schüchtern. „Tilda, bist du da?“

„Oh ... Ruby ... was ... machst *du* denn hier?“

Die Stimme ihrer Großmutter klang überrascht. So als hätte sie nicht damit gerechnet, dass jemand sie hören konnte. So als hätte sie überhaupt vergessen, dass außer ihr noch jemand im Haus war.

„Bist du krank?“, fragte Ruby besorgt.

„Nein, ich ... ich bin nur ein wenig traurig, mein Liebes“, erwiderte Tilda. Die Worte wehten von dem Himmelbett an der Fensterpartie zu ihr herüber. Es war heller Nachmittag, doch die Vorhänge waren zugezogen, sodass nicht der kleinste Lichtstrahl in das Zimmer gelangen konnte. „Die Dunkelheit hat mich gefangen genommen“, fügte sie mit zerbrechlicher Stimme hinzu.

„Mach dir keine Sorgen, Granny!“, versuchte Ruby sie zu beruhigen. Sie war nur ein kleines Mädchen, aber sie wusste im selben Augenblick, wie sie das Problem in den Griff bekommen würde.

Tapfer marschierte sie durch das Dunkel in Richtung eines winzigen Lichtstrahls, der zwischen den Vorhängen hervorblitzte. Um daraufhin den schweren Vorhang mit aller Kraft aufzuziehen, die ihre dünnen Arme aufzubringen vermochten. Sofort flutete das warme Spätsommerlicht den Raum.

Ruby wandte sich um und entdeckte ihre Großmutter.

Sie hatte sich auf dem Bett aufgesetzt und hielt sich schützend die Hand vor das Gesicht – ihre Augen mussten sich erst an das gleißende Licht gewöhnen, das in das Zimmer fiel wie ein goldener Nebel, in dem der Staub umherwirbelte wie ein Meer aus winzigen glitzernden Sternen.

„Besser?", fragte Ruby.

„Viel besser", erwiderte Tilda, während sich ein leises Lächeln auf ihr Gesicht legte und sie mit der flachen Hand auf den mit weißen Laken bezogenen Platz neben sich klopfte. „Du bist ein Engel, weißt du das? Ein Engel, der die Dunkelheit vertreibt."

Nun, bis dahin hatte sie es nicht gewusst – wie auch?

Sie war erst acht Jahre alt.

Aber in diesem Augenblick wurde ihr klar, was sie mit ihrem Leben anfangen würde. Sie würde die Dunkelheit vertreiben – sie würde ein Licht sein.

St Ives, Cornwall, Dezember 2014

Ruby Light! Wo zur Hölle steckst du schon wieder?" Die Stimme der Oberschwester hallte über den langen, bernsteingelb gestrichenen Flur, mächtig wie die tosenden Wellen, die in dieser stürmischen Nacht draußen vor den Toren an das Kliff brandeten – und weckte sie unsanft aus ihren Gedanken.

Das vor einem Jahrhundert aus dem unverwüstlichen Holz englischer Wälder erbaute Hospiz, in dem Ruby arbeitete und Alte und Sterbende auf ihre letzte Reise vorbereitete, thronte auf einem von Wind und Wellen zerzausten Felsen am Rande des Seebads St Ives in Cornwall – an der vom Meer geküssten Südspitze Englands. Das ganze Jahr über wehte ein salziger Duft durch die Türen und Fenster des altehrwürdigen Anwesens.

„Schon unterwegs!", rief sie so laut sie konnte über den frisch gewienerten Flur hinweg zurück. Denn Rosamund war schwerhörig. Auch wenn bis heute niemand genau wusste, ob sie nicht hören *konnte* oder nicht hören *wollte*.

Orkanwarnung.

Sie hatten die Meldung am Vormittag im Radio gebracht. Der Wind zerrte rüde an Fensterrahmen, Türen und Wänden, so als wolle er das ganze Gebäude in einem einzigen Stück aus seinen Angeln heben und es mit einem weit ausholenden Schwung in das aufgepeitschte Nachtmeer werfen. Das Haus ächzte und stöhnte wie sonst nur seine Bewohner in schweren Nächten. Einzig und allein der Leuchtturm verstrahlte ein wenig Hoffnung – und schickte sein fahles Licht von der anderen Seite der Bucht hinweg zu ihnen herüber. Aus der kleinen, unsichtbar gewordenen Stadt, die genau wie das Krankenhaus in völlige Dunkelheit getaucht war.

Vor einer Viertelstunde war der Strom endgültig ausgefallen. Die Generatoren waren planmäßig eingesprungen, aber sie waren zu schwach, um alle Zimmer auf längere Zeit hin mit dem üblichen Komfort zu versorgen. Sie hielten nur die medizinischen Notfunktionen aufrecht. In ein, zwei Stunden würde der

Strom wieder da sein, hoffte Ruby. Sonst würde es kalt werden in dieser Nacht – eiskalt.

Es war ihr freier Abend. Nun: eigentlich.

Der Orkan hatte ihr einen Strich durch die Rechnung gemacht.

Stattdessen hatte Rosamund ihr aufgetragen, mit Kerzen und Streichhölzern von Zimmer zu Zimmer zu ziehen.

Wie immer bei solchen Unwettern schien eine fast heitere Stimmung in der Luft zu liegen, ein für einen Ort des nahen Todes überaus lebendiges Gemurmel, Geplapper und Geflüster, als Ruby schließlich wenig später mit einem wild flackernden Kerzenleuchter aus Messing in der Hand das Zimmer des alten Harry Winston betrat.

„Es werde Licht", begrüßte er sie wie immer in Anspielung auf ihren Namen, als sie die Tür zu seinem in völliger Dunkelheit liegenden Raum aufstieß und eine große vanilleweiße Kerze auf dem Nachttisch neben seinem Bett entzündete. Im Spiegel an der Wand erblickte sie eine blasse, zarte junge Frau mit langem rotem Haar und blauen Augen – im flackernden Kerzenlicht sah sie beinahe aus wie ein Gespenst.

„Ein ziemliches Unwetter da draußen", bemerkte ihr Patient mit müder Stimme. „Ich wette, morgen früh wird so einiges angeschwemmt – na ja, ob ich das noch erlebe, steht ohnehin in den Sternen."

Er lag unbeweglich in den Laken und verzog keine Miene, die Hände über der Decke auf dem Bauch gefaltet. Sein Körper war ausgemergelt und verbraucht wie ein uraltes Werkzeug, aber er hatte den Kampf noch nicht aufgegeben.

Es war die Hoffnung auf ein Morgen, die ihre Patienten am Leben hielt. Noch einmal das Licht des erwachenden neuen Tages einzufangen, bevor sie sich endgültig auflösten und sich selbst in Licht verwandelten. Die Hoffnung, sich letzte noch offene Fragen zu beantworten. Fragen, für deren Klärung sie im Leben keine Zeit gefunden hatten.

Eines Tages würde sie selbst diesen Weg antreten. Ruby hoffte, dass sie an diesem Tag ihre Fragen zu ihrer eigenen Zufriedenheit beantwortet hatte.

„Wenn Sie Ihr Leben noch einmal leben könnten, würden Sie alles ganz genauso machen?“ Ruby stellte diese Frage jedem auf ihrer Station. Und jeder fand eine andere Antwort darauf.

„Es ist die Hoffnung auf eine bessere Zukunft, die uns Menschen morgens aufstehen lässt“, hatte ihr Harry Winston erst vor Kurzem gesagt. „Aber was, wenn die Zukunft hinter einem liegt? Wofür steht man *dann* auf? Dann nämlich bleibt einem endgültig nichts anderes mehr übrig, als das zu tun, was man schon lange zuvor hätte tun sollen: die Gegenwart zu genießen. Jeden einzelnen Augenblick auszukosten wie einen Tropfen kostbaren Weins.“

Es waren Antworten wie diese, die sie ihren Beruf lieben ließen. Antworten, die geheimes Wissen enthielten oder Fragen klärten, an deren Lösung sie ansonsten möglicherweise ein Leben lang zu knabbern hätte. Die Aussagen ihrer Patienten, deren Zukunft fast gänzlich verbraucht hinter ihnen lag wie ein Tank, in dem sich nur noch Benzin für ein paar Kilometer befand, ohne dass weit und breit eine Tankstelle in Sicht war, markierten die Brücke zwischen Alt und Jung. Die Brücke, die all die Jahre und Jahrzehnte, die zwischen ihnen und ihr lagen, miteinander verband.

Ruby war dankbar für jede einzelne dieser Antworten, denn sie würden ihr dabei helfen, ihr Leben richtig zu leben.

Dank ihnen hatte sie bereits mit fünfundzwanzig Jahren gelernt, worauf es im Leben ankam: Jeder Mensch hat eine Melodie, die ihm in die Wiege gelegt wird und die nur ihm allein gehört. Das Problem ist das Begleitrauschen – die Melodien anderer Menschen, die uns dazwischenfunken. Man muss um jeden Preis versuchen, seiner eigenen Melodie treu zu bleiben. Man darf nicht zulassen, dass andere Melodien sie übertönen. Denn diese von einer göttlichen Kraft für uns komponierte Melodie nehmen wir mit, wenn wir eines Tages die uns bekannte Welt verlassen und unsere Reise ins Unbekannte antreten – und wenn wir sie bis dahin gut beschützt haben, ist aus dieser einst kleinen Melodie ein ganzes, großes, ja vielleicht sogar *großartiges* Lied geworden.

Oder gar eine Symphonie.

Manchmal, wenn Ruby abends erschöpft nach einem langen Arbeitstag in ihr Bett fiel, fühlte sie sich wie eine uralte Seele, die Tag für Tag in einem nagelneuen Anzug durch die Welt spaziert, während das Leben um sie herum verblüht.

„Tja, so ist es nun mal, das Leben …“, erklärte Harry Winston, als hätte er ihre Gedanken erraten. „Es beginnt als Suche, und es endet als Suche. Und wenn wir gut waren, haben wir zwischendurch die eine oder andere Sache richtig gemacht. Und ein paar Hinweise gefunden – das ist im Grunde nicht anders als beim Versteckspielen.“

„Wenn wir nur wüssten, *wonach* wir suchen …“, seufzte Ruby zustimmend. Doch kaum hatte sie ausgesprochen, blickte der alte Mann sie überrascht an. „Das wissen Sie nicht?“, fragte er.

Ruby schüttelte den Kopf.

„Alle Menschen suchen das Gleiche“, erklärte er. „Sie, ich – alle.“

„Und was ist es, das wir suchen?“

„Der Himmel“, erklärte er kurz und knapp.

„Der Himmel?“

„Nun ja, ich weiß schon, dass Sie nicht wirklich an ihn glauben“, erwiderte ihr Patient mit einem Augenzwinkern. „Die Zeiten haben sich geändert. Meine Generation glaubte noch, der Himmel sei irgendwo dort oben.“ Er wies mit dem Zeigefinger an die Zimmerdecke. „Im Himmel eben“, fuhr er fort. „Eigentlich naheliegend.“

Sein belustigtes Lächeln erhellte den Raum für einen Moment strahlender, als es die Kerze auf dem Nachttisch vermochte.

„Ihre Generation wiederum glaubt, der Himmel sei nichts weiter als bloße Erfindung“, fuhr er fort. „Und soll ich Ihnen was sagen? Beides ist Unsinn“, konstatierte er.

„Aber … wo ist er dann … ich meine, wenn es ihn wirklich gibt?“

„Genau hier – auf der Erde!“

Er blickte sie an, als wäre diese Einsicht genauso naheliegend wie die Tatsache, dass eins und eins zwei ergibt.

„Nun, theoretisch zumindest. Nur ist er leider praktisch unsichtbar, weil er hier nicht willkommen ist.“ Er stieß einen melancholischen Seufzer aus. „Was aber nicht heißt, dass er nicht da ist. Doch leider gibt es eine bis heute unbesiegbare Macht, die den Himmel auf Erden verhindert. Die dafür sorgt, dass Frieden, Liebe und Glückseligkeit sich nicht wie eine unaufhaltsame Welle über die ganze Welt ausbreiten.“

„Und … wer ist diese Macht?“, hakte Ruby nach. Jetzt wurde es wirklich spannend. Das war typisch Harry Winston. Immer wieder gelang es ihm, sie mit seinen kleinen philosophischen Ausflügen zu faszinieren.

„Wir“, erklärte er trocken und wirkte erneut fast ein wenig erstaunt über ihre Ahnungslosigkeit. „Wir – die Menschen.“

„Wir?“ Ruby stutzte. „Aber was können wir tun, um …“

„… den Himmel auf Erden Wirklichkeit werden zu lassen? Ganz praktisch gedacht? Nun, zuallererst könnten wir einen neuen Feiertag einführen. Es gibt so viele unsinnige Feiertage in unserer Gesellschaft – wieso führen wir nicht einen sinnvollen ein?“

„Und was feiern wir an diesem Tag?“

„Die Menschlichkeit“, erklärte er. „An einem Tag des Jahres verpflichten sich alle Menschen auf der ganzen Welt, für vierundzwanzig Stunden nur Gutes zu tun. Ein Lächeln hier, eine Umarmung dort, kleine und große gute Taten, nette Gesten, Geben statt Nehmen. Glauben Sie mir, nachdem wir diesen Tag der Menschlichkeit nur ein einziges Mal begangen hätten, wäre die Welt bereits eine andere – und die restlichen 364 Tage würden schon bald ganz automatisch folgen. Weil niemand mehr diesen Tag missen möchte. Denn wenn alle nur Gutes *tun*, *bekommen* automatisch alle auch nur Gutes. Dadurch, dass wir alle *geben*, werden wir alle reich *beschenkt*. Ist das nicht genial?“

Ruby konnte spüren, wie die Idee sie in ihren Bann zog. Sie war so einfach. So machbar. Nur schlechte Menschen konnten sie ins Reich der Phantasie verbannen.

Offenbar war Harry Winston ihre Begeisterung nicht entgangen.

Er lächelte sie neugierig an.
„Und? Wie stellen Sie sich den Himmel vor, Schwester? So wie der Rest Ihrer Generation – wie eine Tüte Luft?“
Ruby schüttelte den Kopf.
„Ich weiß es nicht, ehrlich gesagt. Früher habe ich ihn mir als eine prachtvolle Bibliothek vorgestellt. Voller riesiger alter Bücher mit allen Antworten auf sämtliche Fragen des Lebens. Mit Engeln, die an langen hölzernen Tafeln vor leuchtenden Leselampen sitzen und die Geschichte eines jeden einzelnen Menschen, der je geboren wird, in diese Bücher schreiben – und zwar noch *bevor* er geboren wird.“
Während sie sprach, war ihr Zuhörer ihren Worten interessiert gefolgt. Jedenfalls wenn sie seinen Gesichtsausdruck richtig deutete.
„Auch eine Idee …“, pflichtete Harry ihr nach einer kurzen andächtigen Pause bei. „Und heute glauben Sie das nicht mehr?“
„Nun, manchmal schon noch“, gestand sie. „Aber es ist wohl eher Wunschdenken. Ich glaube, die Wahrheit ist komplizierter …“
„Ja, das ist sie wohl …“, stimmte er ihr nachdenklich zu. Um ihr dann ein anerkennendes Lächeln zu schenken. „Ich muss schon sagen: Für ein Mädchen Ihres Alters haben Sie eine gesunde Phantasie. Die wird doch heute den Kindern eigentlich schon mit der Muttermilch ausgetrieben. Wo haben Sie sich versteckt, als Ihre Mutter und Ihre Lehrer das versucht haben?“
„Nun, ich hatte eine *gute* Lehrerin“, erklärte Ruby.
„Aha? Und darf ich fragen, wer das war?“
„Meine Großmutter“, löste sie das Rätsel auf. „Sie hat mir vieles beigebracht, ich habe nahezu meine ganze Kindheit mit ihr verbracht.“
„Hm … das klingt ausgezeichnet“, erwiderte der alte Mann. „Und nach ein paar mehr schönen Geschichten. Wissen Sie was? Lassen Sie uns doch noch ein wenig weiterspinnen. Bleiben Sie einfach noch ein bisschen bei mir und leisten Sie mir Gesellschaft“, bat er sie.

Doch im selben Moment steckte bereits jemand den Kopf zur Tür herein, der anderer Meinung war.

„Schluss für heute!“, befahl die Oberschwester – und sowohl Ruby als auch Harry Winston gaben vorsichtshalber keinen Mucks von sich.

Am nächsten Morgen hatte sich das Gewitter verzogen. Der sich langsam aufhellende Himmel über St Ives ließ auf einen ruhigen, kristallklaren Wintertag hoffen.

Doch all der Friede konnte nicht darüber hinwegtäuschen, dass der Sturm in der vergangenen Nacht einigen Schaden angerichtet hatte: Über den weiten parkartigen Rasen vor dem Haus verteilt lagen zerbrochene Dachpfannen. Die Dachdecker würden anrücken müssen, so viel stand fest.

Eine geheimnisvolle, fast märchenhafte Stille lag in der Luft, als Ruby sich auf den Weg nach Hause machte. Kein Windhauch regte sich, kein Hund bellte. Die Welt wirkte so zerbrechlich wie Blumen, die über Nacht vom Winter überrascht wurden und in einen Mantel aus Eis gehüllt waren. Ruby wagte es nicht, auch nur ihre Fahrradklingel zu betätigen und so die Welt in ihrem Dornröschenschlaf zu stören.

Sie war, ihren grob gestrickten grasgrünen Wollmantel bis oben hin zugeknöpft, Mund und Nase tief hinter ihrem roten Lieblingsschal verborgen, auf ihrem klapprigen alten Fahrrad den kleinen Pfad die Bucht entlang und dann durch die noch beleuchteten kleinen Gässchen des menschenleeren Städtchens nach Hause geradelt. Die Luft roch nach dem Seetang, den das Unwetter in der vergangenen Nacht an den Strand gespült hatte.

Wie immer hatte sie ihr Weg an dem kleinen, seit vielen Jahren leer stehenden und von einem Meer aus wild rankendem Efeu bewachsenen schiefergrauen Cottage an dem Küstenpfad vorbeigeführt, das oberhalb von Porthminster Beach auf halber Strecke zwischen dem Hospiz und dem Zentrum von St Ives lag. Es hieß, es sei verzaubert. Bewohnt von Feen und Elfen, die verhinderten, dass jemand einzog, der nicht zu dem Haus passte.

Wenn dem so war, sollte es Ruby recht sein, denn sie fühlte aus tiefstem Herzen, dass sie eines Tages hier leben würde. Es war, als warte das Haus auf sie. Eines Tages würde sie durch das abgeblätterte weiß lackierte Holztor auf den wilden Rasen vor dem Cottage treten, der sich in eine ungezähmte Wiese verwandelt hatte, und würde den Schlüssel in Händen halten, der zu der einst himmelblauen und nun hinter einem nahezu undurchdringbaren Dickicht verborgenen Tür des Häuschens passte. Sie würde eintreten in das Gebäude und zuerst alle Fenster aufreißen, um Luft und Licht hereinzulassen. Sie würde streichen und putzen, sich einrichten und ihr eigenes Gemüse in dem riesigen Garten anpflanzen, in dem wilde Blumen und Gewächse aller Art fröhlich in den Himmel sprossen.

Das zumindest war es, was sie sich erträumte. Ach, was wäre das Leben ohne Träume? In Wahrheit waren Rubys Erinnerungen an diesen magischen Ort, der auf ewig untrennbar mit ihrer Kindheit verbunden bleiben würde, eher verschwommen. So wie es das Universum wohl vorgesehen hatte.

Man konnte die Vergangenheit nicht festhalten. Denn sie war *vergangen*, wie es das Wort schon sagte. Genauso wenig wie man die Zukunft planen konnte. Man konnte von ihr träumen – das ja – aber man konnte sie nicht planen. Und wenn man wollte, dass der Traum wahr wurde, den man von seiner Zukunft träumte, war der erste Schritt, die Vergangenheit hinter sich zu lassen.

Sie ein für alle Mal loszulassen.

Man konnte schließlich auch keine Reise im Auto im Rückwärtsgang antreten, wenn man wirklich irgendwo ankommen wollte. Nein, man musste jeden Tag so leben, als wäre man an diesem Morgen neu geboren worden. Von daher war es kein Wunder, dass Ruby sich nur an das erinnerte, woran wir uns alle erinnern, wenn wir an unsere Kindheit denken:

Gefühle.

Gerüche.

Geschmacksnoten.

Glückseligkeit.

Keine Namen tauchten vor ihrem geistigen Auge auf und nichts wirklich Konkretes. Dafür in Empfindungen gemeißelte Zeit: der Geruch von frisch gemähtem Rasen; der Geschmack von Erdbeeren mit Sahne; das klebrige Gefühl von Harz auf den Händen.

Die Zeitlosigkeit von Zeit.

Unendlichkeit.

Unsterblichkeit.

Dieses unbeschreibliche Gefühl kleinen Glücks, das es einem bereitete, den Schorf einer Wunde abzupulen und zu entdecken, dass darunter alles geheilt war. So wie neu geboren. Ein wahrhaft erhebendes Gefühl, ein Wunder, das nur Kinder kennen – und allein sie wissen es von ganzem Herzen zu schätzen.

Und dann war da noch *er* – ihr unsichtbarer Freund.

Genau hier, an diesem Ort, dem kleinen Cottage über der Bucht, hatte sie ihn zum ersten Mal getroffen.

All das war so lange her.

Er war nicht immer unsichtbar gewesen, keineswegs. Aber eines Tages hatte er sich buchstäblich in Luft aufgelöst. Und doch lebte er tief in ihrem Herzen weiter.

Ihre erste Liebe.

Eine Liebe, so unschuldig und mächtig, wie nur Kinder sie fühlen können. Er hatte ihr Herz aufgeblasen wie einen riesigen Ballon. Und sie wünschte sich nichts sehnlicher, als zu platzen, mit einem ohrenbetäubenden Knall, während er endlich sanft seine Lippen auf ihre legte, nach einem langen Sommer voller Freundschaft und Glück.

Ihr erster Kuss.

Doch sie hatte nicht den Mut gefunden, es zu tun. Sie hatte gekniffen. Und war vor ihm davongeflogen anstatt *mit ihm*. Langsam war die Luft aus ihr entwichen, jeden Tag ein bisschen mehr, während sie weiterflog, ohne ihn.

Irgendwann war sie erwachsen geworden, doch ihr unsichtbarer Freund lebte noch immer hier – an jenem Ort aus ihrer Kindheit, der jeden Tag ein kleines bisschen weiter in der Ferne und aus ihrer Sicht verschwand, ohne dass sie ihm jemals

Auf Wiedersehen hatte sagen können. Jenem Ort, an dem sie jeden Morgen und jeden Abend mit dem Fahrrad vorbeifuhr – und der doch nicht derselbe Ort war.

Nicht mehr.

Vielleicht war er, ihr unsichtbarer Freund, der Grund, warum es bisher nicht geklappt hatte – mit *sichtbaren* Freunden. Der Gedanke war ihr in letzter Zeit des Öfteren gekommen.

„*A B C D E F G … you are hiding far from me …*"

Hide and Seek. Verstecken war ihr Lieblingsspiel gewesen. Und nach diesem Sommer hatte er es perfektioniert – er war nie wieder aufgetaucht in St Ives. Es war, als hätte der Erdboden ihn verschluckt.

„*… looking here, looking there, I can't see you anywhere …*"

Nicht lange nach seinem mysteriösen Verschwinden war das Cottage langsam zugewachsen, als wäre es in einen hundertjährigen Schlaf gefallen.

Würde sie ihn jemals wiedersehen?

Die Antwort auf diese Frage stand in den Sternen.

Es war noch früh, als Ruby an diesem Morgen unter die Bettdecke schlüpfte. Die Sonne war eben erst aufgegangen.

„Wo versteckst du dich, unsichtbarer Freund …?", flüsterte sie nachdenklich hinaus in das einfallende erste Licht des Tages. Hundemüde von der harten Nachtschicht, die hinter ihr lag, blickte sie durch das kleine Fenster ihrer winzigen Dachmansarde über ein Meer aus blassen Schindeldächern hinaus auf den Atlantik. Das alte, windschiefe Haus aus grauem Schiefer, in dem sich ihr bescheidenes Reich befand, schmiegte sich an die altehrwürdigen Mauern der St Ia's Church, benannt nach der kornischen Heiligen und Schutzpatronin von St Ives. Vor der Kirche tat sich der kleine, frühere Schmuggler-Hafen mit den bunten Fischerbooten auf, den sie von ihrem Piratennest aus ebenfalls gut im Blick hatte. Vor dem malerischen Hintergrund der aufgehenden Sonne folgte ein Schwarm kreischender Möwen einem Kutter, der seinen morgendlichen Fang nach Hause brachte.

„Gute Nacht, St Ives", ergänzte sie wie immer leise und kuschelte sich in die warmen weißen Laken ihres himmelblau lackierten Holzbettes, während in dem kleinen Städtchen der Tag begann.

Ihr freier Tag verging wie im Schlaf.

Wie sollte es auch anders sein – bei solchen Arbeitszeiten?

An diesem Nachmittag, es war Ruby ausnahmsweise gelungen, halbwegs pünktlich aufzuwachen, um noch die letzten Sonnenstrahlen des ausklingenden Wintertags einzufangen, unternahm sie einen kleinen Abstecher zu der Bootswerft unten am Hafen. Nun: Bootswerft war übertrieben. Eigentlich handelte es sich um einen gewaltigen Holzschuppen an Smeatons Pier, eine Art Garage und Werkstatt, in der Fischerboote gewartet wurden.

Ihre Eltern Frank und Jennifer betrieben die Werft schon so lange sie zurückdenken konnte – und lebten in der darüber liegenden Wohnung. Hier war sie aufgewachsen. Nun – die eine Hälfte ihrer Kindheit. Die andere Hälfte hatte sie bei ihrer Granny verbracht. Tilda Goodwill – die weise Lehrerin, die ihr alles beigebracht hatte, was ein verträumtes Mädchen, das nach Antworten auf die großen Fragen des Universums sucht, über dieses Universum wissen musste.

Noch heute hatte sie ihr eigenes Zimmer in dem alten Herrenhaus am Rande von St Ives, in dem sie unzählige glückliche Stunden ihrer Kindheit verbracht hatte.

Ohne Tilda wäre es nicht gegangen.

Um über die Runden zu kommen, waren sowohl Frank als auch Jennifer berufstätig – und das nahezu sieben Tage die Woche.

Reparieren, lackieren, frisieren war der Slogan des kleinen Familienunternehmens, der auf beide Branchen zutraf, in denen ihre Eltern tätig waren – war ihre Mutter doch auch noch gelernte Friseurin und kümmerte sich oben in dem Apartment um eine kleine, seit Menschengedenken konstant bleibende Zahl von Stammkundinnen.

Ihre Eltern waren beide noch jung, in ihren Mittvierzigern, und im Grunde waren sie mittlerweile nicht mehr nur eine Familie, sondern auch gute Freunde. Sie hörten dieselbe Musik, sahen dieselben Filme und mochten dieselben Dinge.

Damit aber hörte die Verwandtschaft auch schon auf. Denn von diesen geschmacklichen Dingen abgesehen kam Ruby ohne jede Frage eindeutig nach ihrer Granny. Nicht nur, was ihr feenhaftes Äußeres betraf. Nein, ihre Mutter Jenny war, nun: *praktisch veranlagt*, wie sie es selbst gerne mit den Worten einer anderen praktisch veranlagten Frau ausdrückte. Ihre Lieblingsfilmszene war die aus *Harry und Sally*, in der Harry Sally auf ihrer Fahrt mit dem Auto von Chicago nach New York fragt, ob sie nicht auch lieber bei Humphrey Bogart in Casablanca bleiben würde, als am Ende des Films mit dem Flugzeug davonzufliegen und ihn nie wiederzusehen.

Und Sally antwortet völlig ungerührt, dass sie es sich beim besten Willen nicht vorstellen könne, den Rest ihres Lebens in Casablanca zu verbringen, mit einem Kerl, der eine Bar hat.

Woraufhin Harry sie nur fassungslos anblickt – fassungslos und zutiefst entrüstet.

„Du würdest lieber jemanden heiraten, den du nicht liebst, als mit dem Mann zu leben, mit dem du den besten Sex deines Lebens hattest – nur weil er nichts weiter als eine kleine Bar besitzt?", hakt Harry ungläubig nach.

„Ja, das würde jede vernünftige Frau tun", erklärt Sally, während sie sich die Haare macht. „Frauen sind überaus praktisch veranlagt. Sogar Ingrid Bergman. Und genau deshalb steigt sie am Ende des Films auch in dieses Flugzeug."

Und genauso sah ihre Mutter Jenny die Sache auch.

Nun, abgesehen davon, dass sie trotz ihrer praktischen Veranlagung und eines mehr als vorzeigbaren Äußeren einen Mann geheiratet hatte, der über nicht allzu viel Geld verfügte: Frank – Rubys Dad. Den warmherzigsten Vater, den Ruby sich vorstellen konnte.

Von diesem kleinen, unerklärlichen Ausrutscher abgesehen jedoch war Jenny das glatte Gegenteil ihrer eigenen Mutter, Rubys Großmutter. Denn Tilda war eindeutig diejenige in der Familie, die bevorzugt über den Wolken schwebte. Sie hatte das

Träumer-Gen. Und ebendieses Gen hatte bei ihnen wohl eine Generation übersprungen.

Kurz gesagt: Sie waren eine ganz normale englische Familie. So normal wie der Tee am Nachmittag und der Regen von morgens bis abends.

Ein Regen, der sich an diesem Tag ausnahmsweise verzogen hatte.

Draußen vor der Halle begrüßte sie Bridget Jones, die wie immer dort Wache schob und jeden Besucher mit einem hellen freundlichen Bellen ankündigte. Bridget Jones – Bobby Browns Nachfolgerin. Ihre Eltern hatten viele Jahre gebraucht, um sich einen neuen Hund anzuschaffen.

Eine lange Zeit – aber immer noch weniger als sie selbst.

„*Where's the good in goodbye?*", sang Rubys aktuelle Lieblingsband The Script aus Dublin genau in diesem Moment aus dem alten blechernen Radio in der Halle, so als hätten sie soeben ihre Gedanken gelesen. Denn für immer Abschied nehmen zu müssen von jemandem, den man über alles liebte, war das Grausamste überhaupt im Leben.

„Hunde sind wie Kinder. Kinder, die vor einem sterben." Sie erinnerte sich noch genau daran, was ihr Vater vor vielen Jahren gesagt hatte, als ihr geliebter Chocolate Labrador Bobby gestorben war. „Das Schlimmste, was einem im Leben passieren kann, wenn der Tag gekommen ist – aber all die Jahre zuvor eben auch das Schönste …", hatte er traurig hinterhergeschoben, Ruby sanft über das Haar streichend.

Es war nur ein paar Monate nach jenem Tag gewesen, an dem sie die Dunkelheit aus dem Leben ihrer Granny vertrieben hatte, indem sie die Vorhänge aufgezogen und das Licht hereingelassen hatte.

Bobby Brown.

An dem Abend, an dem er seiner Familie signalisiert hatte, dass endgültig alle Kraft aus seinen vier schokoladenbraunen Pfoten und seinem goldigen Hundeherzen entwichen war, hatte Ruby ihm sein Lieblingsessen gemacht: Truthahnsandwich.

Er rührte es kaum an, aber ein kleines bisschen aß er doch – vielleicht nur ihr zuliebe. Dann lief sie zurück in ihr Zimmer, um das große, bunt geblümte Kopfkissen aus ihrem Bett zu holen. Wieder bei Bobby angekommen, schob sie es sanft unter seinen warmen Kopf und küsste ihn auf die Stirn, wie sie es immer getan hatte. Sie hatte Tränen in den Augen. Dann legte sie sich neben ihn, denn in seiner letzten Nacht würde sie ihren besten Freund bestimmt nicht allein lassen.

Irgendwann, ein paar Stunden später, musste ihr Daddy sie zurück in ihr Bett getragen haben. Denn genau dort erwachte sie am nächsten Morgen. Es war noch früh, und es regnete in Strömen. Auf Zehenspitzen schlich sie zu Bobby. Er lag noch genauso da wie am Abend zuvor. Sein hübsches Gesicht – das hübscheste Hundegesicht der ganzen großen weiten Welt – tief in ihr Blumenkissen gekuschelt. Doch als sie sich zu ihm hinunterbeugte, wusste sie, dass er an diesem Morgen in einer anderen Welt aufgewacht war. Ruby war außer sich: Denn sie hatte ihm noch etwas Wichtiges sagen wollen – zum Abschied. Doch dafür war es nun zu spät. In der Nacht zuvor war sie so müde gewesen, dass sie es komplett vergessen hatte – und nun? Nun würde sie es ihm nie mehr sagen können.

Nach Jahren der Trauer war schließlich doch wieder ein neuer Hund ins Haus gekommen: Bridget Jones war ein Labrador genau wie Bobby Brown, allerdings blond, weiblich und ein bisschen moppelig. Wie immer an trockenen Tagen lag sie vor dem Hallentor und sonnte sich. Weil sie zu faul war aufzustehen, fegte sie zur Begrüßung mit ihrem fröhlich wedelnden Schwanz den Zementboden hinter sich ordentlich sauber.

„Hallo Bridget, wie geht's?", erwiderte Ruby die Begrüßung und kraulte den Wachposten zärtlich hinter den Ohren.

Die Halle roch nach der frisch aufgetragenen roten Farbe, mit der Rubys Vater gerade ein altes Boot auf Hochglanz brachte, als sie durch das weit offen stehende Stahltor trat. Sie liebte den Geruch und den Glanz des Lacks. Wie die alten Boote hier hereinkamen, klapprig und schäbig, und wie sie die Werft nach ein paar Wochen wieder verließen, frisch und wie neugeboren, machte sie glücklich. Wäre es doch auch nur so mit ihren Patienten – wäre es doch nur möglich, alte Menschen nahezu in ihren Originalzustand zurückzuversetzen, sodass sie noch einmal von vorn beginnen konnten. Mit all den Erfahrungen unter ihrer neuen Haut, die sie in Zukunft weiser machen und bessere Entscheidungen treffen lassen würden als jene, die ihnen im Hospiz von St Ives den Schlaf raubten.

„Hi, Dad!"

„Mum ist oben", begrüßte ihr Vater sie lächelnd.

In wenigen Sätzen nahm sie die Metalltreppe am Rande der Halle, die nach oben in die Wohnung führte.

„Hast du schon gehört?", fragte ihre Mutter, kaum dass sie durch die Tür getreten war.

„Was denn?"

„Gestern Nacht bei dem Sturm ist jemand angeschwemmt worden, unten am Strand."

Jemand angeschwemmt? Das waren in der Tat spektakuläre Nachrichten für St Ives, wo normalerweise nicht mehr passierte als hin und wieder ein Ladendiebstahl oder eine lautstarke Meinungsverschiedenheit bei einem Gemeinderatstreffen.

Ihre Mutter hielt ihr die frisch gedruckte *St Ives News* hin, die örtliche Zeitung, in der normalerweise nur das stand, was ohnehin schon alle wussten. Doch dieses Mal hatten sie eine echte Story, wie es aussah. Auf der Titelseite prangte ein riesiges Foto. Es zeigte das Gesicht eines jungen Mannes. Eines schlafenden jungen Mannes, um genau zu sein, denn seine Augen waren geschlossen. Sein fein geschnittenes Gesicht war eingerahmt von lockigem Haar. Tiefe Schnittwunden hatten ihre Spuren auf Wangen und Stirn hinterlassen. Er mochte etwa in ihrem Alter sein, vielleicht ein oder zwei Jahre älter, schätzte Ruby.

Sie konnte nichts dagegen unternehmen, dass ihr Blick auf dem Foto haften blieb. Er sah aus wie ein schlafender Prinz.

Nur eines war merkwürdig: Das Gesicht kam ihr so vertraut vor, als würde sie den schlafenden Prinzen kennen.

„*Wer kennt diesen Mann?*", las sie laut die Headline. „*Unbekannter nach Sturmnacht im Koma …*"

„Der arme Junge“, kommentierte ihre Mutter seufzend. „Das Meer hat ihn gestern Nacht angespült. Unfall oder Selbstmordversuch – das ist noch nicht klar. Jedenfalls liegt er jetzt im Krankenhaus auf der Intensivstation im Koma.“

„Und niemand weiß, wer er ist?“

Jenny schüttelte den Kopf.

„Er trug nichts am Körper außer seinem Surfanzug.“

„Ein Surfer?“

„Wie es aussieht schon. Sie haben auch ein Surfbrett am Strand gefunden. Sah angeblich ziemlich mitgenommen aus. Noch schlimmer als er selbst …“

„Hm …“, erwiderte Ruby leise, während sie sich gleichzeitig in den Artikel vertiefte.

„Hier steht, er trug ein Amulett um den Hals.“

„Ach ja?“ Ihre Mutter sah von den blau-weiß geblümten Teetassen auf, die sie gerade auf dem Tisch platzierte. „Muss ich überlesen haben.“

„Mit dem Foto einer jungen Frau.“

„Wie tragisch! Vielleicht wäre es besser gewesen, das Meer hätte ihn nie mehr ausgespuckt!“

„Mum!“

„Wieso? Das ist bestimmt seine Freundin oder Verlobte – überleg doch mal, wie sie leiden muss, wenn sie erfährt, was geschehen ist. Und wie es aussieht, stehen seine Chancen nicht gerade gut …“, fuhr sie fort.

„Du glaubst also nicht, dass er aus dem Koma aufwachen wird?“, fragte Ruby.

Ihre Mutter legte den Kopf schief und blickte sie irritiert an. „Was weiß ich denn? Das musst du schon die Ärzte fragen.“

Ein Weilchen verharrte der Blick ihrer Mutter fragend auf ihr. Bis sich plötzlich dieser ganz besondere Ausdruck auf ihr Gesicht legte, den Ruby nur zu gut kannte.

„Er sieht gut aus, findest du nicht?“ Jenny blinzelte ihr verschwörerisch zu.

Oje, nicht schon wieder das! Seit einiger Zeit hatte sie nichts anderes im Sinn, als ihre einzige Tochter zu verkuppeln. Als hätte sie Angst, dass ihr Haltbarkeitsdatum ablief. Dass sie jetzt sogar Männer in Betracht zog, die im Koma lagen, war allerdings neu – sie musste ziemlich verzweifelt sein. Nun ja: Sie hatte allen Grund dazu. Ruby war fünfundzwanzig Jahre alt und hatte außer zwei sang- und klanglos gescheiterten Versuchen mit zwei Jungs aus St Ives noch nie einen richtigen Freund gehabt.

Dabei war es keineswegs so, dass sie nicht wollte. Es war das Schicksal, das nicht wollte.

Denn Rubys Herz tickte anders als das der meisten Mädchen, die heute fünfundzwanzig Jahre alt waren.

Hing sie doch an dieser fixen, altmodischen Idee.

Um nicht zu sagen: *wahnwitzigen* Idee.

Und niemand konnte sie davon abbringen.

Es war die von der gesamten Welt als gescheitert erklärte Idee, dass Märchen und Happy Ends eben doch wahr werden konnten – solange wir nur nicht aufhörten, an sie zu glauben. Denn mal ehrlich: Was der alte Harry Winston ihr in der vergangenen Nacht bei ihrer kleinen philosophischen Unterhaltung erklärt hatte, war die Wahrheit und nichts als die Wahrheit.

Wer anders als wir selbst war dafür verantwortlich, wie die Welt aussah?

Und wenn die Realität von einem Märchen deutlich abwich, gab es, wenn man logisch denken konnte, eigentlich nur einen einzigen Schuldigen: uns, die Menschen.

Denn wir selbst waren es, die mit unserem Denken und Handeln die Welt tagtäglich in immer düstereren Farben anpinselten, statt sie bunt, fröhlich und glücklich leuchten zu lassen wie ein Gemälde von David Hockney. Sie Pinselstrich für Pinselstrich in eine Welt zu verwandeln, in der Märchen wahr wurden.

Wie schön es doch wäre, wenn man zu zweit an diesem Gemälde arbeiten könnte, dachte Ruby und stieß innerlich einen tiefen Seufzer aus. Wer weiß, vielleicht war ihre Idee ja gar nicht so wahnwitzig? Vielleicht dachte ja irgendwo da draußen irgendjemand genauso wie sie. Vielleicht suchte *ihr* Prinz genauso verzweifelt nach ihr wie sie nach ihm?

Sie mussten sich nur finden.

Und eben das war das Problem bei der Sache. Denn die wahre Liebe schien vor vielen Menschen ein Leben lang auf der Flucht zu sein. So als müsse sie sich geradezu vor ihnen verstecken. Als wollten diese Menschen ihr etwas Unverzeihliches antun. Ruby betete, dass sie nicht einer dieser Menschen war.

Als hätte sie ihre Gedanken gelesen, setzte sich ihre Mutter zu ihr und schenkte den Tee ein – um daraufhin ihr Motivationsprogramm zu starten.

„Denk einfach daran, wie du in dem kleinen, romantischen Cottage über der Bucht leben wirst, in das du so verknallt bist. So als wärst du dort bereits eingezogen, zusammen mit deinem Märchenprinzen", schlug sie vor, „du musst es einfach nur visualisieren, das ist ganz wichtig, dann wird es auch so geschehen, glaub mir …"

Visualisieren? Ihre Mutter las definitiv zu viele New-Age-Bestseller. Sie war weder ein besonders romantischer noch ein besonders spiritueller Mensch. Aber ihre praktische Veranlagung ließ sie überall nach Rezepten suchen, die ihr das Leben im Handumdrehen und ohne großen Aufwand versüßten. Ihr Glaube an den kurzen, leichten Weg zum Erfolg war unbeirrbar, obwohl sie mittlerweile auf die fünfzig zuging und eigentlich Zeit genug für den langen, harten und steinigen Weg gehabt hätte.

„Nun, dafür ist es mittlerweile jedoch definitiv zu spät", pflegte sie auf derartige Einwände zu erwidern. „Man muss nach vorne schauen im Leben." Ihr Gesicht nahm dann immer einen äußerst erleichterten Ausdruck an – so als wäre sie mehr als froh darüber, dass ihr heutiges Alter die erschreckende Option, dass sie doch noch den langen, harten, steinigen Weg einschlagen musste, überzeugend vom Tisch wischte. Nein, es musste einen anderen Weg geben. Und ebendiesen Weg suchte sie überall – auch in Esoterikbuchhandlungen. Kurz gesagt: Sie war die klassische *The Secret*-Leserin. Nicht wirklich spirituell, sondern eher an den praktischen materialistischen Gewinnmöglichkeiten einer Theorie interessiert.

Millionär durch reines Visualisieren zu werden machte die Sache doch gleich viel interessanter, als wenn man darüber hinaus noch eine Riesenportion Talent und Genie, harte Arbeit und Mühen sowie jahrelangen unbeugsamen Glauben an sich selbst und seine Träume mitbringen musste. Ja, überhaupt erst einmal auf einen solchen Traum zu kommen war ja schon ein Ding der Unmöglichkeit, pflegte Jenny zu sagen. Und deshalb suchte sie überall nach Anregungen. Ein Buch zum Beispiel las sie niemals ganz, sondern überflog es nur – auf der Suche nach der Essenz, die sie auf dem kurzen, leichten Weg zum Erfolg voranbrachte. Und wenn sie fernsah, zappte sie blitzschnell von einem Programm zum nächsten – in der Hoffnung, dass das Universum ihr auf diese Weise die Botschaft übermittelte, die ihr Leben mit einem Fingerschnipsen in einen Traum verwandeln würde: Die geheime Formel für praktisch veranlagte Menschen, die schlichtweg keine Zeit mehr hatten, den langen, harten, steinigen Weg einzuschlagen.

Und Visualisieren gehörte unbedingt dazu.

Nun: Gegen Visualisieren war ja im Grunde nichts einzuwenden, nur musste man zusätzlich noch im Lotto gewinnen und darüber hinaus die leichteste Übung der Welt erfolgreich absolvieren: den einen Menschen zu finden, der dein Herz bis an dein Lebensende mit Freude füllt.

Was man wiederum möglicherweise auch visualisieren konnte. Ruby war sich allerdings nicht sicher, wo sie anfangen sollte.

„Ich glaube, bevor ich mit dem Visualisieren so weit bin, habe ich mein eigenes Zimmer im Hospiz“, befürchtete sie.

Als Ruby an diesem Abend in ihre Wohnung zurückkehrte, ließ sie den Blick verträumt durch das Küchenfenster hinaus über das erleuchtete Städtchen schweifen, während in der Pfanne Gemüse brutzelte.

Sie konnte nicht sagen, zu welcher Jahreszeit ihr St Ives am besten gefiel: im Frühling, wenn der Ozean die ersten seidig warmen Winde an die Strände des Städtchens spülte; im Sommer, wenn sich das Leben in Cornwall in ein Meer aus Erleichterung, Jubel, Trubel, Heiterkeit und dem Duft von Kokosnussöl verwandelte, den die Sommerbrise in die Häuser und Straßen entlang der Strände wehte; im Herbst, wenn die Tage und die Schatten der Menschen kürzer wurden, das Licht zur rationierten Ware und die Melancholie zum täglich Brot, während sich das Meer und das kleine Städtchen schlagartig der Menschenmassen und allen Trubels entledigten. Oder aber im Winter, mit seinen rüden, klirrenden Stürmen, in denen alles in St Ives so unheimlich und gleichzeitig heilig zu flackern schien wie die Kerzen in der Kirche unten am Hafen während der Mitternachtsmesse an Heiligabend.

So wie in diesen Tagen.

Die kleinen Boutiquen, Feinkostgeschäfte, Bäckereien, Fisch- und Weinhändler hatten die Bevölkerung von St Ives und ihre Gäste gut versorgt, und die Kaminfeuer waren entzündet.

Als sie gegen elf Uhr, während in St Ives langsam die Lichter erloschen, die Nachtschicht im Hospiz antrat, erwartete sie ein feierlicher Anblick:

Der aus glitzerndem Pappmaschee gearbeitete Stern auf der Krone der prächtig geschmückten frisch aufgestellten Nordmanntanne kitzelte den Staub von der Decke des alten Ballsaals, der für festliche Anlässe aller Art genutzt wurde. Mit dem Meer aus winzigen elektrischen Glühwürmchen, das den nachtgrünen Pelz des mächtigen Baumes schmückte und sich in den in Gold und Silber funkelnden Christbaumkugeln spiegelte, wirkte er wie eine gleißende Sonne, umkreist von einer Handvoll hellen Monden – den mit weißen, bis auf den Parkettboden reichenden Tischdecken, glänzenden Gläsern und strahlendem Geschirr eingedeckten runden Tafeln, an denen am morgigen Heiligabend jeweils acht Personen Platz finden sollten. Die Bewohner des Hospizes und ihre Gäste. Die Gäste blieben für gewöhnlich in der Unterzahl, und nicht nur das machte Weihnachten zu einem melancholischen Fest für die meisten der Patienten.

Ruby konnte in den Gesichtern der alten Menschen lesen, und was sie las, war bei fast allen dasselbe: *Wird dies mein letztes Weihnachten sein? Wo sind die Kinder? Wieso bin ich allein?*

Es waren traurige Gedanken, die tiefe Sorgenfalten in die Gesichter ihrer *Gäste* brannten. *Gäste*, ja, so wurden die Bewohner des Hospizes genannt. Sie kamen für eine bestimmte Zeit, und irgendwann würden sie gehen …

Ruby fragte sich, warum so wenige hier Familie oder Freunde zu haben schienen, die sie gerne besuchen kamen.

Warum sie einsam waren.

Und das in den letzten Wochen oder gar nur Tagen ihres Lebens.

In manchen der von der Zeit zerfurchten Gesichter konnte sie die Antwort auf ihre Frage bereits lesen. Denn beileibe nicht alle der Gäste hier waren so weise wie der alte Harry Winston. Nein, andere waren der festen Überzeugung, sie hätten die Liebe ihrer Kinder verdient – ganz besonders an Tagen wie diesen, wo der Rest der Welt leuchtete und strahlte und kein Herz sich dem Wunsch verschließen konnte, ein Zuhause zu haben.

Zu Hause zu *sein*.

Z-U-H-A-U-S-E – sieben Buchstaben, die die Welt bedeuteten. Doch diese sieben Buchstaben waren untrennbar mit fünf weiteren Buchstaben verbunden und ohne sie nicht denkbar. Kein echtes Zuhause, das uns Geborgenheit schenkte, konnte ohne sie existieren:

L-I-E-B-E.

Und stimmte es wirklich, dass wir Liebe verdienten, egal, was wir taten? Oder war es in Wahrheit nicht eher so, dass wir uns die Liebe *verdienen mussten*? Und zwar indem wir selbst so viel wie möglich davon an andere verschenkten, zuallererst an unsere Kinder? Jeder Kuss, jede Umarmung, jedes Lächeln und jedes verständnisvolle Wort sind ein Liebesbrief. Wieso war es so vielen ihrer Gäste in ihrem Leben offensichtlich so schwergefallen, diese Liebesbriefe zu versenden?

Weil sie ohne darüber nachzudenken das Motto ihrer eigenen Eltern und Großeltern übernommen hatten: Das Leben ist hart? Sei härter als die anderen, nur dann setzt du dich durch? Nur dann wirst du etwas? Nun, wenn es das war, was sie der Welt hinterließen, mussten sie sich nicht wundern, dass die Antwort der Welt auf diese Erbschaft nicht Liebe war.

Ruby ließ ihren Blick über die Tische schweifen und hatte plötzlich eine Eingebung:

Willst du eine Welt, in der niemand einsam stirbt?

In der niemand einsam leben muss?

Dann brauchst du ein neues Motto.

Nicht *Be bad*, sondern *Be better* – sei besser.

Be love – sei Liebe.

Denn sobald wir alle Liebe *sind* und uns und unsere Liebe freizügig verschenken, ist niemand mehr einsam auf dieser Welt. Das Einzige, was es uns kostet, ist ein Lächeln. Und wenn es erwidert wird, haben sich zwei Engel getroffen.

Ja, das war es, was die Welt brauchte: eine Armee aus Engeln. Keine Engel aus dem Himmel, nein: Wir selbst mussten uns in Engel verwandeln – Harry Winston hatte es richtig erkannt. Denn Gott war niemand anders als alle Menschen, alle Tiere und alles Leben zusammen.

Wir alle.

Oder wie es Jenny, ihre Mutter, ausdrücken würde, die Hunderte von esoterischen Büchern gelesen hatte: Wir alle sind Energie.

Was nur heißen konnte, dass wir, wenn wir wirklich an irgendeinen Gott glaubten, wie auch immer er aussah, endlich anfangen mussten, diese Energie zu nutzen. An uns selbst zu glauben. Daran, dass wir besser sein konnten. Dass wir die beste Version unserer selbst sein konnten. Positiv geladene Energie.

Dass wir Liebe *sein* konnten.

„Jeder Mensch kann sich jederzeit neu erfinden, an jedem Tag seines Lebens“, pflegte ihre Granny immer zu sagen. „Wir alle können das sein, was wir sein wollen, egal, was andere sagen. Wir müssen es nur wirklich wollen. Und es dann einfach tun.“

Den Tag, an dem wir damit begannen, nannte sie unsere zweite Geburt.

Und genau wie ein Neugeborenes nicht von einem Tag auf den nächsten laufen lernt, müssen auch neugeborene Engel Schritt um Schritt vorwärts tun, vorsichtig Fuß vor Fuß setzend, bis sie sich sicher in ihrer neuen Welt bewegen.

Und das ist auch schon das ganze Geheimnis:

Wir können die Welt von heute auf morgen in den Himmel verwandeln.

Wir?

Richtig gehört. Auch du.
Wer weiß?
Vielleicht bist ja auch du ein Engel?

Ruby jedenfalls war glücklich, dass sie ein so gutes Verhältnis zu ihren Eltern hatte, das offenbar keineswegs typisch war für diese Welt.

Und sie hoffte, dass sie zu ihrem eigenen Kind mal ein genauso gutes Verhältnis haben würde.

Nun, sofern sie jemals ein Kind haben sollte.

Denn hier kam ER ins Spiel.

Jener Mann, der eigens für sie geschaffen war. Und irgendwo dort draußen in der großen weiten Welt auf sie wartete. Maßgeschneidert auf ihre eigentlich unerfüllbaren Wünsche und Bedürfnisse, in einer geheimen göttlichen Schneiderei.

Ruby fühlte ganz tief in ihrem Innern, dass er existierte, der hundertprozentige Mann für sie – aber die Frage war: Wo und wann würden sie einander begegnen? Würden sie einander *jemals* begegnen? Natürlich wusste sie nicht, wie er aussah, wie alt er war, wo er wohnte, welchen Beruf er sich ausgesucht hatte und ob er lieber Eiscreme mochte oder Gurkensandwiches.

Aber etwas anderes wusste sie ganz genau: Jede Nacht würde er sich unendlich sanft an sie schmiegen und liebevoll seine Arme um sie schlingen, damit sie immer süße Träume hatte.

Seine Küsse würden schmecken wie ein Sommertag in St Ives.

Und er wäre immer für sie da – in guten wie in schlechten Zeiten, in Gesundheit wie in Krankheit.

Bis dass der Tod euch scheidet.

Kennt nicht jede Frau den Mann, der für sie bestimmt ist, schon lange bevor sie ihn trifft? Ihr *Soulmate – ihren Seelenverwandten*?

Kennst nicht auch du ihn bereits?

Aus deinen Träumen?

Wasser: Bewegung

Lexikon der Träume

St Ives, Cornwall, Januar 2015

Die Festtage in St Ives sollten lautlos wie der nicht gefallene Schnee verhallen, genau wie jene seltsamen Tage zwischen Weihnachten und Silvester, die man nicht wirklich als Zeit bezeichnen konnte. In manchen Gegenden wurden sie als Tage zwischen den Jahren bezeichnet, was ihren eigenartigen Zauber nur noch deutlicher hervorhob. Aus allen Landesteilen reisten sie an, die Nestflüchtlinge, die woanders ein Leben gefunden hatten und in diesen Tagen ihre Eltern und alten Freunde besuchen kamen, alte Affären aufwärmten oder diese endgültig zu Grabe trugen, nur um kurz darauf erneut für ein weiteres Jahr in der Versenkung zu verschwinden.

Auch Tom war gekommen. Ruby war im letzten Jahr vor dem Highschool-Abschluss mit ihm zusammen gewesen. Nun war er Lehrer – in Devon. Er hatte zufällig neben ihr gestanden, beim Feuerwerk, das ganz Harbour Beach und St Ives in ein schillerndes Licht aus großen Hoffnungen für das neue Jahr tauchte.

„Ist das nicht …?“, hatte Becky mit großen Augen gefragt, ihre beste Freundin, mit der sie sich am Strand eingefunden hatte. Ihr Freund Chris war nicht verfügbar zu Silvester – wie wohl kein Feuerwehrmann auf der ganzen Welt an diesem Tag.

„Tom? Ja, das ist er.“

„Und? Willst du nicht zu ihm rübergehen?“

„Wieso sollte ich das tun?“, fragte Ruby und verdrehte die Augen. Die Sache zwischen ihnen war seit Jahren aus und vorbei.

„Also ich finde ihn sexy …“, kicherte Becky.

„Dann fang *du* doch was mit ihm an“, schlug Ruby vor.

„Mach ich vielleicht auch“, erwiderte ihre Freundin und boxte ihr kumpelhaft an die Schulter.

Während das Feuerwerk seinen Lauf nahm und sie sich für einen Moment unbeobachtet wähnte, warf Ruby einen Blick hinüber zu Tom. Er stand dort mit einem Freund und hatte sie offensichtlich auch bemerkt. Er grüßte sie mit einem winzigen Nicken, das durch die Dunkelheit am Strand zu ihr herübersegelte. Sein Blick, der diesem Nicken folgte, und die explodierenden Sterne über der Bucht hätten ihrem Herz eigentlich einen Kick verpassen müssen – aber sie taten es nicht. Sie waren wie zwei Planeten, die einst ein einziger Planet gewesen waren, sich aber irgendwann entzweit hatten und jetzt auf verschiedenen Umlaufbahnen kreisten. Sie berührten einander nicht mehr. Keine Anziehungskraft.

Der Magnetismus zwischen ihnen war endgültig erloschen.

Ruby stieß innerlich einen schweren Seufzer aus.

Das Feuerwerk war für sie mehr noch als Weihnachten der traurige Höhepunkt des Jahres – wie für so viele Singles: Wie gerne hätte sie sich hier und jetzt an eine starke Schulter gelehnt. Wie gerne hätte sie das neue Jahr mit einem frischen Blick durch seine Augen begrüßt, den Augen des Planeten, mit dem sie sich vereinigen würde, sobald er den Weg in ihre Umlaufbahn gefunden hatte. Aber es sollte nicht sein.

Mit einem glitzernden Regen aus Gold, der den Himmel über St Ives in ein gleißendes Versprechen kommenden Glücks verwandelte, um kurz darauf im schwarzen Nachtmeer zu versinken, endete das Spektakel.

Und als das Feuerwerk über der Bucht wenig später endgültig verraucht war, erschien am Horizont ein neues Jahr.

Und mit ihm eine alte Tradition: das Neujahrsschwimmen am Porthmeor Beach.

Wie in jedem Jahr hatten sich auch an diesem jungen, klirrend kalten Morgen Hunderte von Menschen hier am Strand versammelt, um das neue Jahr in den eisigen Fluten des Atlantiks zu begrüßen.

Und eisig waren sie!

Ruby zuckte mit einem erschrockenen Schrei zurück, als sie mit ihren Zehenspitzen die Wassertemperatur getestet hatte.

„Ich glaube, dieses Jahr gehe ich besser nicht rein", druckste sie, von einem Bein auf das andere springend und in eine warme Decke gehüllt, unter der sie nichts weiter trug als einen Badeanzug. Die Außentemperaturen mochten bei vielleicht fünf oder sechs Grad liegen, und das Wasser erschien ihr keinesfalls wärmer.

„Unsinn, mein Kind. Die Welt gehört den Mutigen – vergiss das nie!“

Mit einem Satz wischte die Schirmherrin der Veranstaltung ihre Bedenken beiseite. Sie stand direkt neben ihr, klein und zierlich und so strahlend weiß, als wäre ihre Haut aus Porzellan gemacht, in einen warm wie die Julisonne leuchtenden Badeanzug gegossen. Ein seidiges Band zähmte ihr langes silbernes Haar.

Tilda Goodwill – ihre Großmutter, die mit ihren nunmehr fast achtzig Jahren den Teilnehmern noch immer Jahr für Jahr unerschrocken voranging.

Vor fast zwei Jahrzehnten hatte sie das Neujahrsschwimmen von St Ives ins Leben gerufen, um Körper, Geist und Seele in das neue Jahr zu transportieren und die letzten ruhelosen Geister des verflossenen Jahres endgültig in den Fluten zu ertränken.

Oder besser gesagt: *einzufrieren.*

Und hier und heute jährte sich dieser Tag, die alljährliche Wiederholung des ersten Neujahrsschwimmens des Jahres 1998, erneut. Wie immer hatten sich Hunderte von Schaulustigen versammelt, um dem Spektakel beizuwohnen – die meisten von ihnen jedoch waren in dicke Wintermäntel gehüllt. Schwimmen würde wie immer nur ein abgehärteter Trupp von etwa zwanzig bis dreißig Leuten. Und Ruby war eine von ihnen, notgedrungen. Sie tat es eigentlich nur für den Fall, dass ihre Granny auf halbem Weg durch die Bucht einen Schwächeanfall erleiden sollte.

Wundersamerweise waren die meisten Teilnehmer ältere Menschen. Nur eine Handvoll junger Leute hatte sich unter sie gemischt – die meisten von ihnen wohl eher angelockt von einem schmackhaften Köder: Denn die unerschrockenen Schwimmer waren nach dem Rückzug aus dem kalten Nass zu heißem Grog, Champagner und in der Neujahrsnacht in der Bucht von St Ives gefangenem Fisch eingeladen. Als Ehrengäste in Tildas geschichtsträchtigem Anwesen, das einmal im Jahr seine Pforten für die Bevölkerung von Cornwall öffnete.

Dem *Goodwill Palace.*

So nannten die Bewohner von St Ives mit typisch englischem Augenzwinkern das honiggelbe herrschaftliche Anwesen am Rande des Städtchens. Ursprünglich war es ein echtes Herrenhaus gewesen, denn Tildas Mann Stanley – Rubys Großvater – entstammte einer adeligen Familie. Sogar einen Dienstbotentrakt gab es, aber heute, lange nach seinem Tod, war er verwaist. So wie nahezu das gesamte Haus, dessen prächtige Säle und Flure aus den besten Zeiten Englands nun von einer einzigen Person bewohnt wurden: Tilda Goodwill.

Und doch: Der Neujahrsumtrunk bei ihr, der sich fast immer bis in den Nachmittag oder gar Abend hinziehen und in eine waschechte Party verwandeln würde, zu der am Ende zusätzlich zu den eigentlichen zwanzig Schwimmern zweihundert vermeintliche Schwimmer anrücken sollten, war eines der jährlichen kulturellen Highlights von St Ives.

Dieses Jahr jedoch war es weder die Party noch die eisige Temperatur des Atlantiks, was die Menschen beschäftigte, die sich zum Neujahrsschwimmen am Porthmeor Beach eingefunden hatten. Nein, das ganze Schwimmen schien sich nur um eine einzige Sache zu drehen:

den Mann aus dem Meer.

Den der Orkan kurz vor Weihnachten angespült hatte.

Wie man hörte, war er bis heute nicht aus seinem Koma erwacht. Er lag noch immer auf der Intensivstation des örtlichen Krankenhauses. Sein Fall beschäftigte mittlerweile nicht mehr nur die *St Ives News*, sondern hatte Medienvertreter aus dem ganzen Land angelockt. Nun, es war ja auch eine herzzerreißende Weihnachtsgeschichte – ein junger, noch dazu attraktiver Unbekannter, der bewusstlos in einem Krankenhaus lag und den niemand zu vermissen schien.

Auch die Suche nach der Frau auf dem Amulett, das er um den Hals getragen hatte, war bisher erfolglos verlaufen.

Kein Wunder, dass halb St Ives in Gedanken bei ihm war. Gerade in diesen Tagen. Auch Ruby ging seine Geschichte nicht aus dem Kopf. Zu gern hätte sie ihm geholfen. Aber was konnte sie für ihn tun? Ihr fiel einfach nichts ein.

Manchmal wünschte sie sich beinahe, selbst die Frau auf dem Amulett zu sein – um bei ihm sein zu können in diesen schweren Tagen. Um an seinem Bett zu wachen, Tag und Nacht an seiner Seite, in der Hoffnung, dass ihre Liebe ihn aus diesem Albtraum erlöste. Dass sie es war, die ihn wachküsste. Doch sie war nicht die Frau auf dem Amulett.

Die Ruby mittlerweile mindestens genauso mysteriös erschien wie er selbst. War sie ertrunken, dort draußen auf dem Atlantik, in jener Nacht? Waren sie beide in der Unglücksnacht in dem Sturm gewesen? Hatte sie sich deshalb nicht gemeldet? Allein der Gedanke daran trieb Ruby die Tränen in die Augen.

„Wer weiß, vielleicht ist er ein Selkie?“, raunte eine alte Frau in einem geblümten Badeanzug und mit einer altmodischen weißen Bademütze auf dem Kopf Ruby zu, während sich der kleine Trupp Wagemutiger startklar machte, um in die Fluten zu springen.

„Ein Selkie?“

„Hat dir deine Großmutter etwa noch nie von der alten schottischen Legende erzählt?“

Kaum hatte sie ausgesprochen, verdrehte Tilda, die neben ihnen stand, auch schon seufzend die Augen. Was die Märchentante nicht weiter zu stören schien. Im Gegenteil: Sie schien erst richtig in Fahrt zu kommen.

„Selkies sind Robben, die an Land kommen und sich in Menschen verwandeln, indem sie ihr Fell ablegen und es irgendwo verstecken“, raunte sie. „Sie sollen als Menschen unglaublich schön sein, erzählt man sich. Und dann schnappen sie sich einen Menschen und heiraten ihn.“

Aha …?

Nun wusste Ruby, warum ihre Großmutter die Augen verdrehte.

„Also, für mich klingt das nach dem perfekten Deal …“, erwiderte sie lächelnd. „Wer wünscht sich nicht einen schönen Partner?“

Doch die Alte schüttelte nur den Kopf.

„Wenn es nur so einfach wäre, mein liebes Mädchen. Aber du bist wahrscheinlich noch zu jung, um zu wissen, wie schwierig allein schon eine Beziehung zwischen einer gewöhnlichen Frau und einem gewöhnlichen Mann sein kann …"

Nun, so jung bin ich nun auch nicht mehr, dachte Ruby bei sich. So viel hatte sie ebenfalls schon kapiert.

„… aber eine Beziehung zwischen einem Menschen und einem Wesen aus dem Meer?", führte die Geschichtenerzählerin ihren Gedanken mit unheilvollem Blick zu Ende. „Das geht in aller Regel nicht gut …" Sie räusperte sich geheimnisvoll. „Nun ja, Gott sei Dank gab es Selkie-Sichtungen bisher nur in Schottland, jedenfalls wenn man der Legende glauben will – aber wer weiß, vielleicht ist der junge Mann, den das Meer angespült hat, ja von dort herübergeschwommen. Eine schottische Robbe in südenglischen Gewässern, das stelle man sich mal vor!"

Vor Begeisterung über ihre eigene Geschichte klatschte die alte Dame übermütig in die Hände. „Hübsch sein soll er ja", ergänzte sie, nun fast wieder fröhlich. „Jetzt müssen wir nur noch …"

„Ein verstecktes Robbenfell finden?", brachte Ruby ihren Gedanken folgerichtig zu Ende.

Die alte Frau blickte sie an, als hätte sie soeben eine Verbündete in dem Meer der Ungläubigen gefunden.

„Richtig, mein Mädchen. Genauso ist es", raunte sie ihr zu, ihr anerkennender Blick sprach Bände.

Neben Ruby kicherte ihre Granny leise in sich hinein, den Kopf auf die entgegengesetzte Seite richtend, als hätte sie am anderen Ende der Bucht soeben dieses Robbenfell entdeckt und könnte ihren Blick nicht mehr von ihm wenden.

„So Kinder, los geht's", gab Tilda schließlich das Signal für die Schwimmer, sich in den Atlantik zu stürzen und das neue Jahr zu begrüßen. „Für jedes abgelegte Robbenfell, das ihr entdeckt, gebe ich einen aus", ergänzte sie, während sie mutig voranschritt, Ruby und die anderen im Schlepptau.

Keine Viertelstunde später hüllten sich alle wieder in ihre warmen Decken. Auch nur eine Minute länger in den eisigen Fluten zu verbringen hätte sie wahrscheinlich umgebracht. Die meisten hatten es ohnehin nicht länger als diese eine Minute ausgehalten.

Und nun, wo sie die Geister des vergangenen Jahres ertränkt hatten, konnten sie sich frohen Mutes auf den zweiten Teil der Veranstaltung freuen: den Neujahrsumtrunk im Goodwill Palace.

Schlüssel: Die Lösung für ein Problem

Lexikon der Träume

Ruby folgte dem Trupp der Schwimmer durch den nassen Sand hinauf zu der Promenade, wo die Autos parkten. Hier, nicht weit entfernt vom lautstarken Neujahrsrummel der Fore Street, Fish Street, Virgin Street und The Digey hatte der Wind das Zepter übernommen. Er war so heftig aufgefrischt, dass er jedes gesprochene Wort hinaus auf den Atlantik wehte. Die anderen waren ihr ein Stückchen voraus, da sie kurz haltgemacht hatte, um ihr langes nasses Haar zu bändigen.

Als sie unter ihrem rechten Fuß plötzlich etwas Metallisches verspürte. Langsam bückte sie sich, um zu sehen, was es war.

Es fühlte sich an, sah aus wie – ein Schlüssel!

Er war fast vollständig unter dem Sand verborgen. Mit klammen Fingern zog Ruby ihn aus seinem Versteck. Es war ein altmodischer, großer, verrosteter Schlüssel, so wie der zu einem geheimnisumwehten Schloss. Nun, vielleicht auch nur zu einem Stall, schraubte Ruby ihre Hoffnungen im selben Moment zurück. An einem fast zerrissenen Band war ein klobiger Anhänger aus abgeblättertem, einst hellgrün lackiertem Holz an ihm befestigt. Er war von Wasser durchnässt.

Möglicherweise hatte der Ozean ihn in der Sturmnacht angespült, dachte Ruby bei sich, den schweren Schlüssel nachdenklich in der Hand wiegend. Dass ihn jemand hier und heute verloren hatte, erschien ihr eher unwahrscheinlich. Zumal es kein normales modernes Schlüsselbund war.

Sondern eher etwas, was man auf einem Antik-Flohmarkt finden würde.

Eine Art Dekostück.

Nun, sie würde gleich oben im Palace herumfragen, ob jemand etwas verloren hatte.

„Das neue Jahr zu begrüßen macht doch sehr viel mehr Freude, als das alte zu ertränken“, stimmte ihr ein älterer Herr wenig später in dem großen Festsaal bei einem dampfenden Glas Grog zu. Schon jetzt tummelten sich bestimmt hundert Leute im Haus, um sich für etwas zu belohnen, das nur die wenigsten von ihnen gewagt hatten.

„Nun, sei's drum", sagte ihre Großmutter, die sich zu ihnen gesellt hatte. „Hauptsache, wir haben alle etwas Spaß."

Der ältere Gast hob sein Glas, um ihr zuzuprosten.

„Das Jahr wird ihn uns schon noch früh genug verderben", bemerkte er trocken. Je älter die Menschen wurden, desto mehr schienen sie über die Launen des Lebens Bescheid zu wissen.

Das bekannte Sprichwort schien es auf den Punkt zu bringen: Die Hoffnung stirbt zuletzt.

Aber offensichtlich starb sie jedes Jahr ein kleines bisschen mehr.

„Und? Irgendwelche guten Vorsätze für dieses Jahr?", wandte Tilda sich an ihre Enkelin, das Champagnerglas in der Hand, um mit ihr anzustoßen.

„Den Schlüssel zum Glück zu finden!", erwiderte Ruby wie aus der Pistole geschossen und zog mit ihrer freien Hand den alten Schlüssel aus der Tasche ihres Mantels, in den sie noch immer gehüllt war – obwohl die Heizungen auf Hochtouren liefen und den Palace mittlerweile angenehm erwärmten. Und doch: Von innen war sie noch so erfroren, dass sie es wie auch einige andere Schwimmer vorzog, noch ein wenig ihren Mantel anzubehalten.

„Über den bin ich am Strand gestolpert", erklärte sie und hielt das Fundstück ihrer Großmutter vor die Nase.

„Ein schönes Stück", scherzte der ältere Herr. „Passt aber wohl leider nicht zu meiner Wohnungstür, wie schade."

Als ihre Großmutter nicht antwortete, blickte Ruby fragend zu ihr. Tilda war blass geworden. Es war, als hätte sich eine Schicht feinen Eises über sie gelegt. Sie wirkte wie erstarrt, während ihr Blick gebannt auf den Schlüssel und den überdimensionierten Anhänger fiel, der vor ihr in der Luft baumelte.

„Ist etwas nicht in Ordnung?", erkundigte Ruby sich stirnrunzelnd.

Im selben Moment erwachte Tilda aus ihrer Starre.

„Doch, doch …", erwiderte sie nachdenklich. „Für eine Sekunde dachte ich, ich hätte ihn schon mal gesehen …", erklärte sie.

„Schon mal gesehen? Was meinst du damit? Wo?“

Doch ihre Großmutter schüttelte nur den Kopf.

„In … der Vergangenheit …“, erwiderte sie leise und schien erneut in eine ferne Welt zu entschwinden. Um nur eine Sekunde später alles mit einer wegwerfenden Handbewegung vom Tisch zu wischen. „Und genau diese Vergangenheit haben wir gerade unten am Strand ertränkt, also lassen wir sie jetzt besser ruhen. Ich glaube, ich habe es mir sowieso nur eingebildet.“

Nun, einverstanden, dachte Ruby.

Wenn dem so war, wollte sie die Geister der Vergangenheit ebenfalls nicht aus dem Meer ziehen und wiederbeleben.

Langsam ließ sie den Schlüssel wieder zurück in ihre Manteltasche gleiten. Er würde einen Platz auf dem Couchtisch in ihrem Wohnzimmer finden, in der Schale für Fundstücke, in der ohnehin alles versammelt war, was der Ozean sonst so anspülte: Muscheln und Steine für gewöhnlich.

Für einen Moment ließ sie ihren Blick durch den weiten Saal mit all den Menschen schweifen und erahnte, wie prächtig er einst gewesen sein musste. Als er noch nicht Vergangenheit gewesen war, sondern Gegenwart.

Auch in diesem Jahr endete der traditionelle Neujahrsempfang bei ihrer Großmutter wie seit jeher erst am späten Nachmittag. Die einbrechende Dämmerung hatte den Himmel über der Bucht von St Ives in Minutenschnelle in ein tiefes dunkles Blau getaucht. Die im Meer versinkende Wintersonne verabschiedete sich mit gleißenden Glutfäden, die sich am Horizont auf dem Wasser spiegelten. Die Zeit für den jährlichen Höhepunkt der Veranstaltung war gekommen: die Neujahrswünsche. Jeder Gast notierte auf einer kleinen Karte seinen sehnlichsten Wunsch für das neue Jahr. Dann wurde das Kärtchen an einen mit Helium gefüllten Luftballon gehängt, zusammen mit einem kleinen Licht. Ein Luftballon nach dem anderen verließ den weitläufigen grünen Rasen vor dem Anwesen und flog hinaus auf den Atlantik. Nicht wenige sahen dem Meer aus leuchtenden Ballons mit feuchten Augen hinterher, das den nachtblauen Himmel wie

Sternenstaub übersäte und noch Stunden später über der Bucht von St Ives leuchten würde.

Meine große Liebe finden, hatte Ruby auf ihr Kärtchen geschrieben, es zum Abschied sanft geküsst und an ihr Herz gedrückt.

Denn was man tat, musste man mit Liebe tun – selbst wenn man bereits gelernt hatte, dass das Leben kein Wunschkonzert war.

„Gute Reise", wünschte sie ihrem Luftballon leise, während er am Horizont kleiner und kleiner wurde und schließlich ganz im Meer der anderen verschwand.

Ballon, davonfliegend: Sehnsucht, Verlorenheit

Lexikon der Träume

Land's End, Cornwall, Juli 1963

„Wie weit noch?"

„Was meinst du?", rief Tilda in den warmen Fahrtwind hinein, der ihr hüftlanges erdbeerblondes Haar zerzauste und in jeder Kurve, die das Motorrad durchquerte, in eine andere Richtung wirbelte. Ihre Arme hatten sich fest um den Oberkörper ihres Chauffeurs geschlungen. Sie hatte den Kopf sanft an seine Schulter gebettet und fühlte den Stoff seines weißen Baumwollhemdes auf ihrer Wange.

„Wie weit ich noch fahren muss!", beantwortete er ihre Frage, den Fahrtwind übertönend. „Bis du endlich Ja sagst."

Sie hatten St Ives lange hinter sich gelassen auf ihrem Ausflug durch Cornwall. Sie waren nach Newquay gefahren, dann nach Penzance und von dort aus hinunter nach Land's End, die berühmten Felsen am südwestlichsten Ende Englands. Auf seinem neuen Motorrad, einer moosgrünen Triumph Bonneville, die er liebevoll *Bonnie* nannte. Ein Auto besaß er nicht, aber Tilda liebte es, mit ihm auf zwei Rädern unterwegs zu sein. An seiner Schulter fühlte sie sich sicher. Und gleichzeitig frei.

„Also, was ist? Willst du mich heiraten? Solange du nichts sagst, fahre ich mit dir weiter – notfalls bis ans Ende der Welt."

„Reicht die Tankfüllung denn dafür?"

Etwas Besseres, als mit einem Scherz zu antworten, fiel ihr in diesem Moment beim besten Willen nicht ein. Natürlich wollte sie ihn heiraten. Aber das war nicht so einfach, wie er dachte. Ihre Eltern und ganz besonders ihre Mutter übten einen gewaltigen Druck auf sie aus, denn es gab noch einen zweiten Anwärter. Und dieser *besaß* ein Auto. Und nicht nur das: Er besaß sogar eine Fabrik. Und ein Herrenhaus am Rande von St Ives. Nun ja, die Fabrik und das Anwesen gehörten seiner Familie. Aber er würde all das eines Tages erben. „Sei nicht so dumm und heirate einen armen Mann, Tilda!" Ihre Mutter lag ihr damit tagtäglich in den Ohren. „Dir eröffnet sich eine Chance, die ich nie bekommen habe. Eine Chance, auf die viele Mädchen auf der ganzen weiten Welt ihr Leben lang vergeblich warten. Entscheide dich für den Richtigen, und du hilfst uns allen!"

Sally, ihre Mutter, war verzweifelt und litt unter schweren Depressionen. Im Grunde schon ihr Leben lang, jedenfalls solange Tilda sich zurückerinnern konnte. Sie ertrug die Armut einfach nicht mehr. Ihr selbst hingegen machte sie nicht so zu schaffen. Es gab Dinge im Leben, die wichtiger waren als Geld.

Wie die Liebe.

Die wahre, echte, tiefe Liebe.

Die sie mit dem Mann verband, um den sie nun ihre Arme geschlungen hatte.

Andererseits liebte sie ihre Mutter auch. Und ihren Vater.

Also wer war der Richtige? *Was* war das Richtige? All diese Gedanken raubten ihr den Schlaf, denn natürlich fühlte sie, was sie wollte. Aber durfte sie ihrem Herzen einfach so unbeschwert glauben, ohne an die Konsequenzen zu denken? Oder war es besser, eine vernünftige und gottesfürchtige Entscheidung zu treffen, wie ihre Mutter es ausdrückte, anstatt den Schmetterlingen in ihrem Bauch zu folgen, die sie ohnehin nur belogen wie jedes andere unerfahrene Mädchen in der Welt auch? War es wirklich so? Logen die Schmetterlinge? Oder logen die Menschen?

Sie wusste es nicht zu sagen.

Das Motorrad stoppte. Sie hatten das Ende der Welt erreicht.

Land's End. Und blickten schweigend hinaus auf den Ozean, auf das mächtige, von Wasser und Salz umspülte Seven-Stones-Riff. Es hieß, dass sich dort einst eine vom Meer verschlungene Stadt befunden habe – die Stadt der Löwen. Sie gehörte zu dem sagenumwobenen Land Lyonesse, das hier in den Fluten vor Land's End vor langer Zeit untergegangen war und dessen Gebiet bis zu den Scilly-Inseln reichte, die knapp dreißig Meilen vor den Felsen lagen und bei klarem Wetter mit bloßem Auge auszumachen waren. Es hieß, Lyonesse sei ein königliches Land gewesen und die Heimat des Ritters Tristan. Nur ein einziger Mann habe den Untergang überlebt und sei den über das Land hereinbrechenden Fluten in letzter Minute auf einem Schimmel entkommen. Bis zum heutigen Tag berichteten Fischer, dass sie am Seven-Stones-Riff Mauerwerk und Glasscherben in ihren Netzen fanden. Überbleibsel der Stadt der Löwen?

„Ob du es glaubst oder nicht, mir ist das auch schon passiert", hatte der Mann, den sie liebte, ihr vor einiger Zeit erklärt. „Wer weiß, vielleicht ist was Wahres dran an der Geschichte ..." Danach hatte er lange still auf das Wasser geblickt.

Denn auch er war Fischer.

Und fuhr Nacht für Nacht hinaus auf den Atlantik, um dort seine Netze auszuwerfen. Nur heute nicht. Denn heute war Sonntag. Sie machten es sich auf der Decke bequem, die Tilda mitgebracht hatte. Ein Picknick auf den Felsen von Land's End, mit dem Blick auf den tiefblauen Ozean und ein märchenhaftes, von seinen nassen Armen gewaltsam in unendliche Tiefen gerissenes Land – konnte es etwas Inspirierenderes geben? Vorsichtig entfernte ihr Sagenfischer die Alufolie von dem silberglänzenden Fisch, den er in der vergangenen Nacht weit oberhalb der Stadt der Löwen für sie gefangen hatte. Dann entfachte er das Feuer – auf dem kleinen Grill, den sie im Gepäck hatten.

Bald darauf mischte sich der frische salzige Wind vom Meer mit dem Duft des auf dem Feuer brutzelnden Fangs.

„Guten Appetit", wünschten sie einander wenig später. Zur Feier dieses wunderschönen Tages hatten sie eine Flasche kühlen Weißwein geöffnet. Und nun saßen sie einfach so da. Das konnte sie nur mit ihm. Dasitzen und träumen, ohne ein Wort. Um im nächsten Augenblick munter draufloszuplappern, wie ihr der Mund gewachsen war.

Er war ihr bester Freund.

„Was kann ich tun, damit wir für immer zusammen sein können?", fragte er sie. Für ihre Mutter und all die anderen mochte er nichts weiter sein als ein gewöhnlicher Fischer, aber sie sah ihn durch das Schweigen. Sein wahres Ich. Sein Herz. In diesem Moment erschien er ihr wie ein Ritter Tristans aus Lyonesse, dem im Meer vor ihren Augen versunkenen sagenumwehten Land. Und nun war sie es, die in seinen strahlend blauen Augen versank, die sie aus seinem gebräunten Gesicht anblickten. Ein

Mann wie der Sommerwind. So leicht zu genießen und doch so unwiderstehlich stark, dass er einen buchstäblich mit sich fortreißen konnte – so wie es der Ozean mit Lyonesse und der Stadt der Löwen getan hatte.

Es machte ihr fast ein wenig Angst – dieses Gefühl.

Die Kontrolle zu verlieren.

„Du weißt, was ich für dich empfinde", flüsterte sie fast und legte ihre Hand zärtlich auf seine, ohne den Blick von seinen Augen zu nehmen. Sie verspürte das unwiderstehliche Verlangen in sich, ihn zu küssen. Und doch: Sie durfte es nicht zulassen. Denn wenn sie es einmal tat, gab es keinen Weg zurück, so viel war ihr klar. Verzweifelt kämpfte sie gegen ihr eigenes Herz an, damit es nicht endgültig mit dem Wind davonflog.

„Gib mir einfach … noch etwas Zeit", bat sie ihn.

Er senkte nur den Kopf.

„Ich gebe dir alle Zeit der Welt", erwiderte er, erhob sich und ging zu seinem Motorrad, wo er einen Schlüssel aus der ledernen Motorradtasche zog. Einen großen alten Schlüssel, der aussah, als gehöre er zu Tristans Schloss in der Stadt der Löwen. An ihm baumelte ein leicht überdimensionierter, in einem zarten Lindgrün lackierter hölzerner Schlüsselanhänger.

„Ich habe eine Kopie angefertigt", erklärte er. „Für dich, Tilda."

„Für … mich?" Ihr versagte fast die Stimme vor Aufregung.

Er nickte und blickte sie dann in fast feierlichem Ernst an.

„Du sollst wissen, dass du ein Zuhause hast. Dass du bei mir immer willkommen bist – egal, wie du dich entscheidest. Meine Tür steht dir offen, ob heute, morgen oder übermorgen." Mit diesen Worten reichte er ihr den Schlüssel. Tilda konnte spüren, wie Tränen ihre Augen füllten. Sie hoffte, dass er dachte, sie wären dem vom Meer her auffrischenden Wind geschuldet.

„Warum … tust du das … für mich …?", fragte sie ihn mit tränenerstickter Stimme.

„Weil ich dich liebe", sagte er. „Und nichts wird daran jemals etwas ändern."

Lupe: Suche

Lexikon der Träume

Als Ruby an diesem Abend nach Hause kam, breitete sich ein unerwartet schmerzhaftes Gefühl der Einsamkeit in ihr aus – nach all dem Trubel und der für ein frisch angebrochenes Jahr so typischen hoffnungsvollen Heiterkeit inmitten der Gäste auf Tildas Empfang.

Nach all dem Leuchten.

Es war dunkel geworden. Und leise. Die Welt schien ihr auf einmal wie in Watte gepackt. Ihre sonst eigentlich fast zu kleine Wohnung kam ihr nun fast ein wenig zu groß vor für sie ganz allein.

Mit einem Schritt erreichte sie die Kommode, in der sie alles aufbewahrte, was das Leben leichter machte: Bücher, Bettzeug und – Bürsten.

Entschlossen zog sie eine der Schubladen auf und holte die kleinste davon hervor. Um sich dann dem Schlüssel samt Anhänger zu widmen, ihrem Neujahrsfundstück. Vorsichtig bürstete sie die noch verbliebenen Reste von Sand und Salz ab. Um dann sanft mit dem Zeigefinger über das noch immer feuchte, abgeblätterte lindgrüne Holz des Schlüsselanhängers zu fahren. Auf dem weder Name noch Nummer eingraviert waren. Ein Weilchen stand sie einfach nur so da, in Gedanken versunken. Dann legte sie den Schlüssel auf die große Schale auf dem Couchtisch.

Nachdenklich betrachtete sie ihr neuestes Fundstück.

Was hatte es zu bedeuten, dass sie einen Schlüssel gefunden hatte?

Hatte es etwas zu bedeuten?

Genau wie ihre Großmutter glaubte sie eigentlich nicht an Zufälle. Sie musste an Tildas Gesicht denken, als sie ihr den Schlüssel an diesem Morgen präsentiert hatte – für eine Sekunde hatte sie so überrascht gewirkt, als wäre aus heiterem Himmel ein Regenschauer über sie hereingebrochen, mitten im Festsaal ihres Herrenhauses. Oder bildete Ruby es sich nur ein? Genau wie Tilda glaubte sie in allem und jedem einen Sinn auszumachen, so als wäre das ganze Leben nur ein einziges riesiges Rätsel, ein Puzzle aus Millionen und Abermillionen unzähligen

Einzelteilen, die erst zusammengesetzt ein logisches Bild ergaben.

Erneut fiel ihr Blick auf den Schlüssel, der vor ihren Augen auf der Schale mit dem Strandgut lag. Er musste uralt sein, so rostig war er. Kein Funken Licht spiegelte sich in ihm. Zu welchem Schloss er wohl gehörte? Welche Tür er wohl öffnen mochte? Was sich hinter dieser Tür wohl verbarg? Glück, Unglück – oder einfach nur ein riesiges schwarzes Nichts?

Ruby wusste, wie unwahrscheinlich es war, dass sie auf diese Fragen jemals eine Antwort bekommen würde. Aber nur darüber nachzudenken ließ sie sich schon lebendig fühlen. So lebendig wie das kleine Mädchen, das sie einst gewesen war. Und das sie tief in ihrem Innern noch immer war.

Ein kleines Mädchen, das vor einem großen Rätsel stand.

Weil es eine Spur entdeckt hatte.

„Habe *ich dich* gefunden oder *du mich*?“, fragte sie den Schlüssel, als erwarte sie allen Ernstes eine Antwort.

Eine Weile lauschte sie noch der Stille.

Dann löschte sie das Licht und ging zu Bett.

Sie erwachte am Porthmeor Beach – jenem Strand, den sie am vergangenen Neujahrsmorgen nach dem Schwimmen zurückgelassen zu haben glaubte. Über dem Meer lag ein staubig grauer Dunst. Es war noch früh am Morgen. Ruby stand barfuß im Sand und blickte hinaus auf die Wellen, die nur Meter vor ihr an den Strand liefen. Wie war sie hierhingekommen?

Ihr blieb keine Zeit, darüber nachzudenken. Ihr Pulsschlag beschleunigte sich wie ein Flugzeug auf einer Startbahn, als sie erkannte, was sich dort vor ihren Augen abspielte.

Denn dort, in den Wellen, stand – *er*!

Der Mann aus dem Meer.

Allein sein muskulöser Oberkörper ragte aus dem Meer, während die weiße Gischt ihn umspülte wie eine stolze, unbeugsame griechische Statue, die über Nacht aus dem Ozean gewachsen war. Ruby konnte nicht verhindern, ebenfalls zu einer Statue zu erstarren, – denn … er hatte sie erblickt.

„Komm!“, rief er ihr aus den Wellen zu und streckte seine Hand nach ihr aus.

„Ich … bleibe lieber hier …“, rief sie mit dünner Stimme in den Wind.

„Hab keine Angst, ich tue dir nichts.“

Sie hatte keine Angst. Im Gegenteil: Sie *wollte* zu ihm kommen. Irgendetwas an ihm zog sie magisch an. Aber war es wirklich klug, diesem Gefühl zu folgen?

Langsam setzte sie einen Fuß vor den anderen, bis sie die Wasserkante erreicht hatte. Das Meer umspülte ihre Füße, es erschien ihr deutlich wärmer als noch am Morgen zuvor. Sie schritt voran, ohne den leisesten Anflug von Kälte zu verspüren. Sekunden später hatte sie ihn erreicht. Und stand nun direkt vor ihm, bis zu den Schultern im Wasser.

Wie schön er ist – fast wie ein Märchenwesen, dachte sie. Er streckte noch immer seine Hand nach ihr aus.

Ruby wollte sie ergreifen, doch eine Welle drängte sie zurück.

„Komm!“, forderte er sie erneut auf und tauchte direkt vor ihr ab, um dann auf das offene Meer hinauszuschwimmen.

Was war das? Ein mächtiger Sog riss sie förmlich mit sich. Ihm hinterher. Ruby schien keine andere Wahl zu haben, als ihm zu folgen. Sie war eine geübte Schwimmerin, und mit leichten, gleichmäßigen Zügen pflügten ihre Arme durch das salzige Nass. Wenig später hatte sie ihn wieder erreicht. Er war zum Greifen nahe. Und lachte sie aus ozeangrünen Augen an. Ruby konnte spüren, wie sich ein Gefühl unendlichen Glücks in ihr ausbreitete.

Doch was war das?

Im selben Moment tauchte er direkt vor ihr unter.

Und versetzte ihr den Schrecken ihres Lebens, als er wieder auftauchte.

Er?

Nein – eine Robbe tauchte neben ihr auf! Nur Zentimeter von ihr entfernt, mit ihrem nassen silberglänzenden Fell, begann sie, sie zu umkreisen. Sie zärtlich anzustupsen.

Nun stieg doch ein wenig Unwohlsein in Ruby auf. Sie war allein hier draußen, mit einem Meerestier. Erfüllte sich hier und jetzt die Sage, von der die alte Frau am Neujahrsmorgen gesprochen hatte? War der Mann aus dem Meer einer dieser sagenumwobenen Selkies – eine Robbe, die sich in einen Menschen verwandelte, wenn sie an Land kam? Warum hatte er sie hier herausgelockt?

Wieder tauchte die Robbe ab.

Ein Weilchen geschah nichts. Ruby ließ sich still treiben. Wartend. Als sie plötzlich spürte, wie jemand von unten an ihrem Fuß zog.

Die Robbe!

Das Merkwürdige war: Es tat nicht im Geringsten weh. Im Gegenteil: Es fühlte sich an, als hätte sie statt spitzer Zähne sanfte Finger im Maul. Sanfte und überaus *starke* Finger. Die sie mit sich hinunterreißen wollten in ihr Reich! Ruby wand sich mit aller Kraft, doch es gelang ihr nicht, sich aus dem Griff der Robbe zu befreien.

Und schon war sie unter Wasser!

Das Meer flutete ihre Augen, ihre Nase, ihren Mund.

Sie wollte atmen, aber es ging nicht.

„Nein!“, schrie sie in wilder Panik.

Und schreckte im selben Moment hoch, schweißgebadet in ihrem Bett in ihrer kleinen Dachmansarde. Es dauerte einen Moment, bis sie zu sich kam.

„Was … für ein Traum …“, keuchte sie, ihr Puls war noch immer auf hundertachtzig. Eigentlich hatte sie gedacht, dass sie aus dem Alter lange heraus war, in dem sie sich von beunruhigenden Sagen beeinflussen ließ, die alte Märchentanten ihr ins Ohr flüsterten. Eigentlich hatte sie gedacht, dass sie schon lange kein kleines Mädchen mehr war. Doch offensichtlich sah ihr Unterbewusstsein das anders. Mit einem tiefen Seufzer der Erleichterung ließ Ruby sich wieder in die Laken fallen. Und hoffte darauf, dass der Schlaf sie erneut zu sich holte.

Dieses Mal mit friedlicheren Träumen.

Als Ruby am nächsten Morgen erwachte, lag ein Tag vor ihr, auf den sie lange hingefiebert hatte. Es war der letzte Tag der

Weihnachtsferien. Die ganze Familie würde zusammenkommen. Ohne den Stress des Alltags und bevor der Ernst des Lebens erneut begann.

Seit vielen Jahren war der zweite Tag des neuen Jahres für dieses Treffen reserviert. Wie immer trafen sie sich in der Tate Gallery St Ives, dem örtlichen Ableger der großen Schwester in London. Denn eines hatten sie alle gemeinsam – sie, ihre Eltern Jenny und Frank und ihre Großmutter Tilda: die Liebe zur Kunst.

Die Tate St Ives an der Strandpromenade ging zurück auf eine in den Zwanzigerjahren gegründete Künstlerkolonie, die sich hier in West Cornwall zusammengefunden hatte. Heute stellte die Tate hauptsächlich moderne Kunst aus, aber am besten gefielen Ruby noch immer die dunklen Sturmbilder von Joseph Mallord William Turner – einem der bekanntesten englischen Maler der Romantik, der seine Farben aus Öl und Spachtelmasse beseelt und voller Leidenschaft auf die Leinwand geworfen hatte. Seine hilflos im Wüten des Meeres schaukelnden Schiffe und das Tosen der Orkane vor der Küste Englands übten einen unfassbaren Sog auf sie aus – sie waren wie ein Strudel, der sie tief in sich hineinzog, ob sie wollte oder nicht. Das Meer, die Unsichtbarkeit der Welt, der Nebel, der Dunst, der wild umherwirbelnde Staub aus Wasser und Salz, das geheimnisvolle nächtliche Leuchten, während die Fischer dort draußen ihren Dienst verrichteten.

Genau das war es, was auch Tilda so an ihm faszinierte. Wahrscheinlich war sie es gewesen, die ihre Leidenschaft für Turner erst geweckt hatte – schon als Ruby noch ein kleines Mädchen gewesen war, hatte ihre Großmutter sie regelmäßig mit in die Tate Gallery genommen, jedenfalls zumindest wenn es eine Turner-Ausstellung gegeben hatte. Einmal war sie sogar eigens mit ihr dafür nach London gefahren. In ihrem kirschroten Mercedes Cabriolet aus den Sechzigerjahren, das sie noch heute trotz hohen Alters souverän durch St Ives steuerte. Die Fischer und das Meer – das war es, was ihre Granny faszinierte. Ihre Mutter Jenny wiederum stand Turners dramatischen Bildern eher ratlos gegenüber und bevorzugte die friedlichen Landschaftsbilder, die er in ruhigen Tagen gemalt hatte. Oder noch besser etwas Moderneres, Dekorativeres.

Sie trafen sich am Vormittag, um sich die aktuelle Ausstellung anzusehen – leider kein Turner. Und machten sich danach im Museumscafé über einen ausgiebigen Brunch her. Sie waren wirklich nur eine kleine Familie. Doch dass sie alle zusammenkamen, war keinesfalls selbstverständlich – so beschäftigt, wie sie alle waren.

Den heutigen Ausflug hatte Ruby von langer Hand geplant.

Denn sie hatte eine Mitteilung zu machen.

Eine Mitteilung, die die ganze Familie betraf.

„Diesen Sommer möchte ich nach London gehen", erklärte sie kurzerhand in einer Gesprächspause, als wäre es weiter nichts.

Ihre Mutter sah interessiert von ihrer Fischsuppe auf.

„London? Oh, da komme ich mit – ein wenig Shopping wird uns guttun. Vielleicht können wir sogar eine Nacht zusammen im Hotel übernachten, was meinst du, Frank?"

Doch Ruby schüttelte den Kopf.

„Nein, ich meine: Ich möchte nach London *ziehen*. Dort *leben*."

Nun sahen alle von ihren Tellern auf.

„Für ein Weilchen zumindest", schränkte Ruby vorsichtshalber ein.

„London? … Was willst du denn dort?", fragte Jenny.

„Das Nest verlassen, die Welt sehen, sich ausprobieren, oder?", eilte ihr Tilda zu Hilfe. Wie immer unterstützte ihre Granny sie, denn sie hatte ein Faible für Abenteuer und liebte den Aufbruch zu neuen Ufern. Im Gegensatz zu Jenny und Frank, die so waren wie die satten grünen Wälder von Cornwall: Genau wie diese waren sie im fruchtbaren Boden Südenglands festgewachsen.

„Aber was gibt es in London, was es hier nicht gibt?"

„Mum?"

Ruby rollte mit den Augen. St Ives war ein kleines romantisches Nest mit kaum mehr als zehntausend Einwohnern – ein

Nest, in dem jeder jeden kannte – und London war eine Weltmetropole.

„Und dein Job im Hospiz?“, fragte Frank besorgt.

„Für Krankenschwestern gibt es immer und überall Arbeit“, versuchte Ruby ihn zu beruhigen.

„Hast du denn schon …“

„Gekündigt? Nein“, antwortete sie, bevor er es aussprechen konnte. „Bis jetzt ist es nur so eine Idee.“

Sie konnte förmlich sehen, wie ihre Eltern aufatmeten.

„Bist du denn nicht glücklich hier in St Ives?“, fragte ihre Mutter besorgt.

„Doch, bin ich – aber irgendwie habe ich das Gefühl, dass ich … unvollständig bin.“

Jenny runzelte ungläubig die Stirn.

„Unvollständig? Was soll das heißen? Für mich bist du absolut vollständig – du hast einen Kopf, zwei Arme, zwei Beine und …“

„Mum!“

„Ist ja schon gut …“, beschwichtigte ihre Mutter sie, während Tilda leise in sich hineinkicherte.

„Und du glaubst, in London wirst du vollständig werden?“, wollte Jenny wissen.

Ruby stieß einen tiefen Seufzer aus.

„Ich weiß es doch auch nicht, Mum. Aber ich bin fünfundzwanzig Jahre alt. Und wenn ich noch einmal aus St Ives herauskomme, dann jetzt.“ Eines hatte sie von Tilda gelernt: Man konnte das Leben nicht aufschieben. Wenn man etwas wirklich wollte, musste man es möglichst sofort tun. Sonst wurde nichts mehr daraus. *Später* war ein Wort, das harmlos klang, es aber keinesfalls war. Es hatte schon vielen Menschen das Leben ruiniert.

„Ich hatte keine Ahnung, dass du St Ives nicht mehr magst.“

„Mum – ich *liebe* St Ives!“

„Aber warum willst du dann weg? Bis nach London sind es fünf Stunden mit dem Zug.“

„Viereinhalb.“

„Gut, dann viereinhalb. Aber warum nur? Was hoffst du dort zu finden?“

„Vollständigkeit“, schaltete Tilda sich ein. „Hat sie doch gesagt.“

Jenny blickte ihre eigene Mutter nur ratlos an – und stieß dann ebenfalls einen tiefen, allerdings darüber hinaus ziemlich unverständigen Seufzer aus.

„Es wäre ja nicht für immer“, versuchte Ruby, die Sache kleinzureden. „Vielleicht gehe ich nur für ein paar Monate, um es auszuprobieren. Aber ich möchte es zumindest versucht haben.“

Manchmal musste man im Leben nur eine einzige Koordinate verändern, und plötzlich machte alles Sinn. Es war wie mit dem prächtigen alten Kronleuchter im großen Saal des Goodwill Palace, in dem sie gestern das neue Jahr begrüßt hatten. Jahrelang hatte er nicht funktioniert. Bis ein Elektriker gekommen war und eine fehlerhafte Fassung ausgetauscht hatte. Eine einzige Fassung war dafür verantwortlich gewesen, dass der ganze Rest nicht mehr funktionierte. Nur eine Kleinigkeit war zu beheben gewesen, damit der Kronleuchter wieder in aller Pracht strahlen und leuchten konnte. Eine einzige Veränderung hatte dafür gesorgt, dass alles wieder Sinn machte.

Und auch wir Menschen benötigen fast immer nur eine kleine Veränderung, wenn wir das Gefühl haben, stillzustehen. Ein kleiner Schritt ist ausreichend. Aber man muss ihn mutig gehen.

Ruby wollte St Ives eigentlich gar nicht verlassen. Aber die Wahrheit war: Ihre innere Stimme sagte ihr, dass das, was sie vollständig machen würde, nicht hier war – sondern an einem anderen Ort. In London? Nun, zumindest hatte sie das Gefühl, dass es der Ort war, den sie suchte.

Der Ort, an dem sie das finden würde, *was* sie suchte.

Das, was ihr noch fehlte, um vollständig zu sein.

All das machte natürlich nicht wirklich Sinn, aber wenn sie es nicht wenigstens probierte, würde sie nie erfahren, ob ihre innere Stimme recht hatte.

„Wieso suchst du dir nicht einfach einen Freund?“, schlug ihre Mutter vor. Sie sagte es, als wäre es das Einfachste der Welt.

„Genau das ist das Problem, Mum“, erklärte Ruby. „Ich glaube nicht, dass ich ihn hier finde.“

Kaum hatte sie ausgesprochen, klatschte Jenny auch schon in die Hände, begleitet von einem übertriebenen Augenzwinkern.

„Ach, deshalb willst du nach London, Rubylein. Wegen der großen Auswahl …“, scherzte sie.

Nein. Nicht wegen der großen Auswahl.

Sondern weil sie ein unbestimmtes Gefühl hatte, dass *er* dort war.

Ihr unsichtbarer Freund.

Sie brauchte keine Auswahl. Und auch kein Dating. Es hätte genauso gut ein kleines Fischerdorf mit zwölf Einwohnern sein können. Aber es war nun einmal London. Jedenfalls wenn sie ihrer inneren Stimme trauen konnte. *Er* lebte dort. In diesem Augenblick war sie sich fast sicher. Und wenn *er* nicht zu ihr kam, musste sie zu *ihm* kommen. Und genau das würde sie diesen Sommer tun – wenn auch nur für ein paar Monate.

Denn sie war der festen Überzeugung, dass das Schicksal wollte, dass man es in die eigenen Hände nahm. Etwas dafür riskierte.

Und sei es nur, um eines fernen Tages ohne schlechtes Gewissen sagen zu können: „Ich habe alles, aber auch alles dafür getan, um mich vollständig zu fühlen. Aber es hat einfach nicht sein sollen.“

Sofort sahen alle erneut von ihren Tellern auf.

Sie hatte es versehentlich laut ausgesprochen. Nun ja, so war sie nun einmal.

„Alles in Ordnung, mein Schatz?“, fragte Frank und blickte sie besorgt an.

„Ja, alles in Ordnung, Dad“, erwiderte sie schnell. „Ich … hab nur laut gedacht …“

Sie konnte förmlich sehen, wie Tilda und Jenny sich auf die Lippen bissen, um nicht lauthals loszulachen. Ihr Dad war der Einzige, der noch immer nicht verstanden hatte, dass ihr Innenleben manchmal etwas theatralischer war als die Wirklichkeit. Nun ja, so waren Väter wahrscheinlich einfach. Immer in höchster Sorge um ihre geliebten Töchter.

„Versprichst du mir, dass du dir die Sache mit London noch mal überlegst? Dass du nichts überstürzt?“, brach Jenny kurz darauf das Schweigen.

„Ich verspreche es“, beruhigte Ruby ihre Mutter und küsste sie auf die Wange.

„Und – was ist mit mir?“, fragte Frank eifersüchtig und tippte mit dem Finger auf die Stelle in seinem Gesicht, wohin sie soeben Jenny geküsst hatte. Nun, man konnte es nicht oft genug sagen: Eltern zu haben war eine Verantwortung fürs Leben.

Tildas wissendes Lächeln bestätigte Ruby, dass sie mit dieser Erkenntnis nicht allein dastand in der großen weiten Welt.

Und doch war es wunderbar, Eltern zu haben.

Eltern wie sie.

Und eine fabelhafte Großmutter wie Tilda.

Eine – Familie.

Sonnenaufgang: Erwachen

Lexikon der Träume

London, Mai 2006

Zärtlich strich er mit den Fingerkuppen über das Ziffernblatt der alten stählernen Rolex. Heute war sein achtzehnter Geburtstag. Seit heute gehörte sie offiziell ihm. Nun, genau genommen hatte sie sich schon seit geraumer Zeit in seinem Eigentum befunden, so wie all die anderen Dinge, die der Notar in diesem Moment auflistete – aber er war zu jung gewesen, um sein Erbe antreten zu können. Viel zu jung.

„... das Wichtigste ist sicherlich das Cottage in St Ives, darüber hinaus ein Motorrad der Marke Triumph sowie private Sachen“, fuhr er fort. „Hier bitte einmal unterschreiben.“ Er reichte ihm einen edlen Füller der Marke Montblanc über die schwere Mahagoni-Schreibtischplatte.

„Am besten Sie fahren baldmöglichst selbst nach St Ives und schauen sich das ganze Desaster mal an“, schlug der Notar vor, nachdem alles unterschrieben war. „Jetzt im Frühsommer ist die ideale Zeit dafür. Schöne Gegend, gesunde Luft, gutes Essen. Was das Cottage betrifft, ist allerdings einiges zu machen – der Hausverwalter, den wir in den vergangenen Jahren beauftragt haben, hat sich wirklich nur um das Nötigste gekümmert. Strom und Heizung im Winter und so weiter, um Frostschäden zu verhindern und damit das Haus nicht gänzlich verfällt. Aber der Garten ist ziemlich verwildert. Hier, schauen Sie.“ Er reichte ihm ein paar Fotos, die sich ebenfalls in der Akte befanden.

Für einen Moment zögerte er, sie anzunehmen.

All die Erinnerungen.

Schließlich nahm er sich doch ein Herz und riskierte einen Blick. Nun, so schlimm sah es auch wieder nicht aus. Fast wie eine Filmkulisse, Jane Austen hätte ihre helle Freude an dem kleinen Häuschen, dachte er, während er nachdenklich die Bilder betrachtete, die ihn in eine andere Zeit entführten. Eine Zeit, an die zu denken er sich verboten hatte. Aber irgendwann musste er einen Schlussstrich unter die Vergangenheit ziehen, wenn er eine Zukunft haben wollte. Das Cottage war gänzlich eingewachsen von Kräutern, Gräsern und bunten Sommerblumen. Schnell legte er die Fotos zurück auf den Schreibtisch. Er spürte, dass er möglicherweise noch nicht so weit war. Dass er noch nicht loslassen konnte. Noch nicht vergessen konnte, was geschehen war.

Dabei wollte er nichts mehr, als neu anzufangen.

Endlich.

„Und? Schon Zukunftspläne?", erkundigte sich der Notar.

„Ich weiß nicht ... ich denke, ich werde studieren."

„Hier in London?"

Er nickte.

„Wenn möglich, ja."

„Und schon eine Idee, was?"

„Ehrlich gesagt: Ich bin mir noch nicht ganz im Klaren darüber."

Der Notar, ein untersetzter Mann von etwa fünfzig Jahren, Glatze, Bauch, teurer Anzug, glänzende Budapester, beugte sich zu ihm vor, als wäre er im Begriff, ihm ein kostbares Geheimnis zu verraten.

„Studieren Sie doch Jura", empfahl er. „Damit können Sie praktisch alles machen. Bei einer großen Kanzlei durchstarten oder Notar werden wie ich – und falls Ihr Herz für die Menschenrechte schlägt, können Sie auch jederzeit bei Amnesty International anfangen", erklärte er mit einem Augenzwinkern.

Er wusste nicht wirklich, was er darauf erwidern sollte.

„Ich überleg es mir", sagte er.

„Gut, dann alles Gute für Ihre Zukunft", wünschte sein Gegenüber und erhob sich, um ihm die Hand zu reichen.

Kaum war er aus dem Fahrstuhl und durch die mächtige Drehtür hinaus auf die belebte Oxford Street getreten, fühlte er sich schon deutlich erwachsener als noch eine Stunde zuvor. Die Rolex an seinem Handgelenk fühlte sich gut an. Was würde er mit seinem Leben anfangen?

Es war, als wäre heute der Tag der Tage gekommen.

Der Tag, an dem der Rest seines Lebens begann.

Der Tag, an dem er eintreten würde in die Welt der Erwachsenen. Und die Welt seiner Kindheit ein für alle Mal hinter sich lassen würde. Nun, ihm konnte es nur recht sein. Denn seine Kindheit war ihm schon lange zuvor für immer genommen worden. In aller brutalen, blutigen Härte des Schicksals. Und obwohl er bis zu diesem heutigen Tag noch ein Kind und dann ein Jugendlicher gewesen war, war ebendiese Zeit, die Kindheit – für viele die schönste des Lebens, wie er gehört hatte –, für ihn nichts weiter gewesen als ein dunkles Wartezimmer. Ein Verlies, ein Kerker, in dem er die Tage und Stunden gezählt hatte, darauf wartend, endlich erwachsen zu werden. Und diesen verstörenden Ort, der alles kaputt gemacht hatte, ein für alle Mal verlassen zu können.

Er wollte seine Vergangenheit loswerden, wie einen mit Blei gefüllten Rucksack, den man nach einem langen beschwerlichen Marsch erleichtert vom Rücken nahm. Doch das Problem war, der Rucksack war mit ihm verwachsen. Seine Gurte hatten sich über die Jahre tief in seine Haut gewebt und sich vorgearbeitet bis zu seinem Herzen. Das sie nun fest umschlungen hielten. Was sollte er tun? Wie in aller Welt sollte er diesen Rucksack jemals loswerden, ohne dass dieser ihm das Herz herausriss? Eine Frage, auf die er bis heute keine Antwort gefunden hatte.

Eine Frage, die ihm den Schlaf raubte.

Und es war beileibe nicht die einzige.

Denn dann war da noch *sie*.

Der seidene Faden, an dem seine Vergangenheit hing.

Mehr als dieser Faden war ihm nicht geblieben von dem, was andere Menschen ihr Zuhause nannten.

Er dachte oft an sie. Beinahe tagtäglich. Ja, natürlich hatte er mit dem Gedanken gespielt, sie anzurufen. Wieder und wieder, über all die Jahre. Er kannte sogar ihre Nummer auswendig – die ihrer Eltern, um genau zu sein. Doch bis zum heutigen Tag hatte er es nicht gewagt. Was, wenn sie sich überhaupt nicht an ihn erinnerte? Was, wenn er ihr vollkommen egal war? Hinzu kamen die Fragen. Die Erklärungen, die nötig waren. Wenn er mit ihr sprach, würde er alles noch einmal durchleben müssen.

Die Dämonen der Vergangenheit würden ein zweites Mal über ihn herfallen. Und darauf war er bislang nicht vorbereitet gewesen. Doch hier und jetzt, in diesem Augenblick, an seinem achtzehnten Geburtstag – endlich frei, endlich erwachsen, endlich ein Mann! –, fühlte er, dass der Moment möglicherweise gekommen war.

Dass er stark genug war, Kontakt zu seiner Vergangenheit aufzunehmen.

Zu *ihr*.

Denn irgendwann musste er die Dämonen ein für alle Mal verjagen.

Was sie wohl machte, jetzt in diesem Moment? Ob es ihr gut ging? Er hoffte es. Zumindest einer von ihnen beiden hatte etwas Glück im Leben verdient.

Langsam zog er sein Handy aus seiner Jeans. Um den Gedanken sofort wieder zu verwerfen, als sein Blick auf die knallrote Telefonzelle auf der gegenüberliegenden Straßenseite fiel.

Er überquerte die Straße und zählte etwas Kleingeld zusammen. Er nahm den Hörer ab und wählte die Nummer. Das Freizeichen ertönte. Augenblicklich beschleunigte sich sein Puls auf hundertachtzig.

„Ja?"

Für einen Moment blieb ihm der Atem weg, so schnell ging alles. Es hatte nur ein einziges Mal geklingelt, schon hatte am anderen Ende jemand abgenommen. Es war eine weibliche Stimme. Sie ähnelte ihrer, wenn er sie recht in Erinnerung hatte, aber sie klang älter. Es musste ihre Mutter sein.

„Ent…schuldigung …", stotterte er. „Könnte ich … Ihre … Tochter sprechen?"

„Einen Moment", erwiderte die Stimme am anderen Ende. Eine halbe Ewigkeit schien zu vergehen, während sein Herz drauf und dran war, zu explodieren. Doch jetzt war es zu spät, um zu kneifen. Oder?

„Hallo? Hier ist Ruby?"

Eine Faust durchbohrte sein Herz, glühend heiß wie in einem Schmiedeofen, während er spürte, wie der Hörer in seiner Hand leicht zu vibrieren begann. Seine Hand zitterte, erst jetzt bemerkte er es. Sie war schweißnass.

Ihre Stimme klang fast noch genauso wie damals.

Er wollte etwas erwidern, sich ihr zu erkennen geben – aber seine Stimmbänder versagten kläglich.

„... hallo ...?", hörte er sie fragen. „Wer ist denn da?"

Er hätte ihr ewig weiter zuhören, im glockensüßen Klang ihrer Stimme baden können. Doch um weiter in diesen Genuss kommen zu können, musste er den Mund aufbekommen. Jetzt! Doch nichts. Sosehr er sich auch bemühte, er brachte kein Wort heraus.

Mit einem verzweifelten Ruck katapultierte er den Hörer zurück auf die Gabel. Und sank zitternd zu Boden.

Es dauerte Minuten, bis er langsam wieder zu Sinnen kam. Jemand hämmerte von außen an die Telefonzelle. Offensichtlich hatte er es eilig, zu telefonieren.

Und wusste genau, was er der Person am anderen Ende zu sagen hatte.

Im Gegensatz zu ihm.

Flugzeug: Eine Reise steht bevor

Lexikon der Träume

St Ives, Cornwall, März 2015

Der Januar und der Februar zogen friedlich ins Land. In einem für kornische Verhältnisse klirrend kalten Winter. Allein der geheimnisvolle Mann aus dem Meer hielt alle auf Trab. Mittlerweile hatte der Fall die Grenzen von St Ives und Cornwall endgültig hinter sich gelassen. Selbst die große *Times* berichtete über den Fall, wenn auch nur in einem Einspalter auf den hinteren Seiten. Die *Sun* brachte gar ein Foto – allerdings eines, auf dem ihn selbst Ruby kaum wiedererkannte.

Vielleicht lag es daran, dass sich trotz aller Aufregung niemand meldete, der in irgendeiner Form etwas zu dem mysteriösen Fall beitragen konnte oder wollte. Und so kam es, dass der Mann aus dem Meer schließlich und endlich aus den Schlagzeilen verschwand. Wenn auch nicht aus Rubys Kopf.

Sie sollte zwar nicht wieder von ihm träumen, aber er tat ihr leid. Noch immer. Oder gar mehr denn je. Denn keine Nachrichten, nicht mal mehr in der *St Ives News*, konnte nur bedeuten, dass er noch immer im Koma lag. Dass niemand gekommen war, um seine Identität zu klären. Oder ihn aus seinem Schlaf zu erwecken – nun, falls das überhaupt möglich war. Vielleicht hatte sie als Kind auch einfach nur zu oft die Geschichte von Dornröschen gelesen. Wie auch immer: Alles sah so aus, als würde sich nicht mehr viel tun in diesem Jahr – als würde es genau so ein Jahr werden wie die davor.

Bis zu jenem Tag Anfang März …

„Wir haben einen Neuzugang", verkündete Eleonore Stone, die Oberärztin und medizinische Leiterin des Hospizes – eine ausgemergelte Frau von kaum mehr als vierzig Jahren mit schmalen Lippen, einer Haut wie aus Eis und einem Gesicht, das nur aus mit dieser Haut überspannten Knochen zu bestehen schien. Sie hatte etwas von einer Vogelscheuche an sich und war das komplette Gegenteil der runden Oberschwester Rosamund – zusammen jedoch bildeten sie ein gefürchtetes Team.

„Bei Komapatienten sind die ersten vierundzwanzig Stunden entscheidend“, teilte sie Ruby und den anderen Schwestern in der überraschend anberaumten Besprechung mit. „Eine Frist, die unser Patient lange überschritten hat. Er liegt seit fast drei Monaten im Koma, und das ohne erkennbare Organschäden. Seine Körperfunktionen arbeiten einwandfrei. Von daher kann es sich nur um ein schweres Hirntrauma handeln“, erklärte sie.

Koma? Rubys Puls beschleunigte sich. Konnte es sein …?

„Besteht eine Chance, dass er wieder aufwacht?“

Iris, die junge Schwesternschülerin, hatte es gewagt, eine derart naive Frage in den Raum zu werfen. Nun, man konnte es ihr nicht vorwerfen – sie hatte in ihrer kurzen Zeit hier noch nicht allzu viele Erfahrungen mit Doktor Stone gesammelt.

Diese blickte sie wie nicht anders zu erwarten nur mitleidig an.

„Nein“, erwiderte sie kurz und bündig. „Deshalb ist der Patient hier und nicht im Krankenhaus. Weitere Fragen?“

Ihr versteinerter, unnahbarer Gesichtsausdruck, der so typisch war für Menschen, die schon früh in ihrem Leben entschieden hatten, dass sie nur wenig Zeit finden würden, ihr Leben ihrer eigenen Glückseligkeit zu widmen statt fremdem Stolz, ließ keinen Zweifel daran, dass es besser war, keine Fragen mehr zu stellen.

Das für solche Meetings typische angespannte Schweigen flutete den Raum wie eine Welle aus Angst und Unbehaglichkeit.

„Wer … wird sich um den Patienten kümmern?“ Ruby hatte sich ein Herz gefasst und die Frage gestellt. Sie fühlte, dass sie keine andere Wahl hatte. Zumindest, wenn es stimmte, was sie annahm.

Augenblicklich legte sich ein überraschter Ausdruck auf das Gesicht von Doktor Stone. Ja, sie meinte fast, ein winziges interessiertes Lächeln auf ihren kaum sichtbaren Lippen wahrzunehmen.

„Nun, Ruby – wenn Sie schon fragen, würde ich vorschlagen, dass Sie selbst diese Aufgabe ab sofort übernehmen."

Ruby schluckte.

„Sie dürfen sich freuen – der Patient ist jung und hübsch. Mal eine nette Abwechslung hier für ein junges Mädchen wie Sie, oder? Aber aus der Verlobung wird nichts werden, das muss ich Ihnen von vornherein sagen."

Jung und hübsch? Langsam nahm das Puzzle Form an. Ruby brannte darauf, mehr zu erfahren.

Das winzige Lächeln auf Doc Stones Lippen hatte sich in ein sichtbares, wenn auch für Rubys Geschmack ein wenig unterkühltes Lächeln verwandelt. Und doch – alle lachten über ihren abgeschmackten Witz. Nicht weil er so gut war, sondern aus Furcht vor Eleonore Stone. Es war nicht das erste Mal, dass Ruby eine solche Situation erlebte. Ihre Vorgesetzte war wie ein erhabenes Gemälde, das finster auf einen herablächelte. Ihr bisheriges Leben hatte sie damit verbracht, ihren Kopf mit Wissen zu füllen. Doch ihr Herz war leer. Einsam. Vertrocknet. Stolz.

Und genau dieser Stolz verhinderte, dass sie das bekam, wonach sie in Wahrheit suchte – so wie wir alle:

Liebe.

Glück.

„Ach, bevor ich es vergesse", fügte die Oberärztin hinzu. „Es kann sein, dass die Staatsanwaltschaft vorbeikommt und Untersuchungen anstellt."

„Die Staatsanwaltschaft?", fragte eine der Schwestern überrascht.

Doktor Stone nickte. „Um die Identität des Patienten zu klären. Bis heute weiß niemand, wer er ist. Das Meer hat ihn offensichtlich aus dem Nirgendwo angespült, vielleicht haben Sie davon gehört."

Das *Meer*?

Da war sie – die Bestätigung! Ruby versuchte, sich ihre Aufregung nicht anmerken zu lassen.

War es wirklich möglich? Jetzt war endgültig klar, worum es hier ging. Oder besser gesagt: um *wen*.

Das Zimmer lag im Dunkel. Jemand musste die Vorhänge zugezogen haben. Es herrschte finsterste Nacht, dabei war es ein mittlerweile gleißend strahlender Märzmorgen, ohne den für diese Jahreszeit normalerweise üblichen feuchten englischen Nebel, der kaum von einem leichten Nieselregen zu unterscheiden war. Doch heute? Keine Wolke trübte den Himmel über Cornwall. Wusste denn niemand, dass Menschen Licht brauchten? Wer auch immer das angeordnet hatte – Ruby ahnte es bereits –, hatte nicht die leiseste Ahnung von Menschen.

Mit einem entschlossenen Ruck zog sie die Vorhänge zurück. Augenblicklich flutete die Sonne das Zimmer.

Vorsichtig trat Ruby an das Bett des ihr anvertrauten Patienten.

Im selben Moment durchfuhr sie ein weiterer Schock. Denn er hatte nichts mit den Patienten gemeinsam, mit denen sie für gewöhnlich zu tun hatte.

Er war so unglaublich jung – viel zu jung, um zu sterben!

Doch da war noch etwas anderes. Ein anderes Gefühl: Es war, als lege sich eine unsichtbare Hand um ihr Herz. Ein sanfter, warmer und doch schmerzhafter Druck fuhr wie eine Welle aus elektrischem Strom durch ihren ganzen Körper. Für einen Moment musste sie sich tatsächlich setzen, auf den Besucherstuhl neben seinem Bett.

Kein Apparat blinkte an seiner Seite, der Patient atmete völlig selbstständig. Und doch: Sein ganzer Körper schien leicht zu zittern. Zu vibrieren. Hin und wieder zuckte er zusammen, als wäre er in einem bösen Traum gefangen. Ruby konnte sehen, wie sich die Pupillen unter seinen Augenlidern rastlos hin und her bewegten. Fast war es, als wäre er in einen hundertjährigen Schlaf gefallen – verzaubert von einer bösen Fee.

„Ich werde gut für dich sorgen, wer auch immer du bist“, flüsterte sie, halb an ihn, halb an sich selbst gewandt. „Mach dir keine Sorgen.“

Vorsichtig ließ sie ihre rechte Hand über seine Wange gleiten, während sie mit ihrer linken sanft über seinen Arm fuhr.

Nicht die leiseste Reaktion.

Und doch: Tief in ihrem Innern war Ruby sich sicher, dass er ihr Signal empfing. Er irrte durch eine andere Welt, fernab der ihren. Aber aus irgendeinem Grund wusste sie, dass er sie fühlte. Dass er ihr Signal empfing, so fern sie einander auch waren.

Ihr Signal.

Ihren Funkspruch.

Er lautete: Du bist nicht allein.

Ihr Blick fiel auf das Amulett, das geöffnet neben ihm auf dem Nachttisch lag. Jenes, das sie in der Zeitung abgebildet hatten – mit dem Foto der unbekannten Frau.

Sie war wunderschön.

Ihr kastanienbraunes Haar glänzte, als wäre es aus Seide gesponnen, dazu geheimnisvolle goldbraune Augen mit langen Wimpern und elegante hohe Wangenknochen wie die eines Models. Ohne jede Frage war sie eine klassische Schönheit. Nun, eigentlich kein Wunder.

So wie er aussah, mussten ihm die Mädchen zu Füßen liegen.

Umso überraschender war es, dass sie – Ruby – nun der einzige Mensch in seinem Leben zu sein schien. Sie fragte sich, was die Frau auf dem Amulett wohl jetzt gerade machte? Sicher machte sie sich furchtbare Sorgen und suchte nach ihm. Komisch war nur, dass in ganz England keine Vermisstenmeldung eingegangen war. Etwas, das den Aussagen der Polizei zufolge, die sie in der Zeitung gelesen hatte, äußerst selten vorkam.

Und wenn überhaupt, dann nur bei sehr alten Menschen, die weder Kinder noch sonst jemanden hatten.

Menschen wie manche ihrer Patienten im Hospiz.

Doch er – er war jung. Sein ganzes Leben lag noch vor ihm.

Nun ja, theoretisch zumindest.

Fest stand: Sie selbst würde Himmel und Hölle in Bewegung setzen für ihren Freund.

Aber leider hatte sie keinen.

Sie hatte es ausprobiert, und die Sache war gnadenlos gescheitert. Offensichtlich erwartete sie einfach zu viel von der Liebe.

Vielleicht sah sie aber auch einfach nur zu viele Hollywoodfilme und hörte zu viele romantische Songs. Vielleicht war sie schlicht und einfach eine Tagträumerin, denn wir schrieben das Jahr 2015 und die meisten Menschen hatten die große Liebe in das Reich der Phantasie verbannt.

Ruby schien eine der wenigen zu sein, die nicht an Lebensabschnittsgefährten, Fernbeziehungen und andere Geschäftsmodelle glaubte, die heutzutage das einzig Mögliche zu sein schienen.

Der Standard.

Nun, möglicherweise hatten die anderen wirklich recht.

Möglicherweise war sie wirklich altmodisch und weltfremd.

Von wem sie das wohl hatte?

„Ein gutes Herz zu haben und ihm zu folgen ist in diesen Tagen nicht besonders in Mode“, tröstete ihre Granny sie immer, „aber es wird wieder in Mode kommen, glaub mir.“

Tilda.

Es war an der Zeit, sie wieder einmal zu besuchen. Seit dem Neujahrsschwimmen hatten sie sich nicht mehr gesehen. Ruby nahm sich vor, es nicht länger als bis zum Wochenende aufzuschieben.

Zumal die spannenden Neuigkeiten, die sie mitbringen würde, keinen längeren Aufschub duldeten.

Als Ruby wenig später die Tür zu dem Zimmer ihres Patienten leise hinter sich schloss, als befürchte sie, ihn mit unnötigem Lärm aus seinem Schlaf zu wecken, hatte sie das gute Gefühl, eine Brücke zu ihm gebaut zu haben. Auch wenn er nicht *einmal* mit der Wimper gezuckt hatte – sie hatte Kontakt zu ihm aufgenommen, immerhin. Und als sie am späten Nachmittag auf ihrem Fahrrad die Bucht entlangfuhr und das Hospiz hinter sich ließ, vermisste sie ihn schon beinahe.

Am liebsten hätte sie die Nachtschicht auch noch übernommen. Denn sie fühlte sich bereits verantwortlich für ihn und hoffte, dass die Nachtschwester ihn genauso gut behandelte wie sie.

„Sag bloß, du hast dich in ihn verknallt!“

Ihre Freundin Becky nahm wie immer kein Blatt vor den Mund, als sie sich an diesem Abend trafen. Sie lebte mit ihrem Freund Chris nur ein paar Straßen weiter. Chris war mit seinen Freunden Karten spielen in ihrem Stammpub *Lifeboat Inn* unten an der Wharf Road, während Ruby und Becky oben bei einem Glas Wein zusammen Spaghetti kochten und sich einen schönen Abend machten.

„Quatsch“, beeilte Ruby sich zu sagen. „Er ist doch ein Patient. Aber er … tut mir leid“, sagte sie. „Er ist noch so jung …“

Becky grinste sie von der Seite her an, während sie ihr Glas mit dem billigen Supermarkt-Chardonnay auffüllte, den sie immer zusammen tranken, weil die Flasche so edel aussah und einem das Gefühl gab, etwas Besonderes zu sein. Denn die richtig guten Weine konnten weder Becky noch sie sich leisten.

„Ist er attraktiv?“, legte ihre Freundin nach. Offensichtlich war sie noch nicht gänzlich von Rubys Selbstlosigkeit überzeugt.

Ruby verdrehte die Augen.

„Das spielt keine Rolle, Becky!“, erwiderte sie. „So wie es aussieht, wird er nie wieder aufwachen …“ Kaum hatte sie es ausgesprochen, versetzten ihre eigenen Worte ihr auch schon einen Stich ins Herz. Es war merkwürdig, im Grunde konnte es ihr doch egal sein. Doch jetzt hätte sie es am liebsten zurückgenommen, denn so etwas durfte man nicht einmal denken, wenn man ihm noch eine Chance geben wollte.

Das schien auch Becky so zu sehen.

„Das ist nicht unbedingt gesagt“, sinnierte sie.

„Die Ärzte sagen schon“, widersprach Ruby gegen ihre eigene Überzeugung.

„Ich bin auch bald Ärztin, hast du’s schon vergessen?“

„*Tier*ärztin“, stellte Ruby richtig. Sie und Becky hatten vor Jahren zusammen begonnen, Veterinärmedizin zu studieren. Aber nach dem ersten Jahr war Ruby ausgestiegen. Sie wusste, sie würde es nicht ertragen, als Tierärztin so viele Hunde sterben zu sehen oder sie sogar selbst ins Jenseits befördern zu müssen. Sie wollte nicht, dass sich die traurige Story von Bobby

Brown, die sie bis heute nicht wirklich verdaut hatte, wieder und wieder wiederholte, direkt vor ihren Augen. Noch jetzt kamen ihr die Tränen, wenn sie an Bobby dachte. Als die Ausbildungsstelle im Hospiz angeboten wurde, hatte sie sofort die Chance ergriffen und das Studium geschmissen. Denn es war etwas gänzlich anderes, alten Menschen, hinter denen ein langes und hoffentlich erfülltes Leben lag, dabei zu helfen, sich mit einem guten Gefühl von diesem Leben zu verabschieden. Hunde jedoch blieben zeitlebens Kinder, sie starben fast immer vor einem. Genauso wenig hätte sie mit echten Kindern arbeiten können, es würde ihr schlicht und einfach das Herz brechen. Natürlich ahnte sie, dass sie wahrscheinlich nicht darum herumkommen würde, denn auch Kinder konnten im Hospiz landen, aber bis jetzt war der Kelch noch an ihr vorübergegangen. Das war der Vorteil eines kleinen Nestes wie St Ives, ganz schlimme Dinge passierten hier nur alle Jubeljahre. Dinge, wie sie dem Mann aus dem Meer widerfahren waren. Vielleicht hatte ihr neuer Patient sie deshalb so aufgewühlt. Weil er sie daran erinnerte, dass der Tod nicht unbedingt eine Frage des Alters war.

Und dass man vor der Angst, das zu verlieren, was einem am meisten bedeutete im Leben, ob Mensch oder Hund, nicht davonlaufen konnte.

Niemand konnte das.

Auch *sie* nicht.

Trotzdem wollte sie sich um keinen Preis der Welt in einen dieser Menschen verwandeln, die keine innigen Bindungen eingingen, weil sie genau davor eine Höllenangst hatten – diese Bindung eines Tages wieder zu verlieren. Die aus Angst vor Schmerzen ihr Herz ausschalteten und sich ihre Freunde und Lebenspartner rein mit dem Verstand aussuchten. Wie einen Einkauf aus einem Katalog. Doch am Ende sorgte genau diese Angst dafür, dass ebendiese Menschen mutterseelenallein waren – egal, wie viele Katalogbewohner ihr Leben auch bevölkerten.

So mutterseelenallein, wie es auch ihr neuer Patient anscheinend war. Hatte auch er eine Familie? Ein Zuhause? Irgendwo musste doch jemand auf ihn warten – doch bis jetzt hatte ihn offenbar niemand als vermisst gemeldet.

„Weiß man denn gar nichts über ihn?", hakte Becky nach.

Ruby schüttelte den Kopf, während sie das Nudelwasser abgoss. „Es gibt nur dieses Amulett mit dem Bild der jungen Frau, sonst nichts."

„Das aus den Zeitungen?"

Ruby nickte.

„Hast du es gesehen, ich meine im Original?"

Ja, hatte sie. Ihre Gedanken flogen zurück zu ihrem Patienten und dem Amulett auf dem Nachttisch. Die Frau darauf mochte nur ein paar Jahre älter sein als sie selbst, vielleicht Ende zwanzig. *Wo* war sie? *Wer* war sie? Das waren die großen, ungelösten Fragen, die Ruby beschäftigten.

„Sie sieht ein wenig aus wie Kate Beckinsale … oder Emily Blunt …", erklärte sie ihrer Freundin, die keine Ausgabe der *Vanity Fair* verpasste.

Ein anerkennendes Nicken signalisierte Ruby, dass sie verstanden hatte, wovon sie sprach.

„Hm … und sie wissen auch nicht, wer *sie* ist?"

„Ihr Name ist Rachel, aber mehr haben sie bisher nicht herausgefunden. Offensichtlich hat sie vergessen, ihre Telefonnummer zusammen mit der Widmung eingravieren zu lassen", scherzte Ruby.

„Der Widmung?"

„*I love you, Rachel*", erklärte Ruby ihrer Freundin. „Es steht auf der Rückseite des Amuletts."

„Wie romantisch!", seufzte Becky – und nahm einen kleinen Schluck aus ihrem Glas. Um dann mit ihr anzustoßen. „Auf die Liebe!"

„Auf die Liebe!", erwiderte Ruby, auch wenn sie und Becky diesbezüglich eher voneinander abweichende Auffassungen hatten. Becky teilte Männer in zwei Gruppen ein: die Versorger und die sexy Typen.

Mit Chris hatte sie ihren Versorger gefunden.

Und die sexy Typen fand sie – nun, woanders.

Sie war wie so viele, sobald sie die Grenze zum Erwachsenwerden überschritten: äußerst praktisch veranlagt. Was das betraf, hätte Becky eigentlich eher mit ihrer Mutter Jenny befreundet sein müssen statt mit ihr. Denn Ruby war, obwohl auch sie bereits fünfundzwanzig war, noch immer ein romantischer Teenager. Sie träumte von einer Liebe, die alles andere klein und unbedeutend erscheinen ließ. Sie suchte nicht irgendeinen Mann, sondern *ihren* Mann.

Den Mann.

Den das Schicksal für sie bestimmt hatte.

Ihren Seelenverwandten. Ihre zweite Hälfte, mit der sie durch dick und dünn gehen konnte, *in guten wie in schlechten Zeiten.*

Wie gesagt: Sie war nie erwachsen geworden.

Wahrscheinlich war sie deshalb noch immer Single.

Oder schwer vermittelbar, wie Becky immer sagte. Sie passte einfach nicht in diese Welt.

„Und du sagst, er hat keinen Kratzer abbekommen?“, riss ihre Freundin sie aus ihren Gedanken.

„Außer ein paar ziemlich heftigen Narben, nein …“, bestätigte Ruby. „Abgesehen davon sieht er aus wie …“

„Aus dem Ei gepellt?“, kicherte Becky ein wenig unpassend wie so oft. Ihr Gespür für Contenance und Feingefühl ließ manchmal deutlich zu wünschen übrig. Die Worte fielen ihr nur so aus dem Mund, und Herz und Hirn setzten oft erst kurz danach ein – manchmal auch erst lange danach.

Ruby nickte.

„Und er atmet selbstständig?“

„Keine inneren Verletzungen, sagen die Ärzte – er hängt nur am Tropf, weil er künstlich ernährt werden muss. Verhungern lassen können wir ihn ja schlecht.“

„Schädelhirntrauma, richtig?“

„Nun, das ist das Einzige, was den Ärzten dazu einfällt“, bestätigte Ruby. „Ehrlich gesagt habe ich das Gefühl, dass sie am Ende ihres Lateins angelangt sind. Deshalb haben sie ihn zu uns ins Hospiz abgeschoben. Ich glaube, die warten einfach alle nur darauf, dass er endlich … *stirbt* …“

Beim letzten Wort musste sie schlucken, denn es passte so gar nicht zu dem jungen Mann, den das Meer in ihre Arme gespült hatte. „Dabei sieht er gar nicht aus, als würde er sterben", schob sie schnell hinterher, um dem Universum zu signalisieren, dass wenigstens eine Person noch fest an ihn glaubte. „Eher als würde er schlafen. Träumen, um genau zu sein."

„Träumen …?", sinnierte Becky mit dem Kochlöffel in der Hand. „Vielleicht ist er der Beweis für unsere Theorie? Was denkst du?"

Ihre Freundin zwinkerte ihr vielsagend zu.

„Du spinnst, Becky!"

Ihre *Theorie*.

Seit sie kleine Mädchen gewesen waren und ihre Kindheit gemeinsam an den weiten Stränden, auf den moosgrünen Hügeln, in den nach Laub und Nadeln duftenden Wäldern und den schmalen, sich eng windenden Kopfsteinpflastergassen von St Ives verbracht hatten, fast wie zwei Schwestern, hatten sie die Theorie ausgeheckt und sie über die Jahre weiter und weiter gesponnen. Sie besagte, dass wir eigentlich alle Träumer waren. Ja: sämtliche Menschen auf der Erde. Und dass wir uns in Wahrheit an einem ganz anderen Ort befanden. In einer Art Superkino oder Computersimulation, in dem unser eigenes Leben, das bereits von vorne bis hinten geschrieben war, ablief – mit uns mittendrin, als Held der Geschichte. Die Bühne: Planet Erde. Natürlich wussten wir das nicht, während wir in der uns zugewiesenen Rolle steckten, aber unser Unterbewusstsein ahnte es hier und da.

Merkwürdige Zufälle geschahen, unerklärliche Déjà-vus und eben Träume. Was genau passierte eigentlich, wenn wir schliefen? Wenn wir träumten? Bis heute hatte die Wissenschaft nicht *eine* bewiesene Antwort auf diese Frage. Denn auch sie, die Wissenschaft, gehörte logischerweise zu der Simulation – genau wie deine Freunde, deine Familie, deine Lehrer und alle anderen Menschen, die dir weismachen wollen, dass das Leben natürlich keine Simulation war. Und kein Spiel.

Mussten sie ja auch, denn das war ihre Aufgabe in dem Spiel. In Wahrheit jedoch waren wir selbst, also unser echtes Selbst, sehr wahrscheinlich irgendwo da draußen. Vielleicht auf einem anderen, sehr viel höher entwickelten Planeten des Universums. Vielleicht waren wir selbst sogar Planeten, Sterne oder zumindest Sternenstaub, der aufgeregt durch das All wirbelte und sich mal hierhin und mal dorthin träumte. Möglicherweise – nein, sehr wahrscheinlich – lebten wir sogar mehrere Leben parallel, und das in ganz verschiedenen Epochen. Was wiederum Albert Einstein erklären würde, der von der Zeit als vierter Dimension sprach und ebenfalls annahm, dass alle Epochen theoretisch zur gleichen Zeit stattfinden könnten. Es gab unzählige Varianten in diesem Spiel, das unsere Seele spielte.

Oder sollte man besser sagen: *träumte?*

Tausend Wege, die wir einschlagen konnten. Und je nachdem, wofür wir uns entschieden – den hundertprozentig richtigen Weg, einen halbwegs richtigen Weg oder den leichtesten aller möglichen Wege –, erreichten wir das nächste Level. Oder eben nicht. Wie toll wäre es, eine Nachricht an sein Selbst senden zu können, das gerade in einer ganz anderen Welt unterwegs ist und genauso um sein Glück kämpft wie du hier, dachte Ruby.

Vielleicht würden die Menschen eines Tages wirklich Kontakt aufnehmen – zu sich selbst und ihrem höheren, größeren Ich.

Vielleicht aber, und das war eine andere Variante der Theorie, waren wir auch nur frei fliegende Gedanken, die hoch im Himmel in den Wolken schwebten und sich ein Leben erträumten – auf einer Erde, die sie selbst erschaffen hatten, allein mit der Kraft ihrer Phantasie. Vielleicht waren diese Gedanken in den Wolken tatsächlich Gott. Die ganze Welt bestand aus nichts weiter als weißen Schönwetterwolkengedanken und schwarzen Gewitterwolkengedanken. Wolken, die sich im nächsten Moment auflösen konnten, um den Blick freizugeben auf einen weiten blauen Himmel, der sich wie eine warme Decke über uns und unsere Ängste spannte, als wolle er sagen: Alles wird gut. Mach dir keine Sorgen. Selbst wenn du einmal schlecht träumst. Diese Idee gefiel Ruby am besten. Sie musste nur daran denken und schon fühlte sie sich frei wie ein Vogel.

„Wie auch immer", unterbrach Becky sie erneut. „Ich finde, du solltest ihm einen Namen geben."

„Ihm?"

„Deinem Patienten. Irgendwie musst du ihn doch ansprechen – oder willst du immer sagen, *Guten Morgen, lieber Patient*, oder *Hey, du da – aufgewacht*?"

Hm, darüber hatte sie ehrlich gesagt noch gar nicht nachgedacht. Aber es war etwas Wahres dran. Andererseits …

„Nein, ich glaube besser nicht …", widersprach sie, „denn wenn er aufwacht, finden wir seinen richtigen Namen heraus und der passt dann überhaupt nicht mehr zu ihm."

„Na, du bist ja wirklich eine Optimistin!", erwiderte ihre Freundin grinsend.

War sie das? Möglicherweise. Aber was war schlecht daran, das Beste zu hoffen statt immer nur das Schlechteste, wie es die meisten Menschen taten, um nur ja nicht enttäuscht zu werden? Ruby war der festen Überzeugung, dass man mit guten Gedanken auch gute Ereignisse anzog. Vor allem, wenn ihre und Beckys Theorie stimmte, dass wir unser Leben tatsächlich nur träumten. Dann mussten wir sogar um jeden Preis versuchen, positiv zu träumen, also positiv zu leben, das Spiel des Lebens mutig und richtig zu spielen – sonst ging wirklich alles den Bach runter.

Vielleicht tat es das genau deshalb bei so vielen Leuten.

Weil sie das Spiel nicht richtig spielten.

Weil sie es nicht mutig spielten.

Weil sie aufgehört hatten, an die Macht ihrer Träume und an Happy Ends zu glauben.

Und genau deshalb fanden diese auch nicht mehr statt, sondern ihr Lebenstraum verwandelte sich nach und nach in einen schwarzen Gewitterwolkentraum, je länger sie in dem Spiel gefangen waren. Bis sie eines Tages aus dem Spiel ausschieden – starben – und eine neue Chance bekamen, in einem neuen Leben, einem neuen Spiel, alles auf null, noch einmal ganz neu durchzustarten.

Ruby glaubte nicht daran, dass das Leben aus *Fifty Shades of Grey* bestand, sondern dass all die Grautöne, die unser Leben beherrschten, nur eine Ausrede der Menschen waren, um sich nicht zwischen Schwarz und Weiß, zwischen Böse und Gut entscheiden zu müssen.

Um ein leichtes Leben zu haben, ohne Hürden.

Genauso wie es eine Ausrede war, dass man, weil die Realität so hart und gemein war, keine andere Wahl hatte, als sich ihr anzupassen und genauso hart und gemein zu werden, um zu überleben. Denn wenn wir das taten, wurden wir selbst zu einem Teil dieser grauen Welt. Wir verloren alle bunten Farben, die uns als Kind in die Wiege gelegt wurden, und wir opferten sie nur aus einem Grund: Um uns anzupassen und so grau zu werden wie alle anderen, weil es eben der leichtere Weg war.

Oder wie es der amerikanische Sänger John Mayer in seinem Song *No Such Thing* sang:

I wanna run through the halls of my high school
I wanna scream at the top of my lungs
I just found out there's no such thing as a real world
Just a lie you got to rise above …

Und genauso war es. Auch Ruby wollte es am liebsten herausschreien, mit aller Kraft ihrer Lungen: So etwas wie die reale Welt gibt es nicht. Sie ist nur eine Lüge, über die wir uns erheben müssen. Denn wir selbst sind es, die die Realität erschaffen. Tag für Tag. Sie beginnt mit unseren Träumen.

Und das Einzige, was wir benötigen, um diese Träume Realität werden zu lassen, ist ein bisschen Courage. Denn eines ist geschichtlich bewiesen: Träumer haben diese, unsere Welt erschaffen und erschaffen sie Tag für Tag aufs Neue. Irgendein verrückter Träumer hat das Feuer in die Welt gebracht, sodass wir uns heute an Herd, Ofen und Heizungen erfreuen können. Dieser Träumer hat die Kälte aus unserem Leben vertrieben. Ein anderer verrückter Träumer wiederum hat das Rad erfunden, und heute lenkt fast jeder von uns ein Auto. Wiederum ein anderer lehrte uns zu fliegen. Und so weiter und so fort. Die ganze Welt, alles, was wir jeden Tag dort draußen sehen und als Selbstverständlichkeit wahrnehmen, beruht auf Träumen.

Träumen, die sich nicht der harten, gemeinen, feuerlosen, radlosen, fluglosen Realität angepasst haben, sondern diese neu erfunden haben, gegen den erbitterten Widerstand der grauen Masse, die seit jeher daran glaubte, dass die Realität so war, wie sie eben war, und sich nie ändern würde. Doch Fehlanzeige: Die ganze Menschheitsgeschichte ist aus Träumen gebaut. Und wieso zum Teufel sollte das heutzutage nicht mehr so sein? Wieso sollte das Rad der Zeit stillstehen?

Die Wahrheit ist: Wir müssen nur stark sein und unsere Träume *leben*. Dann nämlich wird sich die Realität unseren Träumen anpassen – und nicht umgekehrt. An dem Tag, an dem endlich alle Menschen auf diesem Planeten das begreifen, ist die Welt auf einen Schlag eine andere, bessere, lebenswertere, friedlichere – glücklichere.

„Ruby?"

„Ja?"

„Du hättest Philosophin werden sollen oder hauptberufliche Träumerin ..."

„War ich wieder weg?"

„Ja, absolut unansprechbar", grinste Becky. „Möchte wissen, was in deinem Kopf vor sich geht ..."

„Ich hab nur an unsere Theorie gedacht und an die Welt im Allgemeinen", erklärte Ruby.

„Und? Irgendwelche neuen Erkenntnisse?"

„Hm, eigentlich nicht ..."

„Dann hilf mir mal mit der Soße", bat ihre Freundin sie. Ein Weilchen waren sie damit beschäftigt.

„Gib ihm doch einen Künstlernamen", schlug Becky schließlich vor.

„Wem?"

„Na, ihm – deinem Patienten!"

Ein *Künstlername*? Das war eine brillante Idee.

Ruby brauchte nicht lange zu überlegen.

„Ich denke, ich werde ihn Sal nennen", erklärte Ruby. „Sal wie Salz – denn das war das Einzige, was er außer seinem Surfanzug am Körper trug, als das Meer ihn angespült hat."

Becky ließ sich mit einem Teller dampfender Nudeln an den kleinen runden Esstisch sinken. „An dir ist eine Poetin verloren gegangen, Ruby", erklärte sie mit einem Augenzwinkern.

Dann wies sie auf den zweiten angerichteten Teller auf dem Tisch und zog noch einen Stuhl heran. „Komm schon, Essen ist fertig! Ach ja, und reichst du mir bitte das *Sal* – Entschuldigung, das *Salz* wollte ich sagen …?"

„Haha, sehr witzig", entgegnete Ruby und tat, wie ihr geheißen.

Pyramide: Wissensdurst, Suche

Lexikon der Träume

Als Ruby am nächsten Morgen das alte Hospiz erreichte, fühlte sie erneut eine seltsame Spannung in sich aufsteigen.

Sie wusste ihre Gefühle selbst nicht zu deuten – denn eines stand fest: Sie ergaben nicht den leisesten Sinn. Sie kannte *Sal*, wie sie den neuen Patienten jetzt im Stillen nannte, ja noch nicht einmal.

Es war eine Nervosität, die sich noch verstärkte, als sie durch das Eingangsportal trat und den lang gezogenen Flur entlanglief. Fast wie in Zeitlupe öffnete sie die Tür.

Es war nicht zu fassen: Schon wieder lag alles im Dunkel, nur ein winziger Strahl Tageslicht drang durch einen spärlichen Schlitz der zugezogenen Vorhänge! Entschlossen durchquerte Ruby den weitläufigen Raum, der ursprünglich nicht als Patientenzimmer vorgesehen war, sondern nur bei voller Auslastung dafür hergerichtet wurde, und riss die Vorhänge auf.

Auf dem Gesicht ihres Patienten meinte sie einen leisen, kaum merklichen Ausdruck der Erleichterung zu lesen – aber vielleicht bildete sie es sich auch nur ein.

„Guten Morgen!“, begrüßte sie ihn leise und setzte sich zu ihm ans Bett, um seinen Puls zu messen. „Ich hoffe, du hast gut geschlafen …“ Im selben Moment hielt sie inne.

„Sorry, was erzähle ich hier für einen Unsinn …!“, entschuldigte sie sich augenblicklich für ihre Gedankenlosigkeit, einem Komapatienten auch noch einen guten Schlaf zu wünschen, als wäre nicht genau das sein Problem!

„Gestern hatte ich mich gar nicht vorgestellt“, fuhr sie fort, während sie die Pulsmanschette von seinem Arm nahm, sie neben sich auf das Bett legte und daraufhin mit ihren Fingerkuppen zärtlich über seine Wange fuhr. „Mein Name ist Ruby, und ich bin deine Krankenschwester. Ich … nun, da ich nicht weiß, wie du heißt, habe ich beschlossen, dich Sal zu nennen. Ich hoffe, das ist okay für dich?“

Eine Weile blickte sie ihn einfach nur an, als erwarte sie tatsächlich eine Antwort. Oder zumindest eine Reaktion. Nun, eigentlich konnte sie sich ja denken, was er darauf antworten würde, wäre er dazu fähig.

Sal? Wie Salz?

„Genau, wie *Salz*", bestätigte sie. „Denn davon war dein ganzer Körper überzogen, als sie dich gefunden haben. Nun, glaube ich zumindest", schränkte sie ein, denn schließlich war sie nicht dabei gewesen. Aber dass sein Körper in Zuckerwatte gehüllt gewesen war, war deutlich unwahrscheinlicher. Manchmal musste man sich einfach auf seinen Verstand verlassen und auf die nächstliegende Wahrheit. „Keine Sorge, das ist nur eine Art Künstlername, meine Freundin Becky hat mich darauf gebracht. Und wenn du aufwachst, sagst du mir deinen richtigen Namen, versprochen?"

Versprochen.

„Prima – das ist doch schon mal ein guter Anfang. Das freut mich sehr! Ich … nun, du musst wissen, normalerweise arbeite ich nur mit alten Menschen. *Sehr* alten Menschen, um genau zu sein. Von daher ist das für mich hier nicht ganz einfach, wenn du verstehst. Ich meine, du bist noch so jung. Aber ich kann dich beruhigen, dein Körper funktioniert einwandfrei. Wenn du aufwachst, ist alles in Ordnung, mach dir bitte wirklich keine Sorgen. Ich …"

Im selben Moment stieß jemand hinter ihr die Tür auf.

Dolores, eine der Schwestern.

„Mit wem redest du?", fragte sie irritiert.

„Ich? Mit dem Patienten – mit wem sonst?"

„Dem Patienten?" Dolores runzelte die Stirn. „Der kann doch gar nicht reden."

Doch Ruby schüttelte nur den Kopf.

„Aber er kann mich *verstehen*", hielt sie entgegen. „Und selbst wenn er nur meine Stimme hört, das ist doch auch schon etwas."

„Na ja, wenn du meinst …"

„Kannst du mir den kleinen CD-Player aus dem Schwesternzimmer bringen?"

„Den CD-Player? Wozu brauchst du *den* denn?"

„Ich möchte ihm Musik vorspielen."

„Musik."

Dolores runzelte die Stirn. „Meinst du nicht, dass du das erst mal mit unserer Oberärztin klären solltest?"

„*Eleonore Stone?*" Nun war es Ruby, die ungläubig klang. „Gestern bei der Ansprache hatte ich nicht den Eindruck, dass sie plant, irgendwelche Therapien mit ihm durchzuführen."

„Ruby – wir sind kein Krankenhaus, sondern ein Hospiz. Hierher kommen Menschen zum Sterben", erinnerte ihre Kollegin sie daran, wo sie sich befanden.

Als müsste sie *daran* erinnert werden.

„Aber *dieser* nicht!", widersprach Ruby ungeplant scharf. Sie wusste auch nicht, warum, aber sie konnte nicht anders, als sich schützend vor ihn zu stellen. Vielleicht hatten alle anderen die Hoffnung aufgegeben, aber sie nicht. „Jedenfalls nicht so schnell …", schob sie in der nächsten Sekunde nach, diesmal deutlich leiser. „Ein bisschen Musik kann jedenfalls nicht schaden, oder?"

„Nun, wenn du meinst …" Eine Sekunde blickte Dolores sie noch unverständlich an, so als wäre sie von allen guten Geistern verlassen, um dann die Tür wieder zu schließen und Ruby mit ihrem Schützling allein zu lassen.

„Mach dir keine Sorgen, Sal", beeilte sie sich, ihn zu beruhigen. „Solange ich hier bei dir bin, an deiner Seite, wird dir nichts passieren, das verspreche ich."

Vorsichtig nahm sie seine Hand. Ein Weilchen fuhr sie zart über seinen Handrücken, massierte ihn sanft, um daraufhin ihre Hand in seine gleiten zu lassen, sodass sich die Innenflächen berührten.

„Wer weiß, vielleicht schwebst du hier und jetzt dort oben an der Decke und siehst alles – aber wir hier unten nehmen dich nicht im Geringsten wahr, so als wärst du gar nicht da. So wie die anderen Schwestern, die immer die Vorhänge zuziehen."

Sie schüttelte erneut den Kopf.

„Du musst wissen: Als ich ein kleines Mädchen war, hatte ich ein Baumhaus – das war so ähnlich. Niemand hat mich da oben gesehen, außer Bobby Brown, der … was …?"

Ruby zuckte erschrocken zusammen. Kaum hatte sie den

Namen Bobby Brown ausgesprochen, hatte Sals Hand wie reflexartig ihre ergriffen – um nur eine Sekunde darauf wieder loszulassen und zu erschlaffen, als wäre nichts gewesen.

„Hast … du … mich etwa verstanden?“, flüsterte sie stockend.

Erneut nahm sie seine Hand, um sich zu vergewissern, dass sie nicht träumte oder sich nur eingebildet hatte, dass er auf ihre Worte reagiert hatte.

„Kannst … du … mich verstehen?“, wiederholte sie. „Wenn ja, drücke meine Hand noch mal.“

Angespannt saß sie da und hoffte inständig, ein Signal von ihm zu empfangen. Doch – nichts.

Sie wiederholte ihre Frage ein zweites und ein drittes Mal. Doch Fehlanzeige. Vielleicht hatte sie es sich wirklich nur eingebildet?

„Schade, ich dachte wirklich, du hättest gerade meine Hand gedrückt“, stellte sie ein wenig enttäuscht fest. „Nun, wie auch immer“, fuhr sie mit ihrer Geschichte fort. „Der Einzige, der mich in meinem Baumhaus entdeckt hat, war mein Hund Bobby Brown, der …“

Da! Schon wieder! Seine Finger verkrampften im selben Moment und schlossen sich um ihre.

Was … was … passierte hier?

Ruby konnte es nicht fassen.

Es bestand kein Zweifel mehr: Er reagierte! Sie hatte es sich *nicht* eingebildet. Doch worauf reagierte er?

Sie hatte nur *eine* Idee. Eine Idee, die leider nicht den leisesten Sinn ergab. Denn es schien ihr fast, als habe es etwas mit ihrem lange verstorbenen Hund zu tun – jedenfalls schien sein Name etwas in ihrem Patienten auszulösen.

„Sal? Was … ist mit … *Bobby Brown*?“, fragte sie mit klopfendem Herzen. Dieselbe Reaktion.

Für einen Augenblick musste Ruby sich daran erinnern, das Atmen nicht zu vergessen. Was hier, in diesem völlig unverhofften Moment geschah, war – schlichtweg unfassbar! Wenn nicht sogar mehr als das: ein Wunder! War es das?

„Ich bin gleich wieder da!“, versprach sie ihrem Patienten,

um so schnell sie konnte ins Zimmer der Oberärztin zu rennen.

„Er hat sich bewegt! Sal … Ich meine, der … *Patient* … hat sich bewegt!“, rief sie aufgeregt, sie war noch nicht mal ganz durch die Tür. Doktor Stone blickte von einem Stapel Patientenakten auf und schaute sie fragend an.

„Wer hat sich bewegt?“

„Der Komapatient!“

Sofort umspielte ein ungläubiges Lächeln den schmallippigen Mund der Oberärztin an ihrem mächtigen gläsernen Schreibtisch.

„Das ist eher unwahrscheinlich, würde ich sagen.“

„Aber er hat meine Hand berührt, ich habe das Experiment mehrfach wiederholt.“

Sie schilderte ihr genau, was passiert war.

„Muskelkontraktionen.“

„Wie bitte?“

Ruby konnte nicht fassen, dass die Ärztin sie mit einer solch banalen Erklärung abspeisen wollte.

„Das ist ganz normal bei Patienten, die ohne Bewusstsein sind – die Nerven arbeiten schließlich immer noch weiter. Das bedeutet aber nicht, dass er irgendetwas von dem verstanden hat, was Sie ihm gesagt haben, Schwester Light.“

„Aber er hat auf den Namen Bobby Brown reagiert, ich bin mir ganz sicher!“

„Nun, ich bin keine Neurologin, aber …“

„Sollten wir dann nicht einen Neurologen einschalten?“, schlug Ruby vor.

Die Ärztin stieß einen tiefen Seufzer aus, als versuche sie ein absolut unverständiges Kind abzuwimmeln, das die Tatsachen einfach nicht akzeptieren wollte.

Dass es zu spät war, noch etwas zu unternehmen.

„Genau das ist vor seiner Einlieferung bereits passiert“, erklärte Eleonore Stone nur noch wenig geduldig. „Glauben Sie mir: Bevor jemand in ein Hospiz kommt, muss schon einiges geschehen. Und seiner Akte zufolge war in den vergangenen Monaten sogar ein Team von Spezialisten aus London hier. Es ist also alles Menschenmögliche unternommen worden.“

„Aber …“

„Kein Aber, Schwester Light“, stellte die Ärztin die Rangordnung klar. „Lassen Sie die Experimente und sorgen Sie stattdessen lieber dafür, dass seine letzten Tage und Wochen hier bei uns so angenehm wie möglich für ihn … beziehungsweise seinen *Körper* … sind, verstanden?“

Ruby brauchte ein Weilchen, um zu erkennen, dass ihr der Mund offen stand vor Fassungslosigkeit. Sie konnte schlichtweg nichts entgegnen.

„Haben wir uns verstanden?“, insistierte die Ärztin mit strengem Blick.

„Ja …“, bestätigte Ruby betreten, um das Zimmer daraufhin ohne ein weiteres Wort zu verlassen. Ihre Begeisterung hatte sich mit diesem Besuch in das glatte Gegenteil verkehrt und war in tiefe Verzweiflung umgeschlagen. Wenn die Ärztin ihr nicht helfen wollte, musste sie einen anderen Weg finden, um zu beweisen, dass sie keinen Unsinn redete.

Sondern, dass es möglich war, wenn nicht sogar wahrscheinlich, dass eingeschlossen in den Tiefen seines Körpers, Sal versuchte, Kontakt mit ihr aufzunehmen.

Als Ruby später am Nachmittag, nachdem sie ihre Pflichten bei den anderen Gästen des Hospizes fürs Erste erfüllt hatte, wieder nach Sal schaute, auf dessen Nachttisch noch immer das Amulett mit dem Bild der jungen Frau lag, wurde ihr endgültig klar, dass sie das Richtige tat.

Er hatte niemanden auf der ganzen großen weiten Welt.

Außer ihr – und der jungen Frau auf dem Amulett.

Also war es ihre, Rubys Aufgabe, sich um ihn zu kümmern, ihn zu beschützen und die geheimnisvolle Unbekannte zu vertreten, solange diese ihn nicht selbst beschützen konnte in seiner schrecklichen Lage.

Noch am selben Abend – gleich nach ihrem Feierabend – machte sie sich ans Werk. Und begann ihre Therapie. Sie war keine Ärztin, aber sie hatte dennoch das sichere Gefühl, dass sie sehr viel besser wusste, was gut war für ihren Patienten.

Die Musiktherapie.

Irgendwo hatte sie gelesen, dass man Komapatienten Musik vorspielen sollte. Um sie zu beruhigen – und um zu ihnen durchzudringen.

Sie war in ihre Wohnung geradelt und hatte sich umgezogen und dabei alle möglichen CDs eingepackt. Die erste von The Script, die ihr noch immer am besten gefiel, mit *The Man Who Can't Be Moved* – ein Song, der irgendwie gut zu Sal passte, in seiner momentanen, nun … *Lage* … Dazu ein paar alte Sachen von U2 und Oasis, vor allem ihre Lieblingssongs *One* und *Stop Crying Your Heart Out* eingeschlossen … *'cause all of the stars, have faded away, just try not to worry, you'll see them someday, take what you need, and be on your way – and stop crying your heart out …*

Auch das passte irgendwie, so traurig es war.

Denn wenn er all das aus irgendeinem Grund doch mitbekam und versuchte, diesem Albtraum zu entkommen, musste er einfach weinen. Und hoffen, dass er die Sterne eines Tages wiedersehen würde. Dass sich seine Augen wieder öffneten.

Dass ein Wunder geschah.

Ehrlich gesagt: Ruby wusste selbst nicht, warum sie ihm das alles vorspielte. Aber in ihr lösten diese Lieder etwas aus – und vielleicht taten sie es ja auch bei ihm. Einen Versuch war es wert.

Schließlich James Morrison mit *In My Dreams*, offensichtlicher konnte es nicht sein. Wenn Sal diese Message irgendwie hören konnte, musste ihm klar werden, dass niemand anders als er damit gemeint war:

In my dreams, we can spend a little time just talking
In my dreams, we are side by side just walking
Over the fields that we used to know
The places we used to go
Are still there in my dreams
In my dreams, we can spend a little time together
In my dreams –
– you can live a little longer …

Und doch, auch nach mehr als zwei Stunden – nicht die leiseste Reaktion. Nicht der leiseste Hinweis, dass er auch nur eine Unze von dem wahrnahm, was sie um ihn herum veranstaltete.

Vielleicht hatte Eleonore Stone doch recht und sie bildete sich nur etwas ein, obwohl sein Fall aussichtslos war? Ruby wollte ihren Ansatz der Musiktherapie, den sie noch ein paar Stunden zuvor für innovativ und extrem vielversprechend gehalten hatte, bereits enttäuscht mangels Erfolgsaussichten einstellen, als etwas geschah, das ihr ein zweites Mal den Atem raubte.

Don't speak.

In derselben Sekunde, in der Gwen Stefani von No Doubt ihren größten Hit mit der weltberühmten Zeile anstimmte, *you and me … we used to be … together … always …*, in ebendieser Sekunde passierte etwas, das es ihr unmöglich machte, ihn aufzugeben.

Ihn, Sal.

Eine Träne rann aus seinem geschlossenen rechten Auge seine Wange hinab.

Gefolgt von einer zweiten.

„Was …?"

Ruby wusste nicht, was sie tun sollte – den Song augenblicklich stoppen oder aber ihn weiterlaufen lassen. Sie entschied sich für die zweite Option.

Seine Augen waren geschlossen. Aber unter den Lidern weinte er.

Sie konnte nicht anders, als sich zu ihm an sein Bett zu setzen. Ihre Hand beruhigend an seine Schläfe zu legen, während sie ihm mit der anderen Hand vorsichtig die Tränen aus dem Gesicht wischte. All das – seine offensichtlich vorhandenen starken Gefühle, seine tiefe Einsamkeit, unendliche Verlorenheit und völlige Isolation von der Welt, in der er noch vor Kurzem gelebt hatte genau wie sie selbst, dazu der wehmütige Gesang von Gwen Stefani – sorgte dafür, dass Ruby für einen Moment den Kloß in ihrem Hals nicht länger ertragen konnte.

Und auch ihren Tränen freien Lauf ließ.

Warum reagierte er so stark auf diesen Song? Was bedeuteten diese Zeilen für ihn? Langsam, aber sicher wurde Ruby klar, dass sie sich in derselben Lage befand wie jemand, der ein Puzzle zusammensetzte. Oder versuchte, ein Verbrechen aufzuklären.

Sie benötigte weitere Puzzleteile.

Indizien.

Je mehr davon sie hatte, desto besser. Desto eher würde es ihr gelingen, sich ein Bild von ihm zu machen. Und das Geheimnis hinter der jungen Frau auf dem Amulett zu entschlüsseln – denn wie es aussah, ging es hier auch um sie.

Wenn nicht gar einzig und allein um sie.

Und deshalb musste Ruby herausfinden, wer sie war.

Koste es, was es wolle.

I'm losing my best friend … I can't believe this could be the end … don't speak … don't tell me 'cause it hurts – Ruby ging der Song von No Doubt nicht mehr aus dem Kopf. Was hatte es damit auf sich? War die Frau auf dem Amulett der beste Freund, den er durch die schrecklichen Ereignisse dort draußen auf dem Meer verloren hatte? Sie hatte das Gefühl, die Verbindung förmlich spüren zu können, die Auflösung des Rätsels, aber einzig und allein mit ihrem Herzen – ihr Kopf schwieg zu all dem wie ein Grab.

„Macht es wirklich Sinn, dich weiter in diese Geschichte reinzusteigern, Ruby? Ich habe ehrlich gesagt kein gutes Gefühl dabei …"

Es war Jenny, ihre Mutter, die ihr diese Frage stellte, an diesem Abend am Telefon.

„Und wieso bitte hast du kein gutes Gefühl?", erwiderte Ruby und konnte nicht verhindern, dass sie ein wenig trotzig klang.

„Schatz, du weißt doch, wie du bist! Wenn du dich erst mal in etwas verbissen hast, kennst du kein Halten mehr – und ich möchte einfach verhindern, dass du dein ganzes Herz in eine aussichtslose Sache steckst."

Aussichtslos?

„Mum, die Sache ist nicht aussichtslos!“, widersprach sie vehement. Es blieb ihr anscheinend keine andere Wahl. „Man kann doch nicht einfach so einen Menschen sterben lassen, dessen Zeit noch nicht gekommen ist! Und zwar noch lange nicht!“

„Hm, das scheinen die Ärzte aber anders zu sehen.“

„Ärzte sind keine Heiligen, Mum! Auch Ärzte können sich irren.“

„Gut, das mag ja alles stimmen, Schatz – aber trotzdem. Ich möchte einfach nicht, dass du dieselbe Sache noch einmal durchmachst, nur weil … du partout nicht loslassen kannst …“

Jetzt war es raus.

Ruby stutzte.

„Was – meinst du damit?“

„Ach, Ruby. Jetzt tu bitte nicht so, als hättest du keinen blassen Schimmer!“

Natürlich wusste Ruby, wovon Jenny sprach.

Und zwar sehr genau.

Von Bobby Brown. Als er gestorben war, war sie gerade erst acht Jahre alt gewesen. Er war ihr bester Freund gewesen, hatte bei ihr im Zimmer geschlafen, und sie hatten nahezu jede Minute ihrer Kindheit zusammen verbracht. All die Abenteuer, die sie erlebt hatten! All das unendliche Glück! Nun, bis seine Zeit gekommen war. Es war normal, denn er war fast sechzehn Jahre alt gewesen – ein biblisches Alter für einen leicht übergewichtigen Labrador wie ihn. Und doch: Ruby hatte es nicht akzeptieren können. Ihre Eltern hatten ihn einschläfern wollen, um ihm weitere Schmerzen zu ersparen. Doch Ruby hatte sie umgestimmt. Sie wollte Bobby nicht gehen lassen. Sie konnte es einfach nicht. Sie verkaufte ihr ganzes Spielzeug auf dem Flohmarkt, um ihm jeden Tag die Hackfleischbällchen zubereiten zu können, die er so liebte. Schenkte ihm die schönste Decke, die er je gehabt hatte. Quietscheentchen, die er früher wie wild durch die Gegend geschleppt hatte und nun kaum anrührte, weil er seine Lebensgeister fast vollständig verloren hatte.

Doch Ruby hielt zu ihm.

Bis zu seinem letzten Atemzug.

Sie besaß weder Spielzeug mehr noch Puppen noch einen Penny.

Wenn sie Bobby ansah, fühlte sich ihr Herz so groß an in ihrer kleinen schmalen Brust, als könne es jeden Moment platzen und sie selbst mit ihm.

Zuletzt hatte er nicht mehr in ihrem Zimmer schlafen können, sondern im Flur neben der Eingangstür auf einer Gummimatte, da er jede Nacht einnässte. Es war unerträglich für sie gewesen, ihn dort allein lassen zu müssen.

Aber in der Nacht, als sie ein letztes Mal seinen Kopf sanft auf ihr Kissen bettete, wusste sie, dass sie das Richtige getan hatte. Und dass es Bobby Brown schon bald besser gehen würde.

Nicht in diesem Leben.

Aber in einem anderen.

„Du bist und bleibst eben ein unverbesserlicher Dickkopf – genau wie ich", sagte ihre Granny immer. Die Einzige, die ihr damals den Rücken gestärkt hatte. Ach, Tilda …

Als hätte ihre Mutter ihren Gedanken gelesen, seufzte sie von der anderen Seite ins Telefon:

„Ich weiß auch nicht, von wem du das hast. Von mir jedenfalls nicht – wahrscheinlich von deiner Großmutter. Tilda und du seid aus demselben Holz geschnitzt, das hat in unserer Familie wohl eine Generation übersprungen."

Ja, darin steckt definitiv mehr als nur ein Funken Wahrheit, dachte Ruby. Sie liebte ihre Mutter, aber mit ihrer Granny konnte sie verschmelzen.

„Ich werde sie gleich mal anrufen", erwiderte sie.

„In Ordnung – aber lass dich bitte nicht in ihre abgehobenen Gedanken einwickeln, du weißt ja, wie sie ist."

Ja, das wusste sie. Jeder in ganz St Ives wusste es.

„Versprichst du mir das, mein Schatz?"

„Ja, Mum!", antwortete Ruby. „Mach dir keine Sorgen – ich verspreche es."

Eule: Weisheit, Spiritualität
Lexikon der Träume

Tilda Goodwill war in St Ives nicht nur ihres kirschroten Mercedes Pagode Cabriolets aus den Sechzigerjahren wegen berühmt wie ein bunter Hund. Sondern weil sie voller Geheimnisse steckte. Nicht etwa, dass sie etwas vor den Augen ihrer Mitmenschen zu verbergen suchte. Nein, die Geheimnisse, die sie hütete, gingen weit tiefer.

So weit, dass sie ihr einen magischen Spitznamen eingebracht hatten: Denn kaum jemand nannte sie Tilda oder Mrs Goodwill. Alle nannten sie nur die *Traumweberin*. In ganz St Ives und sogar über die Grenzen des verschlafenen malerischen Städtchens am Meer in Cornwall hinaus war sie, seit Ruby zurückdenken konnte, allein unter diesem Namen bekannt. Angeblich konnte sie Menschen in ihren Träumen miteinander verbinden, ihre Träume miteinander *verweben* – selbst wenn diese sich an verschiedenen, weit voneinander entfernten Orten befanden. Menschen etwa, die sich aus den Augen verloren hatten, ohne einander aber je vergessen zu haben. Es gab Zeugen dafür, und derer nicht wenige, die beschworen, dass sie durch Tilda ihre große Liebe wiedergefunden hatten, nach Jahren oder gar Jahrzehnten der Trennung.

Es hieß, sie verfüge über magische Kräfte.

Übersinnliche Kräfte oder Einbildungskräfte – Ruby konnte sich selbst nicht genau erklären, was dahintersteckte. Doch was sie sich erklären konnte, war, dass sie zu ihrer Großmutter seit jeher einen engen Draht hatte. So eng wie nicht einmal zu ihrer Mutter oder ihrem Vater.

Und das hing nicht nur damit zusammen, dass sie die Hälfte ihrer Kindheit an ihrer Seite und in ihrem Haus verbracht hatte.

„Willst du nicht zum Abendessen vorbeikommen?“, fragte Tilda sie, als sie das Gespräch mit ihrer Mutter beendet und daraufhin sofort bei ihrer Granny angerufen hatte.

Nun – warum eigentlich nicht? Sie hatte ohnehin vorgehabt, ihre Großmutter endlich wieder einmal zu besuchen.

Das prachtvolle, aber von Jahr zu Jahr mehr verfallende Anwesen thronte, eingerahmt von mächtigen Platanen, auf einem sanft geschwungenen grünen Hügel am äußersten Rand von St Ives und wirkte wie ein Relikt aus einer anderen Epoche. Ohne jede Frage kündete es von glanzvollen Zeiten, die jedoch weit zurücklagen.

Einst hatte es einer wohlhabenden Familie alten Adels gehört, den Eltern von Rubys Großvater Stanley, den sie nie wirklich kennengelernt hatte, denn er war früh gestorben. Doch nach seinem Tod war Tilda nach und nach das Geld ausgegangen, um das kostspielige Anwesen zu unterhalten. Also hatte sie eines Tages aufgegeben und der Natur ihren Lauf gelassen.

Goodwill Palace war auf eine fast tragische Weise noch immer ein Palast, aber der Lack war ab, und nun wirkte er mit den angrenzenden, endgültig zu Ruinen verfallenen Stallungen wie ein abgeblättertes Mahnmal dafür, dass alles Leben auf diesem Planeten vergänglich ist. Dass die Zeit gnadenlos voranschreitet und am Ende alle von Menschen geschaffene Schönheit und allen noch so prachtvollen Prunk wieder dem Erdboden gleichmacht.

Die alten Möbel, Kronleuchter und Wandbemalungen im Innern trugen ihr Scherflein dazu bei, denn all das hätte von einem Antikmarkt stammen können.

Genau wie Tilda selbst.

Ihrer ganzen Erscheinung haftete etwas Märchenhaftes an. Auf ihrer wie aus einem kühlen weißen Porzellanstaub gefertigten Haut, rund um ihre außergewöhnlich fein geschnittene Nase, verteilte sich ein Meer aus winzigen goldenen Sommersprossen. Ihr seidiges, bis auf die Hüften hinabfließendes silbernes Haar rahmte ihr schmales, vollkommen symmetrisch geschnittenes Gesicht zu beiden Seiten in vollendeter Anmut ein. Die Augen waren von einem faszinierenden Opalblau. Als junge Frau musste sie eine vollkommene Schönheit gewesen sein, ein Schwan, gegen den alle anderen Vöglein hässliche Entlein waren.

Aber wie ein echter Schwan, der sich niemals über die Entlein auf seinem See erheben würde, war auch sie meilenweit entfernt von jener weithin bekannten Arroganz, die menschliche Schwäne für gewöhnlich in die Wiege gelegt bekamen. Die Zeit ihrer Blüte mochte weit hinter ihr liegen, und doch lag auf ihrem Gesicht stets ein zufriedenes Lächeln, das genau wie die Worte, die sie für alle und jeden hatte, so warm war wie ein Julitag.

Gleichzeitig schien sie immer von einem Hauch Melancholie und Traurigkeit umweht; ihr Blick schweifte ständig verträumt in die Ferne, hinaus auf das vom Palace aus sichtbare Meer vor Cornwall, als würde sie dort etwas suchen.

Etwas, das sie vor langer Zeit dort draußen verloren hatte.

Wenn es tatsächlich so war, musste es sich um etwas sehr Kostbares handeln, so viel war klar. Doch Ruby hatte keine Ahnung, was genau sich hinter diesem Blick verbarg – oder ob sie sich all das nur einbildete. Denn auch sie verfügte über eine grenzenlose Phantasie – und die wiederum hatte sie ohne jeden Zweifel von ihrer Großmutter geerbt.

Durch ihre Gabe war Tilda über die Zeit in St Ives fast zu einer Art zweiter Schutzheiligen geworden, Seite an Seite mit der heiligen Ia, der Patronin des kornischen Städtchens. Mittlerweile war sie achtzig Jahre alt, was sie nicht daran hinderte, quicklebendig zu sein – ganz anders als die Patienten, die Ruby im Hospiz betreute.

Den Tod ihres Mannes hatte Tilda relativ gut weggesteckt. Jedenfalls waren Rubys Eltern der Auffassung. Sie selbst war zu jung gewesen, um sich heute noch an Grandpa Stanley erinnern zu können – er war an einem Herzinfarkt gestorben, als sie erst vier Jahre alt gewesen war. Tildas allmähliche Verwandlung in die Traumweberin jedoch hatte später stattgefunden.

Und zwar im selben Jahr, in dem Bobby Brown gestorben war. Drei Monate zuvor, am Ende jenes lange zurückliegenden Sommers, war Tilda eines Morgens in Tränen aufgelöst in der Bucht bei den Fischerbooten aufgefunden worden. Mehr wusste Ruby dazu nicht. Danach hatte sie sich verändert. Es war, als hätte sie etwas Schreckliches gesehen.

Irgendwie schien es mit dem Tod von Bobby Brown zusammenzuhängen.

Hatte sie ihn etwa vorausgesehen in jenem Spätsommer? Hatte sie in diesem Sommer – dem Sommer des Jahres 1997 – ihre Gabe erkannt?

Ruby hatte mehr als einmal versucht, sie darauf anzusprechen – doch Fehlanzeige. Sie konnte über alles, aber auch wirklich alles mit Tilda sprechen, nur nicht über dieses Jahr.

Das Jahr 1997.

„Da bist du ja, Ruby! Wie schön, dich zu sehen!", begrüßte Tilda sie. Ihre Großmutter erwartete sie schon an der offenen Tür. Es war ein ungewöhnlich milder Abend, und Tilda stand in eine Decke gekuschelt draußen auf dem weitläufigen wilden Rasen vor dem Palace, von dem sie wie immer den Ozean gut im Blick hatte.

Den Atlantik, der an die Küste von Cornwall brandete und auf dem an diesem wolkenlosen Vorfrühlingsabend ein Meer aus Sternen tanzte.

Die bunten, von golden leuchtenden Laternen illuminierten Fischerboote unten im alten Hafen.

Die Kulisse des malerischen St Ives.

In einem Satz: das perfekte Postkartenpanorama.

Die Szenerie schien Tilda magisch anzuziehen. Selbst jetzt, wo sie, Ruby, vor ihrer Tür auftauchte, schien es ihr fast schwerzufallen, den Blick von dem im Abendlicht liegenden Ozean und den Fischerbooten zu nehmen.

Es war, als wäre sie selbst in einem Traum gefangen. Einem Traum, der sich dort draußen abspielte – auf dem Meer. Ob es ein guter Traum war oder ein schmerzvoller – Ruby vermochte es nicht zu sagen. Auf jeden Fall schien es daraus so leicht kein Entrinnen für ihre Großmutter zu geben.

„Ist dir nicht kalt, Granny?", fragte Ruby sie besorgt.

„Überhaupt nicht! Es ist so ein wunderschöner Abend. Da habe ich mir gedacht, ich schau mir ein wenig die Sterne an, bis du kommst."

Langsam wurde ihr Blick klarer.

„Aber jetzt bist du ja da!", sagte sie und nahm sie bei der Hand.

„Komm, wir trinken einen heißen Grog zusammen – zum Aufwärmen. Und danach gibt's Hühnersuppe."

Ruby schmunzelte leise in sich hinein, während sie ihrer Großmutter in das für eine alte Dame wie sie völlig überdimensionierte Haus aus einer anderen Zeit folgte.

Hühnersuppe, aber ohne Huhn.

Tilda hatte sich im Laufe der zurückliegenden Jahre in eine Vegetarierin verwandelt, aber ohne es offiziell zu machen. Gleich würde sie wie immer sagen: „Oh, ich habe vergessen, das Huhn in die Suppe zu tun", und sie dabei schelmisch anlächeln.

Danach würde es genauso weitergehen:

Rinderbraten mit Rotkohl, Kartoffeln und Soße, aber ohne Rinderbraten.

Erst der Nachtisch wäre komplett: Schokoladenpudding mit Erdbeeren.

Vielleicht hatte sich Tilda deshalb noch nicht zur Vegetarierin bekannt, weil sie von einer verbotenen Frucht die Finger nicht lassen konnte: Denn Fisch aß sie noch, angeblich aus Respekt für die lokale Wirtschaft von St Ives.

„Die Fischer unten im Hafen müssen doch auch von was leben …", seufzte sie jedes Mal fast wehmütig, wenn sie Fisch auftischte. Während sie aß, sagte sie gar nichts, sondern war still und in sich gekehrt. Aber ihre Augen glänzten.

Ja, sie war schon ein wenig wunderlich – Ruby wurde nicht wirklich schlau aus ihr. Aber gerade das machte sie so interessant.

„Und, Liebes, was hast du auf dem Herzen?", fragte ihre Großmutter, während sie zwei Gläser gefüllt mit dampfendem Grog auf den uralten Eichenholztisch in der Küche stellte und sich dann zu ihr setzte.

„Ich? Nichts … wieso?", spielte Ruby die Ahnungslose.

Vergeblich. Denn ihr Gegenüber konnte sie damit nicht täuschen.

„Komm schon, es ist nicht *nichts* – ich kenne dich."

Tilda setzte einen Blick auf, der keinen Widerspruch duldete.

„Also, gut …", erwiderte Ruby und kam zur Sache. „Erinnerst du dich an den Mann, der angespült wurde?"

Sofort begannen Tildas Augen zu leuchten.

„Natürlich erinnere ich mich an ihn! Der arme Junge – mit dem Amulett mit dem Bild der jungen Frau … Es ist ja praktisch unmöglich, sich *nicht* an ihn zu erinnern. Was ist mit ihm?“

„Er ist mein Patient.“

„Dein … *Patient* …?“, fragte ihre Großmutter irritiert. „Aber … du arbeitest doch in einem Hospiz und nicht in einem Krankenhaus …“

„Das ist ja genau das Problem“, erklärte Ruby ihr. „Die Ärzte sind der Meinung, dass er aus seinem Koma nicht mehr erwachen wird. In den Tests hat er wohl keinerlei Reaktionen gezeigt, und darüber hinaus gibt es niemanden, der für die Kosten seiner Behandlung aufkommt, da niemand weiß, wer er ist. Oder seine Krankenkasse …. Also haben sie ihn zu uns abgeschoben, wohl in der Hoffnung, dass sich der Fall bald von allein klärt …“

Sie hatte kaum ausgesprochen, da glaubte sie ein neugieriges Funkeln in den Augen ihrer Großmutter zu erkennen.

„Aber du bist anderer Meinung, richtig?“, bestätigte Tilda ihre Vorahnung.

Ruby schüttelte den Kopf. „Ich weiß es nicht. Aber … ich kann ihn doch nicht einfach so im Stich lassen – irgendetwas muss ich tun.“

„Das ist ganz meine Enkelin!“, erwiderte Tilda mit stolzem Gesichtsausdruck. „Und hast du schon einen Plan? Was genau hast du vor?“

„Ich muss herausfinden, wer die Frau auf dem Amulett ist“, sagte sie.

Tilda stutzte.

„Aber wie willst du das machen? Du kannst ihn ja schließlich schlecht nach ihrem Namen und ihrer Adresse fragen, oder?“

Ruby nickte zustimmend. Um ihr daraufhin von den Entdeckungen zu berichten, die sie in den vergangenen Tagen gemacht hatte. Tilda hörte ihr aufmerksam zu. Anders als Doktor Stone oder ihre überbesorgte Mutter schien sie nicht daran zu zweifeln, dass ihre Enkeltochter mit ihren kleinen Experimenten bereits einen gewaltigen Durchbruch erzielt hatte.

„Also, für mich klingt das alles nach hervorragender Arbeit“, sagte sie, als Ruby endete. „Ich bin wirklich stolz auf dich, so schnell gibst du nicht auf – ganz die *Oma*!“, lachte sie vergnügt in sich hinein, während sie über die vernarbte Tischplatte der antiken Tafel hinweg Rubys Hände ergriff.

„Oma?“, vergewisserte Ruby sich, ob sie richtig gehört hatte. Dieses Wort war eigentlich tabu. Tilda mochte achtzig Jahre alt sein, aber eine Oma war sie nicht. Granny, okay. Aber eigentlich bevorzugte sie Tilda. „*Ich* darf das sagen, mein Schatz – aber du nicht!“, ermahnte sie ihre Enkelin gespielt streng. „Und was nun? Was ist dein nächster Schachzug?“

„Nun, hier kommst du ins Spiel, Tilda …“

„… ich …?“

Ruby nickte. „Ich komme nur weiter, wenn ich mit ihm Kontakt aufnehmen kann.“

„Aber wie kann *ich* dir dabei helfen?“

„Indem du mich in seine Träume schleust!“

Tildas Gesicht nahm einen nachdenklichen Ausdruck an. Einen Ausdruck, der schon kurz darauf in betrübt überzugehen schien. Ihre ohnehin schon einem feinen weißen, runzeligen Papier gleichende Stirn legte sich in bedauernde Falten. „Das … wird leider nicht funktionieren“, erklärte sie mit einem leisen Kopfschütteln.

„Aber wieso nicht? Du hast es doch schon so oft für andere Leute gemacht. Die Menschen kommen aus ganz England zu dir, damit du ihnen hilfst.“

„Das ist richtig, mein Engel. Aber es sind Menschen, die einander kennen. Nur die kann ich miteinander verbinden. Bei Fremden hat es noch nie geklappt. Abgesehen davon liegt er im Koma – und das ist nicht ganz dasselbe wie träumen, oder?“

Ruby stieß einen tiefen Seufzer aus.

„Ich weiß, Tilda. Aber es ist der einzige Weg, der mir einfällt. Hilfst du mir trotzdem?“

Sofort kehrte das Lächeln in das Gesicht ihrer Großmutter zurück.

„Natürlich helfe ich dir, Liebes“, erklärte sie. „Ich möchte nur nicht, dass du dir übergroße Hoffnungen machst. Einverstanden?“

„Einverstanden“, bestätigte Ruby und atmete innerlich auf. Es war ein Versuch – und wenn er scheiterte, hätte sie wenigstens alles Menschenmögliche unternommen. Aber ehrlich gesagt: Sie glaubte nicht daran, dass er scheitern würde. Aus irgendeinem unerklärlichen Grund fühlte sie, dass sie die notwendige Verbindung zu Sal besaß, dass sie ihn irgendwoher kannte – auch wenn sie nicht die leiseste Idee hatte, wo sich dieses *Irgendwo* befand.

Kurz bevor Ruby aufbrechen wollte – es war fast Mitternacht –, setzte ein heftiger Regen ein. Der vor wenigen Stunden noch sternenklare Himmel war nun von schwarzen Wolken übersät. Morgen war ihr freier Tag, eigentlich. Normalerweise hätte sie sich darauf gefreut, doch diesmal war es anders. Sie hoffte, dass er so schnell wie möglich vorüberging – damit sie sich wieder um Sal kümmern konnte.

Denn wie es aussah, war sie die Einzige, die wollte, dass es ihm gut ging.

„Ich mag den Regen …“, sagte Tilda leise. Sie standen auf der Terrasse und schauten hinauf in den Himmel, aus dem sich eine wahre Sintflut ergoss.

Ruby erwiderte nichts. Sie wollte sich eigentlich auf ihr Fahrrad schwingen und nach Hause fahren – doch bei diesem Wetter? Unmöglich.

„Er erinnert mich an die Geschichte vom Schnee und der Sonne“, fuhr ihre Großmutter unbeirrt fort, die genau wie sie selbst wieder in ihre warme Decke gehüllt draußen stand und dem Naturschauspiel beiwohnte.

„Die Geschichte vom Schnee und der Sonne?“

Tilda nickte.

„Du musst wissen, obwohl sie grundverschieden sind, sind sie ein Liebespaar.“

„A…ha …“

Alles klar, ihre Großmutter hatte einen ihrer Momente. Aber was sollte es? Im Grunde liebte Ruby doch die Märchen, die sie erzählte. Sie hüllten einen zärtlich ein wie eine warme Decke. In ihnen war die Welt immer so, wie sie sein *könnte*, nicht aber, wie sie *war*.

Tilda war der Überzeugung, dass uns von dieser märchenhaften Welt nur zwei Wörter trennten: Mut und Liebe. Würden wir wirklich verstehen, was diese beiden Wörter bedeuteten, würden wir diese beiden Wörter wirklich *leben*, und zwar tagtäglich, wäre unsere Welt ein Märchen.

„Es ist wirklich wahr", fuhr ihre Großmutter fort. „Der Schnee und die Sonne … Die beiden leben dort oben im Himmel, und das schon seit Anbeginn der Zeit. Und der Schnee tut, als wäre er ein eiskalter Typ und die Sonne könne ihm den Buckel runterrutschen. Aber in Wahrheit ist er unsterblich verliebt in sie, weil sie so viel Wärme und Liebe ausstrahlt. Er sehnt sich nach nichts mehr, als sie zu küssen. Aber wenn er das tut, wenn er in ihre Nähe kommt …"

„Schmilzt er und es regnet?", führte Ruby ihren Satz leise in sich hineinlächelnd zu Ende.

Tilda sah sie fast entrüstet an.

„Nein, mein Kind, natürlich nicht! Er *weint*. Weil sie nie zusammen sein können, ohne dass einer von beiden Schaden nimmt. Denn sie kommen aus zwei Welten, die niemals zusammengehören werden. Aber hin und wieder können sich diese zwei so gegensätzlichen Welten berühren – für einen einzigen lang ersehnten Kuss und eine liebevolle Umarmung."

„Und dann regnet es."

„Richtig."

„Aber … warum regnet es dann so *oft* in England?", hakte Ruby nach.

Tilda blickte sie kopfschüttelnd an, als hätte sie noch immer nicht das Geringste verstanden.

„Ich hab' dir doch gesagt: Er *liebt* sie!"

Ein Weilchen legte sich eine andächtige Stille über die Szenerie. Und dann mussten sie beide lachen.

„Also sind der Schnee und die Sonne … Engländer?“, führte Ruby den Gedanken logisch zu Ende.

Womit sie ihrer Großmutter ein weiteres Kopfschütteln abrang, diesmal begleitet von einem sich ergebenden Augenzwinkern.

„Ja, sind sie!“, bestätigte sie resolut. „Und heute Nacht schläfst du hier, bei dem Wetter fährst du mir nicht mit dem Fahrrad nach Hause!“

Ein Befehl, dem Ruby nicht zu widersprechen wagte.

Wozu auch? Zu Hause wartete ohnehin nichts auf sie.

Überhaupt hatte sie das Gefühl, dass das Wort *Zuhause* sich in den vergangenen Tagen verändert hatte. Dass es seinen Aufenthaltsort gewechselt hatte – und sich inzwischen eigentlich mehr im Hospiz von St Ives befand als in ihrer Wohnung.

Im selben Augenblick sehnte sie sich auch schon zurück – zu ihm.

Was ging hier vor sich? Was geschah mit ihr? War sie etwa kurz davor zu weinen, so wie der Schnee, der sich in die Sonne verliebt hatte und doch wusste, dass es eine aussichtslose Sache war?

„Ich glaube, ich gehe besser ins Bett“, erklärte sie ihrer Großmutter. „Bevor ich mich noch erkälte.“

Am nächsten Morgen hatte sich der Regen gelegt, aber am Himmel über der Bucht von St Ives zogen noch immer dunkle Wolken vorüber.

Ruby erwachte voller Tatendrang.

Eine Minute später war sie unter der Dusche, um daraufhin ihr übliches Frühstück zu sich zu nehmen – unter dem genauso üblichen Protest ihrer Großmutter, die sie mästen wollte, seit sie ein kleines Mädchen gewesen war. Möglicherweise um zu verhindern, dass auch sie wie ein Strich in der Landschaft endete. Doch Ruby blieb bei ihrer Tradition: ein Glas frisch gepresster Orangensaft, ein Joghurt und ein Apfel.

Die gute Nachricht war, dass Tilda ihr helfen wollte. Ob es tatsächlich funktionieren würde, war eine andere Sache – aber es war einen Versuch wert. Und wenn Ruby in ihrem Leben schon eines gelernt hatte, dann das: Man durfte niemals zu früh aufgeben, wie es so viele Menschen taten, gleich bei der kleinsten Herausforderung. Nein, man musste kämpfen.

Ein kleiner Held steckte in jedem von uns – und das Universum wollte ihn hin und wieder sehen, davon war Ruby fest überzeugt.

Und es war genau dieser Glaube, der sie auch vor der nächsten Hürde nicht zurückschrecken ließ: Doktor Eleonore Stone.

Die eiserne Lady des Hospizes, die zusammen mit Oberschwester Rosamund dafür sorgte, dass alles nach Vorschrift lief – und darüber hinaus nichts. Denn eines war so sicher wie das Amen in der Sonntagsmesse in der St Ia's Church von St Ives: Die Oberärztin würde ein derartiges Experiment – *Hokuspokus*, wie sie es nennen würde – niemals genehmigen. Es sei denn … es sei denn …

„Ich brauche deine Hilfe", kam Ruby sofort zum Punkt, als sie Becky an diesem Nachmittag auf einen Kaffee traf. Es war gegen halb sechs. Im *Lifeboat Inn*, wo sie um diese vorgerückte Stunde die Einzigen waren, die Kaffee tranken. Kein Bier vor vier, das galt in St Ives wie überall in England. Und nach Möglichkeit keine alkoholfreien Getränke danach.

„Meine Hilfe? Wobei?"

„Bei einem Experiment", erklärte Ruby. „Das Einzige, was du tun müsstest, wäre, dich als Medizinstudentin auszugeben und meiner Chefin weiszumachen, dass du für deine Doktorarbeit an einer Studie über Komapatienten arbeitest und dich zu Studienzwecken eine Nacht im Hospiz aufhalten möchtest."

„Was … soll das heißen?", fragte Becky angespannt. „Du meinst, ich soll lügen?"

„Nein, doch nicht lügen!", schwächte Ruby die Sache ab. „Du studierst doch Medizin, daran ist nichts gelogen."

„Tiermedizin."

Komisch, jetzt erinnerte sie sich daran.

„Aber du selbst sagst doch immer, dass es eigentlich genau dasselbe ist. Das Einzige, was wir erreichen müssen, ist, dass ich eine Nacht ungestört bei Sal verbringen kann – als deine

Assistentin, offiziell, versteht sich. Meine Großmutter schmuggeln wir dann später ein, die fällt im Hospiz unter all den Alten nicht weiter auf."

Becky schüttelte den Kopf.

„Also ich weiß nicht, ob das eine so gute Idee ist …"

„Hast du eine bessere?"

Ein Weilchen blickte Becky sie nur fragend an.

Um schließlich ratlos den Kopf zu schütteln.

„Lass mich die Nacht drüber schlafen, okay?"

„Okay."

Schwert: Konflikt, Kampf
Lexikon der Träume

Was Ruby an St Ives mit am besten gefiel, war die friedliche Stille. Der Ozean, der Tag und Nacht im selben Rhythmus an diesen von der hektischen Welt da draußen fast gänzlich unberührten, grünen Flecken Land rollte. Der Wind, der durch das Tuch der kleinen Segelboote im Hafen fuhr und übermütig an ihrer Takelage rüttelte, was ein feines und sehr helles Klirren erzeugte.

So als würde ein Orchester aus Pusteblumen auf Gläsern blasen.

Mit dieser himmlischen Ruhe war es am nächsten Nachmittag schlagartig vorbei.

„Veterinärmedizin?!", schimpfte Eleonore Stone. „Im Ernst?!"

Becky hatte es vermasselt.

Sie waren aufgeflogen.

Und nun saßen sie beide mit gesenkten Köpfen im Büro der Oberärztin und hörten sich ihre Standpauke an.

Das kam dabei heraus, wenn man unbedingt die Heldin spielen musste.

Um einen Patienten zu retten, den alle anderen längst für verloren hielten.

Einzig und allein sie wusste es besser … oh Ruby!

„Was haben Sie sich dabei nur gedacht, Schwester Light!", fuhr Doc Stone sie an. „Wenn Sie Ärztin sein wollen, dann sollten Sie Medizin studieren – *Human*medizin", schickte sie mit einem missbilligenden Seitenblick zu Becky hinterher. „Aber solange Sie hier als Schwester arbeiten, unterstehen Sie meinen Anordnungen. Und was auch immer Sie hier planen, ich bin es, die am Ende dafür geradesteht – der Patient ist mein Schutzbefohlener, und ich muss dafür sorgen, dass er …"

„Unbelästigt sterben kann …", führte Ruby den Satz leise weiter, mehr an sich selbst als an die Ärztin gerichtet, die aufgebracht vor ihnen auf und ab marschierte.

Und augenblicklich stoppte, kaum hatten die Worte Rubys Mund verlassen.

„*Was* … haben Sie da gesagt, Ruby?"

Ihre Augen blitzten sie an – scharf wie ein frisch gewetztes Messer.

Aus dem Augenwinkel bemerkte Ruby Beckys Blick. Sie starrte sie panisch an. Doch es war zu spät, der Hall ihrer Worte schien noch immer im Raum zu schweben – nun gab es kein Zurück mehr.

„Wollen Sie ihn etwa nicht sterben lassen?“, nahm Ruby ihre Verteidigung mutig und ohne echte Alternative mit einer Gegenfrage auf.

„Das ... ist doch wohl die Höhe!“

Eleonore Stone war außer sich.

„Wir ... wir ... unternehmen hier alles Menschenmögliche, damit der Patient sich bei uns so wohlfühlt wie nur irgend möglich ...!“

„Und lassen ihn dazu Tag und Nacht im Dunkeln liegen ...“

Ruby konnte nicht anders, als auf die zugezogenen Vorhänge anzuspielen, für die ja irgendjemand verantwortlich sein musste.

„Wie bitte?“

„Jedes Mal, wenn ich zu ihm ins Zimmer komme, sind die Vorhänge zugezogen.“

„Der Patient braucht Ruhe, Schwester Light!“

„Nein, braucht er nicht!“, widersprach Ruby vehement und erhob nun nicht mehr nur allein ihre Stimme, sondern ihren ganzen Körper. „Er braucht Licht! Er braucht jemanden, der ihn aus seiner Ruhe *erlöst* ... jemanden, der ihn wieder zum Leben erweckt – er hat lange genug geschlafen!“ Mit einem Ruck war sie aufgesprungen, sodass sie der Ärztin direkt in die Augen sah. Sie konnte spüren, wie Becky, die noch immer saß, ängstlich an ihrem Ärmel zupfte – vermutlich, um sie dazu zu bewegen, sich wieder hinzusetzen.

Für einen Moment schienen ihrer Vorgesetzten die Worte zu fehlen.

„Sie ... Sie ... verlassen jetzt augenblicklich diesen Raum, Schwester Light – bevor ich Sie vorläufig vom Dienst suspendiere.“

Vom Dienst suspendiere?

Ruby musste schlucken.

Hatte sie richtig gehört? Das wäre das Schlimmste, was passieren könnte. Denn dann hätte sie auf einen Schlag jede Möglichkeit vertan, sich weiter um Sal kümmern zu können.

„Haben Sie mich verstanden, Ruby?"

Da war sie.

Die Zeit für den Rückzug.

Man musste wissen, wann es klug war, zu kämpfen – und wann es besser war, sich zurückzuziehen, um eine neue und bessere Strategie auszuarbeiten.

„Ja …", bestätigte Ruby kaum hörbar.

Um dann den Rückzug einzuleiten. Den Rückzug aus einer katastrophal verlorenen Schlacht, das wurde ihr in dieser Sekunde bewusst. Ohne ein weiteres Wort machte sie auf dem Absatz kehrt und verließ das Zimmer, mit einer völlig eingeschüchterten Becky im Schlepptau.

„Du musst lernen, dass es in der Regel keine gute Idee ist, seine Gefühle der Umwelt ungefiltert mitzuteilen, Liebes!", schimpfte ihre Mutter kurz darauf mit ihr. Ruby war zu ihr gefahren, um sich bei ihr auszuheulen. Unterstützung anzufordern.

Mitgefühl.

Aber das Gegenteil war der Fall. Nun, möglicherweise hatte Jenny recht.

Ungefiltert war noch milde ausgedrückt.

Himmel, was hatte sie getan?

Erst jetzt wurde Ruby in vollem Umfang bewusst, welche Auswirkungen dieser Fehltritt haben konnte. Welcher Teufel hatte sie geritten, einen derartigen Streit mit der Oberärztin anzuzetteln? Sie kämpfte um Sal wie um einen alten Freund. Als wäre er der wichtigste Mensch in ihrem Leben. Dabei kannte sie ihn überhaupt nicht!

Es war typisch für sie. Sie war im August geboren, Sternzeichen Löwe. Und genau das war sie – eine Löwin. Aber Löwinnen stürzten sich nicht in aussichtslose Schlachten. In Kämpfe, die sie nicht gewinnen konnten.

Nun, außer ihr – Ruby Löwenherz.
Oder besser gesagt: Ruby *Dummkopf*.

„Und was soll ich deiner Meinung nach jetzt tun?“, fragte sie ihre Mutter, den Kopf in beide Hände gestützt am Küchentisch sitzend.

Jenny blickte sie auf eine Weise an, die darauf schließen ließ, dass sie gleich etwas vorschlug, das Ruby heftige Bauchschmerzen bereiten würde.

„Du solltest dich bei ihr entschuldigen!“, sagte Jenny.

Ruby nahm den Kopf aus ihren Händen und blickte ihre Mutter fassungslos an.

„Niemals!“

In dieser Nacht tat sie kein Auge zu.

Den Abend hatte sie mit Becky verbracht, um das ganze Debakel wieder und wieder durchzusprechen – auf der Suche nach einem Ausweg aus der verfahrenen Situation. Aber am Ende waren auch Becky und sie immer wieder dort gelandet, wo Jenny und sie am selben Nachmittag stehen geblieben waren.

Sie musste sich entschuldigen.

Nicht nur, um ihren Ruf und ihren Job im Hospiz zu retten, sondern auch, um weiter bei ihm sein zu können.

Der Gang nach Canossa war unvermeidlich. Und als an diesem Morgen schließlich das erste Sonnenlicht durch die Wolken spähte, machte Ruby sich auf den Weg.

Zu ihrer Schicht – und nach Canossa.

Eine trügerische Stille begleitete sie auf ihrem Weg hinaus aus dem bezaubernden kleinen Städtchen. Diesen Weg, den sie sonst so liebte. Die Hände fest am Lenker ihres Fahrrads, inmitten der grünen Hügel Cornwalls, während sie die frische Meeresluft einsog und den Blick hinaus auf den Atlantik genoss, den sie die ganze Strecke über nicht aus den Augen verlor. Nicht selten glaubte sie die salzige Luft noch Stunden später in ihren Lungen zu spüren, während sie längst durch die Flure und Zimmer des Hospizes hastete. Doch an diesem Morgen war es anders.

Eine ängstliche Spannung ließ all diese Schönheit unbemerkt an ihr vorbeiziehen. Ihr Blick war nach innen gerichtet – und was er sah, war ein Herz, das vor Nervosität wild pochte. Hoffend, dass das hohe Gericht, das sie in wenigen Minuten erwartete, ein Einsehen mit ihr haben und Gnade vor Recht ergehen lassen würde.

Als sie kurz darauf ihr Fahrrad im Hof hinter dem alten Gebäude abstellte und mit vor Aufregung zitternden Händen in den Eingangsflur trat, hatte sie das Gefühl, dass für einen Moment alles stillzustehen schien – kam es ihr nur so vor, oder starrten alle sie an? Hatte gestern irgendjemand das Gespräch belauscht? Nun, sie und Doktor Stone waren so laut geworden, dass selbst ein Tauber es mitgekriegt haben musste.

Nun blieb ihr nichts anderes übrig, als die Rechnung zu bezahlen für das, was sie gestern bestellt hatte.

Payday.

Ruby drückte den Rücken durch und ging an der großen Treppe vorbei direkt in den Ärztetrakt, an dessen Ende ein Getränkeautomat stand.

Vor dem wiederum die Person ausharrte, die ihr im Moment von allen Personen auf der ganzen Welt die meiste Angst einjagte.

„Doktor Stone …", piepste Ruby kleinlaut, nachdem sie mit rasendem Herzen im Zeitlupentempo auf sie zugeschlichen war.

Nur langsam blickte die Ärztin von der kleinen Wasserflasche, die gerade in das Auffangfach des Automaten gefallen war, zu ihr auf.

„Ich … es tut mir leid …", ergriff sie die Initiative, bevor die Ärztin selbst das Heft in die Hand nehmen und sie feuern konnte.

„Was ich gestern gesagt habe, war falsch", fuhr sie fort. „Ich … wollte nur dem Patienten helfen, aber Sie haben recht – ich bin nur eine Schwester und keine Ärztin. Es wird nicht wieder vorkommen, versprochen."

Sie stand da wie ein Schulmädchen, das befürchtet, von der Rektorin der Schule verwiesen zu werden. Und eben das stand ihr in diesem Moment vielleicht auch bevor, nur dass die Schule ein Hospiz war.

Bildete sie es sich nur ein – oder hellte sich das hagere, sonst so strenge Gesicht der Ärztin wirklich auf? Für einen Moment glaubte sie fast weiche Züge darin auszumachen.

„Ruby – ich kann verstehen, dass Sie dieser Fall mehr als gewöhnlich mitnimmt. Der Patient ist jung und hübsch und hätte eigentlich noch sein ganzes Leben vor sich – so wie Sie …"

„Das ist es nicht …", wandte Ruby unmissverständlich ein. Sie hatte das Gefühl, das ein für alle Mal klarstellen zu müssen. Dass sie durchaus in der Lage war, Berufliches und Privates voneinander zu trennen.

„Was ist es dann?"

„Es … nun, meine innere Stimme sagt mir einfach, dass … die Geschichte hier noch nicht zu Ende ist. Dass sein *Leben* hier noch nicht zu Ende ist – dass wir noch nicht alles getan haben, was wir tun konnten."

Eleonore Stones Stirn legte sich in zweifelnde Falten.

„Das allerdings sehen die behandelnden Ärzte anders", widersprach sie. „Und Sie wissen, dass ich nicht mehr für seine Behandlung im klassischen Sinn zuständig bin. Das hier ist ein Hospiz, kein Krankenhaus. Wir sind nur die letzte Station."

„Ich weiß …", gestand Ruby ihr zu. „Aber wenn er sowieso sterben wird oder nie wieder aus seinem Koma aufwachen – welchen Unterschied macht es dann noch, einen letzten Versuch zu unternehmen? Was hat er schon zu verlieren?"

„*Er?*" Doc Stone blickte sie an, als verstünde sie nicht, wer wirklich die Hauptrolle spielte in diesem Drama. „Nun, nicht viel", fuhr sie fort, „aber *Sie* und *ich* – eine Menge. Wenn herauskommt, dass wir mit zweifelhaften Methoden an einem Patienten herumdoktern, spielt es keine Rolle, ob er todgeweiht ist. Hier geht es um unsere Reputation und schlicht und ergreifend Professionalität. Am Ende bin ich für all das verantwortlich – auch für das, was Sie tun, Schwester Light."

„Und all das verstehe ich völlig, Frau Doktor!“, erwiderte Ruby. „Aber das Experiment, das ich plane, ist kein medizinisches.“

„Das Experiment?“ Die Ärztin sah sie fragend an.

„Ich weiß, Sie halten nicht viel von den Fortschritten, die ich mit dem Patienten gemacht habe“, erklärte Ruby. „Aber was, wenn ich wirklich mit ihm kommunizieren könnte? Ich meine, *wirklich* – in Worten oder Bildern? Dann könnten wir vielleicht herausfinden, wer die Frau auf dem Amulett ist. Und bei der Gelegenheit auch gleich ...“

Für einen Moment hielt sie inne, denn sie konnte sich ein kleines Lächeln nicht verkneifen.

„... nun, welche Krankenkasse für seine Behandlung aufkommt“, führte sie ihren Satz zu Ende.

Die Sache mit der Krankenkasse schien eine gute Idee gewesen zu sein. Die Neugier von Doktor Stone jedenfalls schien schlagartig geweckt. Ihre Augen blinzelten sie überrascht an.

„Und wie in aller Welt wollen Sie das erreichen?“, fragte sie.

Ruby schaute ihrer Vorgesetzten mit aller Zuversicht in die Augen, die sie nur aufbringen konnte.

„Indem ich in seine Träume gelange.“

Sie hatte kaum ausgesprochen, da legte Eleonore Stone schon den Kopf in den Nacken und lachte laut auf.

„In seine *Träume*?“, vergewisserte sie sich, als wäre sie kurz davor, die Kollegen aus der Psychiatrie zu verständigen.

„Ich weiß, es klingt verrückt, aber vielleicht gibt es einen Weg.“

„Und der wäre?“

„Ich muss nur eine einzige Nacht mit ihm verbringen – zusammen mit einer anderen Person, die das Experiment überwacht und mich in seine Träume führt.“

„Also, entschuldigen Sie bitte, Ruby – aber das klingt absolut abenteuerlich!“ Ruby konnte sehen, dass es der Ärztin schwerfiel, nicht unvermittelt in ihr Büro zu rennen und ein Team aus erfahrenen Seelenklempnern auf sie anzusetzen.

Beziehungsweise sie gleich in eine geschlossene Anstalt einzuweisen.

Und doch, es half nichts – wenn sie eine Chance haben wollte, durfte sie mit der Wahrheit nicht hinter dem Berg halten.

„Es … gibt da jemanden in St Ives, der das anders sieht …“, erwiderte sie, wenn auch ziemlich kleinlaut. Sie wusste, dass sie hoch pokerte – ohne wirklich ein Ass im Ärmel zu haben. Aber ihr blieb keine Wahl.

„Und wer soll das bitte sein?“, fragte die Ärztin und blickte sie dabei mit einer Mischung aus Ungeduld und Ungläubigkeit an, die Ruby innerlich noch mehr unter Druck setzte.

„Meine Großmutter.“

Erneut legte sich ein breites Lächeln auf das Gesicht von Eleonore Stone.

„Soso – Ihre Großmutter …“, wiederholte sie süffisant.

„Sie ist ein …“ Ruby stoppte gerade noch rechtzeitig, bevor ihr das Wort *Medium* über die Lippen kommen konnte. Dieses Wort musste sie unbedingt vermeiden, so wie auch alle anderen esoterisch klingenden Begriffe, denn darauf waren Ärzte generell nicht besonders gut zu sprechen. „Sie … hat ein Talent“, erklärte sie stattdessen.

„Aha, und welches Talent wäre das?“, fragte die Ärztin zurück.

„Das Talent, Menschen in ihren Träumen miteinander verbinden zu können.“

Doktor Stone blickte sie an, als würde gleich der nächste Lachanfall folgen. Doch nur eine Sekunde später verschwand das Lachen aus ihrem Gesicht, und sie stemmte die Arme in ihre schmalen, knochigen Hüften.

„Einen Moment, Schwester Light – wollen Sie mir sagen, dass Ihre Großmutter …“ Sie hielt inne, zögerte, es auszusprechen. „… Tilda? Tilda Goodwill – ist das ihr Name?“

„Ja … das ist richtig“, bestätigte Ruby überrascht. „Wieso? Kennen Sie sie?“

In exakt demselben Moment, in dem der Name ihrer Großmutter gefallen war, schien sich die Welt auf den Kopf zu stellen.

Eleonore Stone trat einen Schritt auf sie zu und legte die Hand auf ihre Schulter.

„Wieso haben Sie das nicht gleich gesagt?"

„Ich ... nun, weil Sie doch Ärztin sind und meine Großmutter in ganz Cornwall nur als ..."

„*Die Traumweberin* bekannt ist?", führte die Ärztin ihren Satz zu Ende. „Darüber machen Sie sich mal keine Sorgen."

„Heißt das, Sie ... glauben an das, was meine Großmutter macht?"

Nun war es Eleonore Stone, die für einen Moment nach der richtigen Antwort zu suchen schien.

„Nun, ehrlich gesagt, nein ...", erwiderte sie. „Ich bin Ärztin, ich glaube an die Wissenschaft."

„Aber was ist es dann?", wollte Ruby wissen.

Ihre Chefin blickte sie an. Ihr Gesichtsausdruck hatte endgültig etwas Mildes bekommen. Etwas, das man normalerweise nicht mit ihr in Verbindung bringen würde.

„Wussten Sie, dass Ihre Großmutter Hebamme war?"

Ja, das wusste sie. Bevor sie in den Ruhestand gegangen war und sich in die zweite Schutzheilige von St Ives verwandelt hatte, war sie Hebamme gewesen.

„Und zwar eine sehr gute", fuhr ihr Gegenüber fort. „Ob Sie es glauben oder nicht: Ihre Großmutter hat mich zur Welt gebracht", erklärte sie. „Es war eine äußerst schwere Geburt, und meine Mutter und ich wären dabei fast gestorben. Dass es nicht so gekommen ist und ich jetzt hier vor Ihnen stehe, ist einzig allein Tilda Goodwill zu verdanken – Ihrer Großmutter."

Nun war es Ruby, die staunte.

„Von daher schulde ich ihr etwas", beendete Eleonore Stone ihren Gedanken. „Und wenn es eines ihrer Traumexperimente ist, auch das. Aber mehr als eine Nacht kann ich nicht genehmigen!"

Sie tat so, als setze sie ein strenges Gesicht auf, aber im Gegensatz zu dem strengen Gesicht, das Ruby von ihr kannte, war es jetzt sanft und weich.

„Danke!“, rief sie begeistert aus und war kurz davor, ihrer Chefin um den Hals zu fallen. Im letzten Moment hielt sie sich gerade noch zurück.

„Und wann soll es losgehen?“, wollte diese wissen.

„Am besten gleich heute Abend, nach meiner Schicht!“, schlug Ruby vor.

Löwe: Mächtige Freunde
Lexikon der Träume

Ruby konnte es kaum fassen, dass sich das Blatt auf diese Weise gewendet hatte. Eben noch sah es so aus, als wäre ihr ganzer Plan endgültig gescheitert – und nun durfte sie ihr Experiment sogar ganz offiziell unternehmen. Oberschwester Rosamund erhielt die Anweisung, sie und Tilda in dieser Nacht unter keinen Umständen zu stören, wenn sie den ersten Anlauf unternahmen, Sal in seine Träume zu folgen. Sie half ihr sogar dabei, ein zweites Bett in sein Zimmer zu bringen – denn genau darum hatte ihre Großmutter sie gebeten, als sie sie an diesem Nachmittag angerufen hatte, um ihr von ihrem Durchbruch bei Doktor Stone zu berichten. Tilda hatte reagiert, wie Ruby es sich erhofft hatte: mit ihrer vollständigen und uneingeschränkten Unterstützung.

Es war neun Uhr abends. Ruby war nach ihrer Schicht noch schnell nach Hause geradelt, um zu duschen, sich umzuziehen und eine Kleinigkeit zu essen. Unter dem Mantel trug sie ihr Lieblingskleid, weiß mit goldenen kleinen Sternen, die darauf glitzerten wie der Nachthimmel an seinen besten Tagen, denn sie wollte einen guten ersten Eindruck hinterlassen – nur für den Fall, dass sie Sal tatsächlich in seinen Träumen treffen würde und er sie so sah.

Ehrlich gesagt: Sie hatte keine Ahnung, wie es funktionierte.

Und ja, sie war ein wenig nervös, als sie das Hospiz wieder erreichte und schließlich sein Zimmer betrat. Fast wie bei einem ersten Date – was sie sich schon wieder einbildete!

Kaum hatte sie die Tür geöffnet, bemerkte sie auch schon Tilda. Sie saß gedankenverloren an Sals Bett und hob sachte ihren Kopf, als sie hereinkam. Wie immer war sie ganz in Orange gekleidet, ihrer Farbe. Sie liebte sie über alles, die Töne der Sonne, von einem gleißenden Gelb bis hin zu Feuerrot, einzig und allein kombiniert mit Weiß, der Farbe des Lichts. Aber das warme Orange, in das ihre leicht hippiemäßige, mit Blumen bestickte Bluse und ihre Jeans getaucht waren, war ihr Favorit. Wenn man nicht wusste, dass sie bereits achtzig war, konnte man sie gut und gerne für zwanzig Jahre jünger halten – ihre leuchtenden

Augen und ihre zierliche Gestalt, die Ruby von ihr geerbt hatte, machten es möglich.

„Da bist du ja, mein Engel!", begrüßte Tilda sie. Bildete Ruby es sich nur ein, oder waren ihre Augen gerötet? „Und? Bereit für einen Ausflug in das Reich der Träume?"

War sie das?

Ruby schluckte, als sie das zweite Bett neben dem von Sal erblickte, das sie selbst erst vor Stunden zusammen mit Oberschwester Rosamund in das Zimmer gerollt hatte.

Am Nachmittag im Licht des Tages hatte es noch alles so harmlos ausgesehen, aber nun? Ein wenig mulmig war ihr schon. Es war fast, als würde sie sich zu ihm ins Bett legen, so nah waren sie einander.

Nun, zumindest, wenn das zweite Bett wirklich für sie bestimmt war.

„Keine Sorge", beruhigte Tilda sie. „Es ist eigentlich ganz leicht: Du musst dich nur hinlegen, den Rest mache ich."

Okay, es *war* also für sie bestimmt.

„Und dann?"

„Nun, genau das ist das Problem", seufzte ihre Granny. „Normalerweise würde ich dich jetzt bitten, dich an ein Erlebnis zu erinnern, bei dem ihr einander ganz nah wart. Und dabei versetze ich dich in den Schlaf."

Hypnose – das war es, was sie *eigentlich* mit Schlaf meinte.

Ihre Großmutter beherrschte die Technik, Menschen in Trance zu versetzen, indem sie von fünf an abwärts zählte. Ruby hatte es selbst schon mit angesehen. Aber am eigenen Leib gespürt hatte sie es noch nicht.

Eine Erfahrung, die sie sich gern erspart hätte, denn sie schätzte es, die Kontrolle über sich zu behalten. Das heißt, wenn es überhaupt möglich war, die Kontrolle über sich zu behalten. Bei dem, was sie vorhatten.

„Aber – er und ich haben dieses Erlebnis nicht", wandte Ruby ein. „Diese Verbindung. Wir haben keine gemeinsame Vergangenheit."

Ihre Großmutter nickte.

„Ich hatte dir ja schon gesagt, mein Schatz, dass es deshalb vielleicht nicht funktionieren wird. Aber dafür habt ihr einen anderen Vorteil.“

Einen Vorteil?

„Ihr seid beide hier“, erklärte Tilda. „Das heißt, es gibt eine andere Möglichkeit, wie ich euch miteinander verbinden kann.“

„Und – die wäre?“

„Nun, ganz klassisch“, erklärte sie geheimnisvoll. „So wie es ein Liebespaar machen würde. Nun, vielleicht nicht ganz so, aber zumindest halbwegs könnten wir es arrangieren …“

Ruby schluckte nervös.

Wenig später lag sie auf dem Bett an seiner Seite. Sie trennte nur ein halber Meter von ihm.

Oder anders gesagt: ein ausgestreckter Arm.

Erneut betrachtete Tilda den jungen Mann mit dieser gedankenverlorenen Miene, die Ruby schon irritiert hatte, als sie in das Zimmer gekommen war. Sie wirkte so unendlich traurig und voller Liebe, als wäre sie in einem Traum gefangen.

„Ist er nicht hübsch?“, fragte sie leise. „Sein Gesicht – es kommt mir so bekannt vor … es …“

Für einen Moment füllten sich ihre Augen mit Tränen. „… es erinnert mich an jemanden, den ich sehr mochte.“

„Ist … alles in Ordnung?“, fragte Ruby ein wenig beunruhigt.

„Ja, natürlich – entschuldige bitte, mein Schatz.“

„An wen?“, fragte Ruby. „An wen erinnert er dich?“

Doch Tilda schüttelte nur den Kopf. „Es spielt keine Rolle – nicht *mehr* jedenfalls. Das alles war vor langer, langer Zeit – *vor* deiner Zeit“, erklärte sie.

„Hm … ich …“, stammelte Ruby, die nicht wusste, was sie dazu sagen sollte. Darauf war sie nicht vorbereitet gewesen.

„So, nun gib mir deine Hand“, sagte ihre Großmutter. „Ich werde sie jetzt in seine legen“, erklärte Tilda das Prozedere.

Noch bevor Ruby darüber nachdenken konnte, nahm ihre Granny ihre Hand und verband sie sachte mit seiner, die schlaff und wie taub in der Luft hing, ohne ihren Griff auch nur im

Geringsten zu erwidern. Keine Reaktion. Jedenfalls keine von seiner Seite.

Ruby jedoch fühlte augenblicklich, wie ihr Herzschlag sich beschleunigte, als sie seine Nähe spürte.

„Aber … was mache ich, wenn ich …"

„… ihm begegne?", führte Tilda ihren Satz richtig zu Ende. „Du musst versuchen, herauszufinden, wo er ist. Schau dir den Ort ganz genau an, an dem ihr euch befindet – jedes Detail ist wichtig, alles, was du siehst oder hörst", erklärte sie. „Vielleicht gelingt es dir sogar, mit ihm zu sprechen. Wichtig ist, dass du dir alles ganz genau merkst, so gut es nur geht. Verstehst du das, mein Schatz?"

Ruby nickte.

„Bist du bereit?"

„Ich … weiß nicht … ich …"

Bis vor einer Sekunde hatte sie noch Angst gehabt, dass es nicht funktionieren könnte. Aber nun beschäftigte sie plötzlich das Gegenteil: Was, *wenn* es funktionierte?

Was würde dann passieren?

Auf was hatte sie sich da eingelassen?

Auch ihre Großmutter schien ihre Zweifel zu bemerken. „Liebes, wir müssen das nicht machen, wenn du nicht willst", erklärte sie.

„Doch, doch … ich … will. Es ist nur …"

„Die Angst, oder?"

Ruby nickte.

„Das ist ganz normal, Ruby, mach dir deswegen keine Sorgen. Hör einfach auf deine innere Stimme, denn sie kennt den für dich bestimmten Weg, und zwar vom Tag deiner Geburt an. Dieser Weg ist *dein* Weg zum Glück. Leider ist er ein unbehauener, rauer, kurvenreicher und mit vielen Hindernissen gepflasterter Pfad und keine perfekt betonierte gradlinige Autobahn, die dich rasend schnell und sicher ans Ziel bringt. Und genau aus diesem Grund – aus Angst, diesen harten, aber für sie vorgesehenen Weg zu gehen – leben die meisten Menschen an ihrem Leben und ihrer Bestimmung vorbei. Sie tauschen unsicheres Glück gegen sicheres Unglück ein.“ Für einen Augenblick stoppte sie. „Zumindest ich habe es so gemacht.“

Ruby stutzte.

„Du?“

„Ja“, erwiderte ihre Großmutter, und ihre Augen wurden erneut für eine Sekunde feucht. „Und als ich endlich gelernt habe, meiner inneren Stimme zu folgen, da … nun, war es zu spät.“

Ruby starrte sie an, unfähig, ein Wort zu erwidern.

„Es ist der Glaube, der uns an unser Ziel bringt … die Hoffnung …“, fuhr Tilda leise fort, „der Glaube und die Hoffnung, dass unsere innere Stimme uns das Richtige sagt. Dass sie uns nicht im Stich lässt, auch wenn wir *sie* wieder und wieder im Stich lassen, um auf einen bequemeren und vermeintlich sicheren und schnelleren Weg auszuweichen, der sich am Ende fast immer als eine Sackgasse herausstellt … denn was für andere richtig ist, ist nicht zwangsläufig richtig für dich, mein Schatz. Wir sind alle unverwechselbare und absolut einzigartige Seelen. Und jede dieser Seelen muss ihren eigenen Weg finden – *allein*. Denn nur auf diese Weise findet sie ihr Schicksal und den Menschen, der wirklich für sie bestimmt ist – ihr *Soulmate*, ihren Seelenverwandten –, und tritt nicht mit gesenktem Blick aufs Gaspedal, um abzuhauen, sobald die Sache ernst wird. Wie es heutzutage die Regel zu sein scheint.“

Als würde ihr plötzlich bewusst, dass sie abschweifte, wurde Tildas Blick schlagartig ernst. „Nun, es ist ja auch egal“, wischte sie ihre Traurigkeit zur Seite. „Also, was sagt deine innere Stimme, mein Kind: Willst du es machen oder nicht?“

„Ja … ich will“, bestätigte Ruby mutig. Ihr Bauch sagte ihr ganz klar, dass es so war. Die Bedenken kamen nur vom Kopf. Aber wenn sie richtig verstanden hatte, befand sich die innere Stimme nicht dort oben.

„Gut, dann lass uns keine weitere Zeit verlieren“, erwiderte Tilda. Mit einem geheimnisvollen Lächeln auf dem Gesicht holte sie ein Metronom aus ihrer Tasche hervor, einen mechanischen Taktgeber. Sie stellte es auf den kleinen Nachttisch. Und setzte es in Bewegung.

Tick-tack-tick-tack-tick-tack.

Das beruhigende Klacken und der gleichmäßig nach links, nach rechts und wieder zurück ausschlagende silberne Zeiger sorgten dafür, dass Ruby augenblicklich schläfrig wurde. Ihre Lider wurden schwer.

Im nächsten Moment wandte ihre Granny sich ihr zu. „Ich werde nun von fünf an abwärts zählen, und du wirst in einen tiefen Schlaf fallen, währenddessen du seine Hand festhalten wirst. Sobald du in deinem Traum meine Stimme hörst, die von eins an aufwärts zählt, wirst du meiner Stimme folgen und bei fünf erwachen."

Ruby schluckte und nickte zur Bestätigung, dass sie verstanden hatte.

Sie spürte, wie sich Tildas rechte Hand sanft über ihre und die von Sal legte. Während ihre linke weit geöffnet wie ein strahlender Mond über ihr in der Luft verharrte, auf halber Höhe zwischen ihren Augen und ihrer Stirn.

„Fünf …", begann Tilda zu zählen.

Jetzt wurde es ernst.

Kaum vernahm sie die Stimme ihrer Großmutter, der Traumweberin, fühlte sie augenblicklich eine bleierne Müdigkeit in sich aufsteigen. Über ihr schwebte Tildas kleine, von zarten Linien der Zeit durchsetzte Hand, die sanfte Kreisbewegungen in der Luft ausführte. Fast willenlos folgte Ruby den Bewegungen des kreisenden Monds über ihr.

„Vier … drei … zwei … eins …"

Eine Libelle!

Was – war das? Sie hatte sich geduckt, und im selben Moment war eine Libelle über ihren Kopf hinweggeschossen. Dunkelblau schimmernd und mit Flügeln durchsichtig und glänzend wie ein goldener Schleier.

Ruby blickte um sich. Wo – war sie?

Keine Frage: Sie befand sich in einem Wald. Einem Märchenwald voller mächtiger, krumm und schief in den Himmel wachsender Bäume. Es roch nach Sommer, Kiefernnadeln und

Harz. Die Hitze war kaum zu ertragen, und der Schweiß rann ihr in Rinnsalen, nein: *Bächen* von der Stirn. Neugierig ließ sie ihren Blick schweifen. Er huschte durch das dichte Geflecht aus Stämmen und Sträuchern, hinauf auf eine dahinter liegende kleine Lichtung, hinter der sich in all seiner göttlichen Pracht der Ozean auftat, tief dunkelblau und übersät von einem Meer aus glitzernden Sternen, die im Licht der Sonne auf seiner nassen Haut tanzten. Doch das Eigentliche, die wirkliche Entdeckung, war Ruby bis jetzt entgangen.

Irgendetwas war – anders.

Gewaltig anders, um genau zu sein. Ruby konnte den Schreck in allen Gliedern spüren, als sie an sich herabblickte: Sie trug ein rosafarbenes Pink-Panther-Shirt, winzige Jeans-Shorts und unter ihren nackten Füßen, die in Sommersandalen steckten, spürte sie ein Bett aus samtigem Moos.

Sie – war geschrumpft!

Wie klein sie waren: ihre Füße! Ihre Hände! Ihr ganzer Körper! Sie brauchte keinen Spiegel, um schlagartig zu erkennen, dass sie wieder ein Kind war.

Kaum hatte sie es begriffen, wich der Schreck einem anderen Gefühl: dem Gefühl von Glückseligkeit, das sie flutete wie eine mächtige Welle. Augenblicklich fühlte sie sich wieder so, wie wir alle uns einmal gefühlt hatten:

Unbesiegbar.

Unsterblich.

Und auch wenn Ruby wusste, dass dies hier nur ein Traum sein konnte, konnte sie nicht verhindern, von ihm davongetragen zu werden. In ein anderes, längst vergessenes Land. Das Land ihrer Kindheit. Es war einer dieser Träume, bei denen man wusste, dass man träumte, und aus denen man dennoch nie wieder aufwachen wollte – weil sie so glücklich machten. So unendlich glücklich wie das Leben, von dem wir träumten, seit wir Kinder waren, und das wir, je länger wir unsere Träume träumten anstatt sie zu leben, doch nie zu greifen bekamen.

Weil wir viel zu früh aufgaben.

Weil wir aufgaben, ohne es je wirklich versucht zu haben.

Weil die Spannung aus dem Bogen wich, der wir einst waren.

Es schien der große Jackpot in der Welt der Erwachsenen zu sein: Erwachsen zu werden und das zu tun, was alle anderen Erwachsenen taten: unsicheres Glück ein für alle Mal gegen sicheres Unglück einzutauschen.

Auf einmal war Ruby alles klar – sie blickte mit dem Herzen eines Kindes auf die Welt und gleichzeitig aus den Augen einer Erwachsenen. Sie war alles zugleich – die Ruby, die sie heute war, und im selben Augenblick die Ruby, die sie vor vielen, vielen, lange vergangenen Jahren gewesen war.

Es war – ein Gefühl, so unglaublich, wie das Gefühl, allwissend zu sein. Sein eigenes Schicksal auf einmal klar vor sich sehen zu können.

Vorsichtig setzte sie Fuß um Fuß voran – und schon hatte sie die Lichtung erreicht.

Von der sie hinaus auf das Meer blickte.

Die ganze Schönheit des Universums schien sich vor ihr aufzutun und sich ehrfurchtsvoll vor ihr zu verneigen – es war schlichtweg atemberaubend. Doch hier durfte sie nicht verweilen. Denn sie hatte eine Aufgabe, eine Mission: Sie musste jemanden finden, der verloren gegangen war.

Ein Geräusch ließ sie im selben Moment zusammenzucken.

„Ruby! Finde mich …“, vernahm sie aus der Ferne eine Stimme. Es war eine Kinderstimme.

„Finde mich, Ruby …“

Da – schon wieder!

Auf leisen Sohlen schlich sie durch das trockene Unterholz. Irgendwo ganz in ihrer Nähe war die Stimme, das wurde ihr allmählich klar. Sie war ihr ganz dicht auf den Fersen. Und die Stimme wusste, dass sie die Verfolgung aufgenommen hatte – denn sie *wollte* gefunden werden.

Von *ihr*.

„Ruby … hier bin ich …“, schwirrte der unsichtbare Singsang durch die warme Sommerluft zu ihr herüber.

Wo versteckte sie sich, die Stimme, die sich nur hinter einem der mächtigen Baumstämme verbergen konnte?

Ruby begann zu laufen.

Erst langsam, hier nach Norden, dort nach Süden schweifend, dann nach Osten und gen Westen. So funktionierte es nun mal, das Versteckspiel. Nur wer wirklich suchte, fand. Im Grunde war das ganze Leben ein Versteckspiel – genauso wie es der alte Harry Winston immer sagte. Denn wer sich nicht auf die Suche machte, nach sich selbst, seinen Träumen und seiner großen Liebe, fand auch nichts dergleichen.

„Ruby … *hier* bin ich …"

Auf einmal klang es so, als wäre die Stimme nur noch ein paar Meter von ihr entfernt. Als wäre sie zum Greifen nahe.

Da! Hinter einem aufgeworfenen, grün bewachsenen Erdhügel meinte sie, eine Bewegung wahrgenommen zu haben.

Und noch einmal – es bestand kein Zweifel: Eine kleine Gestalt huschte dort herum.

Jetzt war es an der Zeit: Ruby rannte, was das Zeug hielt. Denn sie hatte die Stimme entdeckt. Sie gehörte – einem Jungen! Er trug ein pfefferminzgrünes T-Shirt mit der Nummer sieben auf dem Rücken, kurze verwaschene Jeans mit ausgefransten Beinen, schmutzige, einst weiße Chucks und musste ungefähr in ihrem Alter sein. Sein blondes Haar reichte ihm hinab bis auf die Schultern.

Könnte sie doch nur sein Gesicht erkennen!

Mit aller Kraft, die ihre Beine hergaben, nahm sie die Verfolgung auf. Über Stock und Stein, immer tiefer in den Wald hinein. Bis er schließlich nur eine Handvoll Schritte vor ihr vor einem mächtigen Baum stoppte, an dem eine kleine Strickleiter baumelte. Mit einem Satz hatte er sie ergriffen und wand sich über die schmalen, mit Tauen verbundenen Holztritte nach oben. Rubys Blick folgte ihm gebannt. Denn dort oben, im Wipfel des Baumes, saß: ein komplettes Baumhaus!

So wie es sich kein Kind perfekter erträumen konnte. Mit einer Tür und Fenstern. Zusammengehämmert aus windschiefen Holzscheiten der verschiedensten Farben und Größen.

Ihr Baumhaus. Schlagartig fiel es ihr wieder ein.

„Komm!", vernahm sie von oben erneut seine Stimme.

„Wer … bist du?“, flüsterte sie in Gedanken, während urplötzlich eine Ahnung in ihr keimte, zärtlich wie ein frisch gepflanzter Setzling schlang sie sich um ihr Herz. Doch nein, das konnte unmöglich sein! Sie träumte diesen Traum nicht mit *ihm*.

Einen Moment lang zögerte sie, denn sie war nicht wirklich schwindelfrei. Nicht mehr jedenfalls. Doch dann ergriff sie kurzerhand die Strickleiter und setzte mutig Fuß um Fuß voran, sorgsam darauf bedacht, nicht nach unten zu blicken.

Hinunter in den gähnenden Abgrund.

Geschickt wie ein Eichhörnchen erklomm sie den Baum – und schlüpfte durch die winzige Tür des Baumhauses.

Der kleine Junge saß am anderen Ende, das offen war, und ließ seine Füße in der Luft baumeln.

„Hast du mich endlich gefunden?“, fragte er gespielt gelangweilt, ihr den Rücken zukehrend.

Ein Schreck durchfuhr sie, als sie ihn so sah.

„Lass das – das ist zu gefährlich“, warnte sie ihn, während sie es mit der Angst zu tun bekam. Immerhin waren sie einige Meter über dem Erdboden. Woher kam diese Angst? Als Kind hatte sie sich nicht gefürchtet. Hatte sie sie etwa herangezüchtet? Während sie erwachsen geworden war? Doch der Junge schien ohnehin nicht auf sie zu hören.

„Es wird regnen“, erwiderte er, als hätte er ihren Einwand überhaupt nicht gehört. „Schau!“ Mit seiner kleinen Hand wies er in den Himmel, der über ihnen vorbeizog. Tatsächlich – er hatte sich innerhalb von Sekundenbruchteilen verdunkelt.

Kabumm!

Ein mächtiges Donnergrollen erschreckte Ruby beinahe zu Tode. Und schon fielen die ersten Tropfen aus den Wolken. So groß wie pralle, mit Wasser gefüllte Weintrauben – jedenfalls sahen sie so aus, aus den Augen eines Kindes.

„Nein!“, rief sie entsetzt aus und hielt sich erschrocken die Hand vors Gesicht.

Denn der Junge – er war gesprungen!

Mit einem Satz war sie auf seinem Platz und blickte hinab auf den moosgrünen Waldboden. Wo die kleine Gestalt sich aufrappelte und Anstalten machte, davonzulaufen.

„Siehst du? Es ist nicht gefährlich!“, rief er zu ihr hoch, ohne jedoch den Blick zu ihr zu erheben. Der Regen wurde stärker und dichter.

Und der Junge? Er lief doch tatsächlich davon! Direkt vor ihren Augen. Ließ sie einfach hier oben zurück.

„Wo willst du hin?“, rief sie ihm nach.

„Nach Hause!“, antwortete er, sich das T-Shirt schützend über den Kopf ziehend.

Nach Hause? Wo in aller Welt sollte das sein?

„Warte auf mich!“

Höhenangst und Schwindelgefühl hin oder her – Ruby wusste, dass sie jetzt keine Zeit verlieren durfte. Sie nahm ihr Herz in die Hand und kletterte die Strickleiter hinab, so schnell sie es vermochte. Den Blick so nah wie möglich an das Tau und die Tritte vor ihren Augen heftend und die Tiefe unter sich tapfer verleugnend. Bis sie schließlich festen Boden unter ihren Füßen erreicht hatte.

Der Regen war mittlerweile in einen Platzregen übergegangen. Man konnte kaum die Hand vor Augen sehen. Durch das dichte graugrüne Gestrüpp vermeinte sie, in weiter Ferne den Jungen zu entdecken, der durch den Wald flitzte wie ein Pfeil, der aus einem Bogen geschossen war. Und noch dazu hakenschlagend wie ein Hase auf der Flucht.

Ruby rannte mit aller Kraft ihrer Beine.

Wenn sie ihn jetzt nicht einholte, würde sie ihn für immer aus den Augen verlieren, so viel stand fest. Und wäre damit wieder genau dort, wo ihre Suche begonnen hatte.

Ihr kleines Herz hämmerte in ihrer Brust, ihr Atem ging rasselnd, während sie ihm durch den Regen folgte – entschlossen, nicht aufzugeben.

Doch was war das?

Sie stoppte auf halbem Weg. Denn sie vernahm eine Stimme. Merkwürdig, sie zählte! Warum tat sie das? Oh … nein …

„Eins, zwei …“

Nein! Bitte nicht. Nicht jetzt! Natürlich war es nicht die Stimme des kleinen Jungen.

Es war eine andere Stimme.

„Drei, vier ...“

Sie musste verhindern, dass sie weiterzählte. Aber wie?

„... fünf – und nun wachst du auf, Ruby.“

Zu spät.

Als Ruby die Augen aufschlug, saß Tilda an ihrem Bett.

„Warum hast du mich nur geweckt, Tilda!“ Sie war außer sich. Ja, sie blaffte ihre Großmutter richtiggehend an. „Das war absolut nicht nötig! Ich war gerade dabei, eine Entdeckung zu machen.“

„Du ... hast auf einmal so wild geatmet – ich habe mir Sorgen gemacht!“

„Aber doch nur, weil ich gerannt bin!“

Ihre Granny blickte sie fragend an.

„Du bist gerannt?“

Ruby nickte.

„Hattest du Angst? Musstest du etwa fliehen?“

„Nein – das glatte Gegenteil“, erklärte Ruby ihr, sie war noch immer ein wenig außer Atem. „Ich habe jemanden gesucht.“

„Jemanden gesucht?“

„Ja“, bestätigte sie, noch immer halb in jener Welt und halb in dieser. „Ich ... ich ... war ein Kind, Tilda! Kannst du dir das vorstellen? Ich war in einem Wald, und es war Sommer und da war noch ... ein anderes Kind ... ein ... *Junge* ...“

„Du meinst – *ihn*?“, fragte ihre Großmutter mit einem kurzen Blick hinüber zu Sal, der noch genauso regungslos neben ihnen lag wie gerade zuvor. Ruby schüttelte den Kopf.

„Ich weiß es nicht, Tilda“, erklärte sie. Ehrlich gesagt drängte sich ihr momentan ein anderer Verdacht auf – der Gedanke an ein anderes Kind, das sich irgendwie in ihre Träume geschlichen hatte. Aber wie war das möglich? „Ich ... weiß nur, dass ich kurz davor war, es herauszufinden ...“, stotterte sie.

„Bevor ich dich zurückgeholt habe ...?“

„Ja“, bestätigte sie. „Wie – lange war ich weg?“

„Ungefähr zehn Minuten.“

„Ich muss wieder zurück“, entschied Ruby. „Jetzt sofort!“ Sie sagte es mit einem Nachdruck, der keinen Zweifel an ihrem Vorhaben ließ.

„Jetzt sofort?“

Ihre Großmutter starrte sie mit großen Augen an. „Willst du nicht lieber noch etwas warten, und wir probieren es morgen noch einmal?“

Doch Ruby schüttelte den Kopf. „Das geht nicht“, erklärte sie. „Die Zeit läuft uns davon – Doktor Stone hat ausdrücklich nur diese eine Nacht genehmigt.“

Tilda legte den Kopf auf die Seite und stieß einen kleinen erschöpften Seufzer aus, so als wäre sie es gewesen, die gerade eben im Höchsttempo durch einen Wald gespurtet war.

„Nun, vielleicht können wir sie einfach fragen, ob sie uns ein wenig mehr Zeit gibt, um die Sache in Ruhe anzugehen. Das ist ja wie ein Marathon.“

„Nein“, widersprach Ruby. „Das Risiko wäre zu groß. Was, wenn sie nicht zustimmt? Du musst wissen, Doktor Stone ist nicht gerade das nette Mädchen von nebenan ...“

„Ist sie nicht?“, fragte ihre Großmutter, und ein kleines Lächeln umspielte ihren Mund.

Wenn man vom Teufel spricht.

„Und? Geht es voran mit dem Experiment?“

Es war Eleonore Stone, die in ebendiesem Moment den Kopf durch die Tür zu ihnen hereinsteckte.

„Ganz hervorragend, Frau Doktor“, erwiderte Tilda wie aus der Pistole geschossen. „Wir machen Fortschritte mit Siebenmeilenstiefeln. Sie werden sehen, morgen früh haben Sie alle Beweise auf dem Tisch.“

„Nun, das ... würde mich zwar überraschen, aber ... ich lasse Sie beide wohl am besten allein“, erwiderte sie, als wäre sie nur zu geneigt, sich schnellstmöglich wieder von diesem ... *Hokuspokus* ... zu verabschieden. „Aber dass Sie mir den Patienten nicht zu sehr aufregen.“

„Auf keinen Fall, Frau Doktor“, versprach Tilda.

Die Ärztin nickte. „Nennen Sie mich doch Eleonore“, erwiderte sie, und ihre Stimme klang auf einmal deutlich freundlicher als zuvor. „Sie haben mich schließlich auf die Welt gebracht.“

„Ach, das war *ich*? Hoffentlich habe ich meine Sache gut gemacht damals. Als Ärztin können Sie das heute ja sicher besser beurteilen als damals als Baby.“

Das war typisch ihre Granny, immer einen Scherz auf den Lippen. Ruby kicherte leise in sich hinein.

„Das haben Sie“, bestätigte Doktor Stone mit einem überraschend warmen Lächeln. Um danach leise wieder die Tür hinter sich zu schließen.

„Gut gemacht!“, beglückwünschte Ruby ihre Großmutter zu der erfolgreich überstandenen Premiere mit Doktor Stone, die nicht immer zu derartigen Späßen aufgelegt war. Um nicht zu sagen: eigentlich nie. Tilda musste damals wirklich gute Arbeit geleistet haben, anders war die Sache nicht zu erklären.

„Also“, befahl Ruby. „Bring mich zurück. Und dieses Mal darfst du mich auf keinen Fall wecken – egal, was passiert! Hast du verstanden?“

Sie hatte die Spur aufgenommen, so viel stand fest. Nur wessen Spur es war, konnte sie in diesem Augenblick noch nicht mit Gewissheit sagen. Der einzige Weg, es herauszufinden, war, keine Zeit zu verlieren.

Weiterzumachen.

Ihre Großmutter zögerte einen Moment. Aber dann stieß sie einen tiefen Seufzer aus, was wohl bedeuten sollte, dass sie machtlos war gegen einen so starken Willen wie den ihrer Enkeltochter. Doch gleichzeitig schienen ihre Augen zu lächeln. Denn am Ende waren sie aus demselben Holz geschnitzt.

„Und du bist sicher, dass es der richtige Ort war?“, wollte sie wissen. „Dass du in seinen Träumen warst?“

Ruby schüttelte den Kopf.

„Nein, bin ich nicht – aber es gibt nur einen Weg, das herauszufinden, oder?“ Ihr Blick fiel auf das Metronom auf dem Nachttisch.

Tick-tack-tick-tack-tick-tack.

„Fünf … vier …“

Kaum war Tilda bei eins angelangt, spannte sich eine schwarze Decke über Ruby. Eine *düstere, riesige, nasse*, schwarze Decke.

„Pfff…“

Eine mächtige Welle, die über ihrem Kopf zusammenschlug, drückte sie augenblicklich unter Wasser. Die eiskalte Flüssigkeit strömte in ihren Körper, den Mund, die Nase, ihre Lungen. Ruby versuchte nach oben zu gelangen, an die Oberfläche, doch sie wusste nicht einmal, wo oben war, so stark wirbelte das Meer sie umher. Wie einen willenlosen kleinen Ball, der zufällig in einen von Sturmwellen gepeitschten Ozean geraten war.

Sie versuchte zu atmen, doch sie konnte nicht.

„Was …“

Sie musste irgendwie an die Luft gelangen. Doch wie? Sie war beileibe keine schlechte Schwimmerin, doch jede Anstrengung erschien ihr in dieser Situation nutzlos. Über ihr, unter ihr, alles war schwarz.

Da – kurz drückte das Wasser sie nach oben.

Sie nahm einen tiefen Atemzug.

Verzweifelt.

Der Himmel über ihr war undurchdringlich, Wassermassen ergossen sich aus ihm auf sie und das sturmgepeitschte Meer herab. Ein Sturm, wie sie ihn noch nie erlebt hatte, heulte und toste, dass ihr angst und bange wurde.

Durch einen dichten, feuchten Dunst erkannte sie vor sich in der Ferne die Kulisse von St Ives. Sie trieb auf dem Atlantik, nicht weit vor Porthmeor Beach. Es war dunkel, und durch ihre vom Salzwasser brennenden Augen erblickte sie die Strandpromenade mit den leuchtenden Laternen.

Dieses Mal war sie kein Kind – so viel stand fest.

Sie schlug wild um sich, mit Armen und Beinen. Doch es war aussichtslos. Wie ein Stück Treibgut warf der wütende Ozean sie mal hierhin, mal dorthin, seine Kraft schien unendlich. Nie zuvor war sie in ein solches Unwetter geraten. Sie spürte die Kälte in ihrem Gesicht. Nicht nur das Wasser, auch die Luft war so schneidend kalt, dass sie kaum atmen konnte.

„Lieber Gott, bitte mach, dass ich heil hier rauskomme“, rief sie, während der nächste Brecher auf sie zusteuerte.

Oh Gott, erst jetzt sah sie, wie nahe sie den Klippen war!

Nein, um Himmels willen … nein!

Doch zu spät. Schon fühlte Ruby, wie sie gegen etwas Scharfes, Kantiges, Kaltes gewirbelt wurde, zuerst mit der Schulter und dann mit dem Kopf.

Die Lichter an der Strandpromenade erloschen.

Um sie herum wurde es schwarz.

„Ruby! Mein Schatz! Gott sei Dank, du bist zurück!“

Langsam – sehr, sehr langsam – kam sie zu sich. Noch immer spürte sie den Geschmack von Salz in ihrem Mund und auf den Lippen. Ihre Großmutter war aufgeregt von der Bettkante aufgesprungen und hatte sich über sie gebeugt. Zutiefst besorgt starrte sie sie an.

„Aua …“, stöhnte Ruby und führte ihre freie Hand – die, die sie nicht mit Sal verband – an ihren Kopf. Sie konnte den Schmerz förmlich spüren.

„Was ist passiert, mein Kind? Hast du Kopfschmerzen? Tut dir etwas weh? Um Himmels willen, ich dachte schon, du hättest einen epileptischen Anfall, so wild hast du gezuckt. Und schließlich hast du aufgehört zu atmen …“

Tilda war außer sich vor Sorge.

Ruby blickte an sich herab.

Allmählich mischte sich ein Gefühl der Erleichterung in ihre Angst. Langsam wurde ihr klar, dass sie nicht wirklich verletzt war. Sondern dass auch dies nur ein Traum gewesen war.

Wenn auch ein zutiefst beunruhigender.

Sein Traum, um genau zu sein – so viel erschien ihr sicher. Nun wusste sie, was in jener Sturmnacht vor mehr als zwei Monaten passiert war. Es konnte kein Zufall sein, dass sie einen solch erschreckenden Traum träumte, der die Nacht seines Unglücks in groben Strichen nachzuzeichnen schien.

Dieses Mal war sie definitiv mit ihm verbunden gewesen. Mit ihm, Sal.

Seltsam. Für eine Sekunde schwebte sie zwischen zwei Gefühlszuständen: Sie wusste nicht, ob sie erleichtert sein sollte oder – enttäuscht …

Denn ihr erster Traum hatte sie ganz offensichtlich auf eine falsche Fährte gelockt. Eine Fährte, die etwas in ihr geweckt hatte – eine Hoffnung, die sie vor langer Zeit begraben hatte und in diesem Moment nur zu gerne weiterverfolgt hätte.

„Wieso … hast du mich geweckt?“, jammerte sie.

Obwohl sie sich natürlich denken konnte, warum ihre Granny sie geweckt hatte. Ein epileptischer Anfall war Grund genug, einen Traum zu beenden.

„Ich?“ Tilda blickte sie erschrocken an. „Ich habe dich nicht geweckt – obwohl ich kurz davor war“, widersprach sie. „Du bist von allein aufgewacht.“

Nun, das wiederum war kein Wunder – in Anbetracht dessen, was sie gerade erlebt hatte.

„Ich muss wieder da raus, Tilda.“

„Was? *Noch* einmal? Das kann ich nicht erlauben, nicht in deinem Zustand!“

„Granny, ich erkläre dir alles später. Bring mich wieder dorthin, bitte!“ Ihre Hand, die noch immer unbeirrt von all dem Sals Hand umfasste, um nicht zu sagen: panisch umklammerte, war schweißnass.

Tilda blickte sie kopfschüttelnd an.

„Was bist du nur für ein stures Mädchen!“, sagte sie.

„Von wem ich das wohl habe?“, antwortete Ruby und wusste, dass sie ihre Großmutter von der Notwendigkeit ihrer Mission überzeugt hatte.

Mauer: Widerstände

Lexikon der Träume

„Also? Was ist passiert?“, wollte Tilda wissen. Sie hatte darauf bestanden, eine Pause einzulegen. Und nun saßen sie mutterseelenallein in der Besucher-Cafeteria, die zu dieser späten Stunde menschenleer war. Auf dem nackten weißen Resopaltisch vor ihnen standen zwei dampfende Becher mit schwarzem Kaffee aus dem Automaten.

„Ich weiß jetzt, wie es passiert ist!“ Ruby musste sich Mühe geben, um nicht komplett auszuflippen. Das kleine Gefühl der Enttäuschung, das sich in ihr ausgebreitet hatte, war verdaut. Und ihre Erschrockenheit war in Enthusiasmus umgeschlagen. Denn es schien tatsächlich zu funktionieren. Sie war in seinen Traum gelangt. Nun, es konnte nur sein Traum sein, seine Verarbeitung des Unfalls, der ihn in ihre Arme gespült hatte – denn sie selbst war niemals im Sturm gegen einen Felsen geschleudert worden.

„Wie *was* passiert ist?“

„Der Unfall! Tilda – ich konnte durch *seine* Augen sehen!“

Sie zitterte förmlich vor Aufregung. Was für ein Erlebnis! Sie war noch immer so gefangen von dem gefährlichen Abenteuer, das sie gerade ohne den leisesten Kratzer überstanden hatte, dass sie es erst jetzt bemerkte. Ihre Großmutter hatte liebevoll die Hand auf ihre gelegt, wahrscheinlich, um sie zu beruhigen. Und blickte sie an, als spürte sie genau, wie sie sich fühlte. Ja, fast, als wollte sie am liebsten mit ihr tauschen.

„Was ist, Granny?“, fragte Ruby sie.

„Ach nichts“, erwiderte Tilda, begleitet von einem wehmütigen Seufzer. „Du hast mich nur auf einen Gedanken gebracht.“

„Einen Gedanken?“

„Ja“, bestätigte sie. „Ich habe gerade daran gedacht, wie es wäre, noch einmal durch *deine* Augen sehen zu können. Durch die Augen einer jungen Frau, die ihr ganzes Leben noch vor sich hat.“

Auf einmal wirkte sie so traurig, so zerbrechlich, dass Ruby die Welt aus den Angeln gehoben hätte, hätte sie den Wunsch ihrer Großmutter erfüllen können.

„Granny …“

„Ist schon gut, mein Schatz. Wir alten Leute sind auch nur Kinder mit Schulden, nichts weiter. Auch wir träumen – nur mit dem Unterschied, dass wir ahnen, dass sich unsere Träume wahrscheinlich nicht mehr erfüllen werden. Aber ich wünsche dir von ganzem Herzen, dass deine es tun."

„Granny – es ist nie zu spät!", versuchte Ruby ihre Großmutter etwas aufzumuntern.

„Das ist lieb von dir", erwiderte Tilda, während die Wehmut langsam aus ihrem Gesicht verschwand. „Also – du weißt, wie es passiert ist? Das ist doch schon mal etwas. Hast du sonst irgendetwas über ihn herausgefunden – wie er heißt oder wer die Frau auf dem Amulett ist?"

Ruby schüttelte den Kopf.

„Leider nicht – alles ging so schnell. Es war dunkel, ich war im Meer und wurde dann gegen die Klippen geschleudert. Vor Porthmeor Beach. Und genau deshalb muss ich auch wieder zurück. Ich muss ihn an einem Punkt treffen, an dem ich mehr über ihn erfahren kann. Ich weiß, ich kann es schaffen!", beeilte sie sich, ihrer Großmutter mit überzeugtem Blick zu versichern.

Tilda lächelte sie nur an, während sie einen kleinen Schluck aus ihrem Kaffeebecher nahm.

„Es freut mich, dass du so schnell nicht aufgibst – selbst wenn du beinahe ertrunken wärst", sagte sie. „Dieses Experiment ist ein bisschen so wie Roulette spielen. Es gehört auch ein bisschen Glück dazu. Aber du bist ja schon von Geburt an ein Glückskind gewesen. Von daher bin ich überzeugt davon, dass du es schaffen wirst."

Energisch schob Ruby ihren Stuhl zurück und stand auf. Es drängte sie, weiterzumachen.

Weiterzuträumen.

Mit Sal.

„Auf was warten wir dann noch?", fragte sie, fast ein wenig ungeduldig.

Doch Tildas sich plötzlich verdunkelnder Blick signalisierte ihr, dass ihrer Rückkehr an das Bett von Sal noch etwas im Wege stand.

„Und? Ist das Experiment gelungen?“

Um ein Haar hätte Ruby vergessen, dass sie noch eine weitere, leider nicht so unsichtbar wie gehoffte Teilnehmerin im Boot hatten – Doktor Stone. Sie war es, die in diesem Moment durch die Tür in die Cafeteria trat und sie mit neugierigem Blick ansah.

„Wir sind auf dem richtigen Weg“, erklärte Tilda. „Aber ein paar Versuche brauchen wir wohl noch, um wirklich zu ihm durchzudringen und mehr zu erfahren.“

Ruby nickte artig zur Bestätigung – fast ein wenig übertrieben, so als könne sie auf diese Weise den Gang der Dinge positiv beeinflussen. Doch der Gesichtsausdruck von Doc Stone verhieß nichts Gutes.

Absolut nichts Gutes.

„Nun, das freut mich zu hören“, erwiderte diese, „aber es ist schon spät, und ich möchte den Patienten nicht über Gebühr belasten. Von daher würde ich vorschlagen, dass Sie jetzt Feierabend machen.“ Sie wandte sich mehr an ihre Großmutter als an sie selbst, die ihr unterstellte Krankenschwester. Möglicherweise, um es nicht wie einen Befehl aussehen zu lassen, sondern wie einen Vorschlag.

Einen Vorschlag, der Ruby nicht geheuer vorkam. Feierabend – was hatte das zu bedeuten? Nur für heute – oder ein für alle Mal?

„Können wir nicht noch einen letzten Versuch …“

„Es tut mir leid, Ruby.“

Kaum hatte sie ausgesprochen, räusperte sie sich. Einmal, ein zweites Mal und ein drittes Mal. Ihre Stimme klang heiser, erst jetzt fiel es Ruby auf.

„Entschuldigen Sie bitte, ich habe mich ein wenig erkältet“, erklärte sie.

Doch so schnell gab Ruby nicht auf.

„Und morgen? Was ist mit morgen?“

Eleonore Stone seufzte.

„Über morgen reden wir morgen“, erklärte sie mit müden, ein wenig geröteten Augen.

Und löschte das Licht.

Ein ungutes Gefühl beschlich Ruby, als sie in dieser Nacht zu Bett ging. Sie waren so nahe dran gewesen! Nur noch ein Versuch – und sie hätte vielleicht alles herausgefunden, was sie über den Mann aus dem Meer wissen mussten, um ihm helfen zu können. Aber nein, wie immer musste Eleonore Stone dazwischenfunken. Sie nahm sich vor, gleich am nächsten Morgen zu ihrem Schichtbeginn mit ihr zu sprechen. Sie durften jetzt keine Zeit verlieren – wenn man einmal an etwas dran war, musste man die Sache in Bewegung halten. Sonst löste sie sich womöglich ganz und gar in Luft auf und man stand wieder genau dort, wo man am Anfang gewesen war.

Auch Tilda war dieser Meinung gewesen, als sie sich vor einer halben Stunde an der Pforte des Goodwill Palace verabschiedet hatten. Müde wie ein Murmeltier war Ruby danach nach Hause geradelt. Um ein Haar wäre sie vom Fahrrad gefallen, kurz bevor sie ihre Wohnung im alten Stadtkern von St Ives erreicht hatte.

Sie hatte das Gefühl, die Augen eben erst zugemacht zu haben, als schon wieder der emailleblaue Wecker auf ihrem weiß lasierten Nachttischchen klingelte.

„Doktor Stone?"

In der Tat: Ruby war mehr als übermüdet, als sie an diesem Morgen an die Milchglastür des Arztzimmers klopfte. Und doch steckte sie voller Energie, denn sie konnte es kaum erwarten, weiterzumachen. Nach Dienstschluss, verstand sich. Tilda stand auf Abruf bereit.

„Kommen Sie herein."

Oh Gott, nein! schoss es durch Rubys Kopf, kaum hatte sie die Stimme vernommen. Denn es war nicht die Stimme von Eleonore Stone, ihrer Oberärztin.

Nein, sie war tief und brummig.

Und gehörte dem Chefarzt des Hospizes, Doktor Emanuel Ruff. Normalerweise hatten die Schwestern mit ihm nicht so viel zu tun, sondern sprachen nur mit den normalen Ärzten und der Oberärztin, die den täglichen Betrieb überwachte.

Fast zaghaft öffnete Ruby die Tür und steckte den Kopf herein.

„Ich ... wollte eigentlich zu Doktor Stone", erklärte sie.

„Doktor Stone hat sich heute Morgen krankgemeldet", erklärte er, ohne von der Akte aufzusehen, die er gerade studierte. „Kann *ich* Ihnen helfen?"

Ruby zuckte zusammen. Krankgemeldet?

„Ich ... nein, ich glaube nicht. Es ist schon gut, entschuldigen Sie die Störung", beeilte sie sich zu erwidern und schloss die Tür so schnell und so leise hinter sich, als wäre sie nie da gewesen.

Nicht auch das noch, dachte sie.

Eleonore Stone hätte sie vielleicht noch zu einem zweiten Anlauf überreden können – schließlich war es ihr bereits gelungen, sie einmal ins Boot zu holen. Aber Doktor Ruff? Die Chance, dass er es genehmigen würde, stand bei null Prozent. Er war ein erklärter Feind aller alternativen Heilmethoden. Selbst Kräutertees standen bei ihm auf der Abschussliste.

„Wir haben ein Problem, Granny", flüsterte Ruby fünf Minuten später in die abgenutzte graue Muschel des Münztelefons in der Eingangshalle. Handys waren im Innern des Hospizes verboten, also war der alte öffentliche Fernsprecher der einzige Kontakt zur Außenwelt.

„Ein Problem?"

„Doktor Stone", sagte sie und erklärte ihrer Großmutter die Situation. „Was in aller Welt sollen wir nun machen?"

„Mein Schatz, es gibt für alles eine Lösung."

Rubys Herz machte einen Sprung.

„Meinst du wirklich?"

„Nun ja – für fast alles", erklärte ihre Großmutter am anderen Ende der Leitung. „Man darf nur keine Skrupel haben."

Mehr war aus Tilda nicht herauszubekommen gewesen. Sie hatten sich für den späten Nachmittag verabredet, um Plan B zu besprechen. Wie immer er auch aussehen mochte.

Manchmal hätte Ruby alles gegeben, um einen Blick in die Gedanken werfen zu können, die im Kopf ihrer Großmutter herumschwirrten.

Fest stand: Es waren Gedanken, die frei waren. Gedanken, die sich keine Diktatur aufzwingen ließen. Tilda war eine Anarchistin, wie sie im Buche stand. Sie glaubte nicht wirklich an die Regeln der Gesellschaft, sondern richtete ihr Handeln einzig und allein danach aus, ob es gut war.

Nicht aber, ob es konform war mit dem, was *alle* taten.

„Wenn alle Menschen sich jeden Tag nach dem Aufwachen nur für das Gute entscheiden würden, für das, was ihr Herz ihnen sagt, hätten wir von heute auf morgen den Himmel auf Erden und bräuchten weder Gesetze noch Polizisten oder Soldaten“, pflegte sie immer zu sagen. Und sie hatte recht damit. Der alte Harry Winston wäre stolz auf sie. Die beiden wären ein Dreamteam, dachte Ruby bei sich. Läge er nicht im Sterben …

Nachdem sie aufgelegt hatte, von ihrer Granny mit den nötigsten Instruktionen ausgestattet, trat sie durch das mächtige Portal des alten Hospizes hinaus ins Freie. Um für einen Moment Luft zu schnappen. Einen klaren Kopf zu bekommen.

Ein sanfter Wind wehte vom Meer über die weite, perfekt getrimmte Rasenfläche vor dem Haus. Ein Vorbote des Frühlings. Sie hatte das Gefühl, seine Ankunft beinahe spüren zu können. Endlich, atmete sie innerlich auf. War es nicht so? Der erste Frühlingstag nach einem langen Winter fühlte sich an wie ein liebevoller wärmender Kuss – wenn man lange nicht mehr geküsst hatte.

Geküsst worden *war*.

Noch war der Kuss nicht angekommen, aber sie fühlte, dass er dort draußen auf sie wartete, am Horizont über dem Atlantik. Um ehrlich zu sein: Sie sehnte sich nach ihm, wie sich die Nacht nach dem Morgen sehnt, der sie aus fiebrigen Träumen weckt. Und wie der Abend nach der Nacht, die ihn zärtlich zur Ruhe bettet. Wenn eine Jahreszeit Erlösung und Verheißung in einem war, dann der Frühling.

„*I feel it in my fingers, I feel it in my toes, love is all around me, and so the feeling grows …*“, stimmte sie leise den Song von Wet Wet Wet an. „*It's written on the wind, it's everywhere I go …*“ Sie wusste auch nicht, warum, aber wenn sie an Frühling dachte, dachte sie automatisch an dieses Lied. Eigentlich war es vor ihrer Zeit geschrieben worden, aber durch ihre Eltern war sie auch auf dem Stand, was Oldies betraf.

„Oldies? Das war doch erst gestern!“, pflegte ihre Mum auf so etwas zu entgegnen. Der Song stammte aus dem Film *Vier Hochzeiten und ein Todesfall* – ebenfalls ein Oldie. Jedenfalls in Rubys Augen.

„Wie schnell das Leben doch an einem vorbeirast …“

Nun, damit hatte Jenny wohl recht.

Und genau deshalb war es so wichtig, sein Leben so zu leben, wie man es wollte. Oder es zumindest zu versuchen. Allen Saft aus ihm herauszupressen wie aus einer reifen Orange.

Tat sie das? Ruby stellte sich diese Frage oft. Nun, wer nicht? Es war eine Frage, die nicht leicht zu beantworten war. Konnte sie noch mutiger sein? Noch unerschrockener? Furchtlos voranschreitend wie die unerschrockene Heldin in einem Film? War das Leben nicht auch wie ein Film – oder konnte es so sein, wenn wir ein wenig mehr daraus machten? Oder war es manchmal besser, innezuhalten und darauf zu warten, dass das Glück, nachdem man einen mutigen, unerschrockenen, heldenhaften Schritt auf es zugetan hatte, den nächsten Schritt machte? Um einem zu signalisieren, dass es sich lohnte, weiterzugehen?

Weiterzukämpfen?

Weiterzuträumen?

Davon, dass es endlich Frühling wurde?

Für Ruby stand auch jeder Mensch im Großen und Ganzen für eine Jahreszeit. Sie selbst war der Herbst. Ein wenig melancholisch, tiefsinnig, verträumt. Vielleicht hatte es damit zu tun, dass sie im August geboren war – am Ende des Sommers. Was nicht heißen sollte, dass sie die anderen Jahreszeiten nicht mochte – im Gegenteil. Sie sehnte sich umso mehr nach ihnen.

Wenn sie sich eines Tages wieder verlieben sollte, dann in einen Mann, der war wie der Frühling. Der ihr dieses Gefühl gab, dass das ganze Leben vor ihr lag, frisch geschlüpft und unberührt. Der ihr Herz höherschlagen ließ und dafür sorgte, dass sie sich die Kleider vom Leib reißen wollte – in der Vorfreude auf einen endlosen Sommer voller Glückseligkeit.

Eine Idee, die dem Frühling sicher gefallen würde, schmunzelte sie leise in sich hinein.

Herbst und Frühling. Sie wären das perfekte Paar. Er wäre die Hoffnung, die sie im Winter wärmte, und sie wäre der Wind, der ihn an heißen Sommertagen kühlte.

Fast unbemerkt von ihr hatte sich Iris, der Neuzugang unter den Schwestern, zu ihr gesellt. Um schnell draußen eine zu rauchen, wie sie es so oft machte, wenn sie sich unbeobachtet wähnte.

„Hey."

„Hey."

Einen Augenblick standen sie nur so da und blickten schweigend auf das Meer hinaus.

„Kann ich dir was sagen?", fragte Iris schließlich.

„Ja?"

„Ich finde es toll, wie du dich um den Komapatienten kümmerst", erklärte sie. „Die anderen Schwestern lästern, aber ich wäre dankbar, wenn sich jemand mit so viel Herz um mich kümmern würde."

„Danke, das ist lieb von dir", erwiderte Ruby. Doch gleichzeitig war sie alarmiert.

„Warum lästern die anderen Schwestern?", fragte sie nach einer kurzen Pause.

„Sie denken, du hättest dich in ihn verknallt", erklärte Iris und zwinkerte ihr verschwörerisch zu. „Er ist ja auch zum Verlieben."

In ihn verknallt? Was sollte Ruby auf einen solchen Unsinn erwidern? Wie konnte man so etwas auch nur denken? Er lag im Koma! Trotzdem konnte sie nicht verhindern, rot anzulaufen. Sie spürte es sofort.

„Hast du?“, vernahm sie Iris’ Stimme neben sich.

„Natürlich nicht!“, erwiderte sie barsch. Sie klang aufgebracht. Aufgebrachter, als sie hatte klingen wollen. Dann stapfte sie zurück ins Haus, ohne sich noch einmal nach Iris umzudrehen. Es war ihr egal, was die Schwestern daraus machen würden. All das ging sie überhaupt nichts an.

An diesem Tag machte sie ausnahmsweise pünktlich Feierabend.

Denn sie hatte etwas auf der Agenda, das keinen Aufschub duldete.

„Und? Wie sieht dein geheimer Plan aus?“, fragte Ruby ihre Großmutter, als sie sich an diesem Nachmittag trafen – zur Abwechslung in ihrer Wohnung, denn Tilda hatte Einkäufe in der Stadt erledigt. Ruby trug noch immer ihre Krankenschwesteruniform. Sie hatte keine Minute verlieren wollen, als sie nach Dienstschluss aufgebrochen war.

„Wir schleichen uns rein“, erklärte ihre Granny kurzerhand und führte die Kaffeetasse an ihren Mund, die Ruby ihr hingestellt hatte.

Für eine Sekunde fragte sie sich, ob sie richtig gehört hatte.

„Ins Hospiz?“

„Nun, wenn der offizielle Weg nicht geht, was bleibt uns anderes übrig? Wie lange hat dieser Doktor … Doktor … nun, euer Chefarzt …?

„Doktor Ruff?“

„Genau, wie lange hat er heute Dienst?“

„Normalerweise geht er am frühen Abend“, erklärte Ruby.

„Und dann?“

„Dann bleiben noch die Ärzte, die Nachtschicht haben, und die Nachtschwestern.“

„Aha …“ Tilda schaute sie nachdenklich an. „Und kommen wir irgendwie an denen vorbei?“

Ruby schüttelte den Kopf. „Unwahrscheinlich“, sagte sie. „Es sei denn, ich tausche meine Schicht mit einer von ihnen.“

„Aber kommst du nicht gerade von deiner Schicht?“

Ja, das tat sie. Und sie war hundemüde. Trotzdem: Opfer mussten gebracht werden. Das war sie Sal schuldig.

„Hin und wieder macht jede von uns mal eine Doppelschicht, das fällt nicht weiter auf", erklärte Ruby. „Ich könnte anrufen und fragen, wer heute Nacht für ihn zuständig ist."

„Tu das, mein Schatz", stimmte Tilda ihr zu. „Und dann sehen wir weiter."

Auf was lässt du dich da ein? dachte sie, als sie wenig später die Nummer des Hospizes wählte. In der Küche, um ungestört, nun … *lügen* … zu können.

„Oberschwester Rosamund?"

„Was gibt es, Ruby?"

Eine Minute später war sie mit der Schwester verbunden, die heute Nacht für Sal zuständig war.

Es war: Iris – herzlichen Glückwunsch! Jetzt würde sie endgültig zum Klatschthema Nummer eins unter den Schwestern werden. Denn es gab nur eine einzige Möglichkeit, Iris zu erklären, warum sie so scharf auf ihre Nachtschicht war. Sie musste zugeben, was sie noch am selben Morgen verleugnet hatte.

„Es stimmt also, du bist in ihn verknallt?", vernahm sie die Stimme ihrer jungen Kollegin.

„Ja … es … stimmt", druckste Ruby herum.

„Ich hab's doch gleich gewusst!", rief Iris begeistert aus. „Ruby, ich möchte deinem … *Glück* … nicht im Wege stehen, wirklich nicht."

So wie sie das Wort Glück aussprach, hörte es sich nicht wirklich glücklich an. Aber das konnte Ruby egal sein.

„Abgesehen davon bin ich total fertig", fuhr Iris fort. „Dolores hat mich gebeten, ihre Schicht zu übernehmen, soll heißen, du erlöst mich aus einer Doppelschicht."

„Das tue ich doch gern", erwiderte Ruby mit Honigkuchenstimme.

Vom anderen Ende der Leitung vernahm sie ein leises Kichern.

„Das kann ich mir vorstellen …", hörte sie Iris sagen. Sie verabredeten sich zur Schichtübergabe am Abend – wenn Doktor Ruff gegangen war. Um Probleme zu vermeiden, sollte die Sache unter ihnen bleiben, was auch Iris mehr als recht zu sein schien.

Als Ruby auflegte, lief ihr ein kalter Schauer über den Rücken. Sie konnte schon jetzt die wissenden Blicke der anderen Schwestern auf sich spüren. Die verurteilenden Blicke. Die hämischen Blicke. Nun ja, ihr sollte es egal sein – hier ging es um ein höheres Ziel. Sie musste versuchen, über den Dingen zu stehen, wenn sie die Sache wirklich bis zum Ende durchziehen und ihrem todgeweihten Patienten helfen wollte.

„Und? Alles klar?", fragte Tilda, als sie zurück in das winzige, an die noch winzigere Küche angrenzende Wohnzimmer kam, wo ihre Großmutter am Fenster stand und hinaus über die Dächer des Städtchens blickte.

„Alles klar", bestätigte Ruby. „Ich bin drin. Jetzt müssen wir nur noch dich reinschleusen."

Tilda blickte sie fragend an.

„Und wie machen wir das, mein Schatz?"

„Durch die Küche", erklärte Ruby. „Sie liegt nur zwei Zimmer hinter dem des Patienten. Nachts ist da niemand, und du musst weder am Ärztezimmer noch am Schwesternzimmer vorbei."

Ihre Granny schenkte ihr ein anerkennendes Lächeln.

„Du bist wirklich mit allen Wassern gewaschen, Kindchen!", lobte sie und klatschte vor Vorfreude auf ihr bevorstehendes nächtliches Abenteuer in die Hände. Tja, so war sie nun mal. Achtzig Jahre alt, aber tief in ihrem Innern schlug noch immer das Herz eines Teenagers.

Ruby hingegen betete, dass ihr kleiner Coup unbemerkt über die Bühne ging.

Ohne dass sie aufflogen.

Und ohne dass ihr kleines Abenteuer erneut auf zwei harten Büßerstühlen vor dem Schreibtisch des diensthabenden Arztes endete.

Nach dem Reinfall mit Becky konnte sie sich einen zweiten Ausrutscher nicht erlauben, wenn sie noch ein wenig hier weiterarbeiten wollte. Und genau das hatte sie vor. Denn bis zum Sommer waren es noch ein paar Monate.

Und noch war ihr Plan, nach London zu gehen, um dort die Liebe ihres Lebens zu finden, nichts weiter als eine Seifenblase, die jeden Moment zerplatzen konnte.

Tür, offen: Eine neue Gelegenheit bietet sich

Lexikon der Träume

Pst!“

„Ist die Luft rein?“

„Ja, aber wir müssen ganz leise sein, Granny.“

Der Park vor dem Hospiz war in das matt leuchtende Licht der Außenlaternen getaucht, als Ruby ihre Komplizin am Hintereingang der um diese späte Stunde verwaisten Großküche in Empfang nahm. Nur Sekunden später schlichen sie durch den schmalen Korridor zwischen Herden, Öfen, Töpfen und Pfannen. Es war stockduster, denn Licht zu machen wäre ein zu großes Risiko gewesen.

Bereits vor zwei Stunden, direkt nachdem Doktor Ruff mit seinem moosgrünen Landrover vom Hof gebraust war, hatte Ruby die Schicht mit Iris getauscht und danach ganz normal ihren Dienst verrichtet. Nun war es bereits nach zehn, und das Anwesen lag so verschlafen in der Nacht wie immer um diese Zeit. Jedes Geräusch und jedes helle Licht konnte sie in Sekundenschnelle verraten.

Als hätte sie es geahnt!

Mit einem ohrenbetäubenden Scheppern fiel hinter ihnen etwas Metallisches zu Boden. Ruby erstarrte, während sie sich umdrehte.

Tilda, die sich dicht hinter ihr im Dunkel gehalten hatte, musste eine Pfanne auf einem der Herde gestreift und heruntergerissen haben.

Ruby starrte in die weit aufgerissenen Augen ihrer Großmutter – das Einzige, was sie im hereinfallenden spärlichen Licht der Parklaternen erkennen konnte.

Auch Tilda erstarrte im selben Moment.

Atemlos verharrten sie im Dunkel – warteten. Darauf, dass sie entdeckt wurden.

Doch – nichts.

Auch fünf Minuten später nicht.

Offenbar war noch jemand außer ihnen mit im Raum: Ein Schutzengel, der es besonders gut mit ihnen meinte.

Vorsichtig setzten sie sich erneut in Bewegung und schlichen voran, bis sie die Tür zum Flur erreicht hatten. Ruby öffnete sie einen Spaltbreit, um zu sehen, ob die Luft rein war. Sie atmete auf. Niemand war zu sehen. Jetzt waren es nur noch ein paar Schritte bis zum Zimmer ihres Patienten.

Als sie es schließlich erreicht hatten und die Tür leise hinter sich schlossen, stießen sie zeitgleich einen Seufzer der Erleichterung aus. Das Gröbste war geschafft. Nun konnten sie sich ans Werk machen.

„Bis Mitternacht musst du verschwunden sein, Granny", erklärte Ruby ihrer Großmutter. „Dann macht Oberschwester Rosamund in der Regel noch eine letzte Runde. Soll heißen: Wir haben knapp zwei Stunden."

„Nun, dann lass uns keine Zeit verlieren, mein Schatz", erwiderte Tilda und ließ sich auf den Besucherstuhl neben dem Bett fallen. Irgendjemand hatte das zweite Bett, das in der letzten Nacht eigens für ihr Experiment bereitgestellt worden war, wieder aus dem Zimmer geschafft. Ruby würde nichts anderes übrig bleiben, als sich direkt an Sals Seite zu legen.

Tilda schien es im selben Moment bemerkt zu haben wie sie.

„Nun komm schon", sagte sie und tippte mit den Fingern auf die Bettkante. „Wie es aussieht, wirst du diesmal wirklich auf Tuchfühlung mit ihm gehen müssen."

Sein Atem ging ruhig und gleichmäßig, als sie sich zu ihm legte.

Nur einen Moment später beugte sich Tilda bereits über sie und legte seine Hand in ihre. Was für ein Bild mussten sie abgeben, Schulter an Schulter dort liegend, Kopf an Kopf, händchenhaltend.

Fest stand: Wenn jetzt Oberschwester Rosamund oder eine der anderen Nachtschwestern hereinkäme, wären sie in Erklärungsnot. Wobei es dieses Wort nicht wirklich traf, denn es wäre weit schlimmer.

So schlimm wie – die Apokalypse.

Ja, dieses Wort traf es deutlich besser.

Ruby betete, dass es nicht dazu kam. Dass ihr Schutzengel ihnen aus der Hospizküche bis in Sals Zimmer gefolgt war und nun über sie wachte, während sie den nächsten Versuch unternahmen, sich in die Träume ihres Patienten zu stehlen.

Langsam schloss sie die Augen, während ihre Großmutter das Pendel aus ihrer Handtasche zog und es auf das Nachttischchen neben dem Bett stellte, direkt neben das dort liegende Amulett mit dem Foto der unbekannten Frau.

Und schon vernahm sie den ihr mittlerweile wohlvertrauten Klang.

Tick-tack-tick-tack-tick-tack.

„… drei … zwei … eins!"

Als Ruby die Augen dieses Mal aufschlug, wirbelte sie kein Sturm durch den Ozean. Im Gegenteil: Das Wetter war in sein Gegenteil umgeschlagen, ein sanfter Wind wehte durch ihr Haar, Vögel zwitscherten fröhlich, und die Luft duftete nach wildem Thymian und Oleander. Als sie an sich herabblickte, atmete sie erleichtert auf – begleitet von einem unbändigen Gefühl der Hoffnung, das innerhalb einer Sekunde ihre ganze Brust flutete und das sich nicht verscheuchen ließ, so sehr ihr Verstand es ihr auch nahelegte.

Sie trug wieder ihr rosa Pink-Panther-Shirt, und ihre winzigen sonnengebräunten Füße steckten in Sandalen. Von einer Anhöhe aus blickte sie auf das Meer vor St Ives. Dieses Meer, das so viele Launen kannte wie Farbtöne: Mal funkelte es übermütig in einem leuchtenden Silberblau, dann wieder langweilte es sich in einem unbeweglichen Betongrau oder wütete in tosendem Mitternachtsschwarz. Doch hier und jetzt lag es friedlich vor ihren Augen, als könne es im wahrsten Sinne des Wortes kein Wässerchen trüben – samtblau und ohne den leisesten Wellengang.

Sie blickte sich um, um zu sehen, was sich hinter ihrem Rücken befand.

Und erschauerte, doch dieses Mal vor Wohlgefühl.

Denn ihr Blick fiel auf – das kleine Cottage oberhalb der Bucht! Das märchenhafte Haus, von dem sie träumte, seit sie zurückdenken konnte. Und an dem sie jeden Tag auf dem Weg zur Arbeit und zurück vorbeikam. Sie stand im Garten vor dem Haus – was in aller Welt machte sie hier?

Ihr blieb keine Zeit, darüber nachzudenken.

Denn über den Rasen kam jemand auf sie zu.

Ein Hund. Nicht irgendein Hund, nein!

Kaum hatte sie ihn erblickt, drohten ihre Beine einzuknicken. Vor Glück. Vor Wiedersehensfreude. Konnte es wirklich sein? War das wirklich …?

„Bobby Brown!“, schrie sie ihm voller Begeisterung entgegen, während ihr Herz aufging, weit wie ein Scheunentor, und ihr die Tränen aus den Augen über die Wangen rannen.

Er sprang bellend auf sie zu.

Als hätte sie all die Jahre ohne ihn nur geträumt!

„Ich dachte, du hättest mich verlassen, mein geliebter Freund“, schniefte sie, während sie in die Knie ging und ihm um den Hals fiel, damit er seine feuchte Schnauze voller Übermut in ihr Gesicht drücken konnte. Bobby Brown war zurück!

Und mit ihm die Erinnerungen.

An die Zeit, in der sie ein kleines Mädchen gewesen war.

Die Kindheit ist ein Garten. Scheinbar ohne Anfang und Ende, ist er gefüllt mit exotischen Pflanzen, Tieren, Menschen, Geheimnissen, Entdeckungen und Wundern. Er duftet nach Liebe, Freundschaft, Glück und Ewigkeit. Doch eines Tages gelangen wir an ein Tor, das hinausführt aus diesem Garten. Ohne zu ahnen, dass wir nie zurückkehren werden, verlassen wir diesen Ort. Und je weiter wir ihn zurücklassen, desto mehr verblasst in der Ferne auch die Erinnerung. An diesen Garten, der einst unser Leben war. Der unser Herz so groß werden ließ, dass es kaum noch in unsere Brust passte.

Doch nun – schlagartig – war alles wieder da.

So als hätte sie das Tor nie gefunden, durch das sie den Garten verlassen hatte. Sofort schoss Ruby die Zahl drei in den Kopf – der Code jenes Sommers.

Sie waren zu dritt gewesen.

Sie, Bobby Brown und …

„… Noah …?“

„Ruby …?“

Erschrocken ließ sie von Bobby Brown ab. Ihr Herz schien doppelt so schnell zu schlagen wie normal.

„Endlich hast du mich gefunden!"

Die Stimme klang genau wie die Stimme aus dem Wald. Die Stimme, die ihren Namen kannte.

Als sie zu der Stimme aufblickte, schlug ihr Herz noch eine Spur schneller. Denn vor ihr stand ein kleiner, schlank gebauter Junge mit lockigem blonden Haar und lächelte aus weit geöffneten ozeangrünen Augen erleichtert auf sie herab.

Er war es – ihr unsichtbarer Freund! Sie hatte sich nicht getäuscht in ihrem ersten Traum.

Ruby schnellte hoch.

Um ihn daraufhin anzustarren, als wäre er eine Fata Morgana. Konnte es wirklich sein …? War es tatsächlich …?

„Noah? Bist du es?", fragte sie ungläubig.

Wenn er es war, wäre es ein ebensolches Wunder, ihn wiederzusehen wie Bobby Brown! Genau hier, im Garten vor dem Cottage seines Großvaters über der Bucht, hatten sie zusammen gespielt. Vor langer, langer Zeit.

Sie, Bobby, der sie auf Schritt und Tritt begleitete – und *er*.

Noah … wie war sein Nachname noch mal? Sie erinnerte sich nicht, aber sicher war, dass er eines Tages für immer aus ihrem Leben verschwunden war – ohne die leiseste Spur. Sommer um Sommer hatte sie sehnlichst Ausschau gehalten nach ihm, doch vergeblich. Er war nie zurückgekehrt.

Ihr unsichtbarer Freund.

„Wieso fragst du mich das?", antwortete der kleine Junge, als würde sie Unsinn reden. „Hast du mich etwa vergessen? Komm, lass uns von hier verschwinden", forderte er sie auf. Ihr überraschendes Wiedersehen schien zumindest *ihn* nicht im Geringsten zu überraschen.

„Verschwinden? Wieso? … Was … machst du hier?", fragte sie verwirrt.

„Ich?" Erneut blickte er sie an, als habe sie den Verstand verloren. „Ich wohne hier! Das weißt du doch, Ruby. Ich bin diesen Sommer bei meinem Großvater."

Er deutete auf das schiefergraue, mit Efeu bewachsene Cottage hinter seinem Rücken.

Das war der letzte Beweis, den sie noch benötigte: Sie hatte sich nicht getäuscht – er war es!

Unvermittelt rollte eine Welle der Wiedersehensfreude auf sie zu. Doch noch bevor sie ungebremst über ihr zusammenschlagen konnte, hielt Ruby inne.

Denn erst jetzt begriff sie.

So wunderschön und beglückend dieser Traum auch war, irgendetwas stimmte nicht. Sie war hierhergekommen, um mit Sal zu träumen. Um etwas über ihn herauszufinden. Um ihm zu helfen. Um sein Leben zu retten. Doch dieser Traum hier hatte nicht im Geringsten mit ihm zu tun. Nein: Er hatte einzig und allein mit ihr selbst zu tun! Was nur heißen konnte, dass der Versuch fehlgeschlagen war und sie ihren eigenen Traum träumte. Dass sie einer romantischen Sehnsucht nachjagte, die für immer ein Traum bleiben würde, weil es zu spät war, sie wahr werden zu lassen. Die Sehnsucht, dass sie ihren unsichtbaren Freund eines Tages wiedersehen würde. Doch fest stand, ihre eigentliche Mission war gescheitert: Es war ihr nicht gelungen, sich mit Sal zu verbinden.

Sie war dem falschen Jungen nachgelaufen.

Wie auch immer er es geschafft hatte, sich in ihre Träume zu stehlen.

Enttäuscht blickte sie Noah an, ihren besten Freund aus Kindheitstagen.

Es brach ihr das Herz.

Denn sie hatte völlig unerwartet etwas Wunderbares wiedergefunden. Aber leider war es etwas, nach dem sie überhaupt nicht gesucht hatte. Ihr Ziel war es, Sal zu finden, um ihn aus seinem Unglück zu erlösen – nicht aber, von ihrer eigenen glücklichen Kindheit zu träumen.

„Was ist los?“, fragte Noah, der offensichtlich bemerkt hatte, dass sie zögerte.

Ruby trat einen Schritt auf ihn zu und küsste ihn zärtlich auf die Wange.

„Ich muss jetzt gehen, Noah“, teilte sie ihm mit.

Er blickte sie an, als verstünde er nicht im Geringsten, was sie da sagte.

„Nein!“, widersprach er vehement. Täuschte sie sich, oder wurden seine Augen feucht?

„Doch, ich muss.“

„Aber – warum?“

„Weil ich … etwas Wichtiges erledigen muss …“, erwiderte sie, und im selben Augenblick füllten sich auch ihre Augen mit Tränen, denn diesen Traum zu verlassen, bedeutete, Bobby und Noah hier zurückzulassen. Möglicherweise für immer. Wie gerne hätte sie noch ein bisschen Zeit mit ihnen verbracht – aber es ging um Leben oder Tod.

Im *echten* Leben.

Das war sie Sal schuldig.

„Aber du darfst mich nicht allein lassen! Bitte bleib bei mir!“, rief ihr Freund aufgeregt aus. Er fasste sie am Ärmel ihres Kleides, um sie zurückzuhalten.

„Ein anderes Mal, Noah“, erklärte sie, auch wenn sie nicht die leiseste Ahnung hatte, ob es dieses andere Mal je geben würde, und machte sich los. „Ich kann jetzt nicht, bitte versteh das. Und … du auch, Bobby Brown“, wandte sie sich an den über alles geliebten vierbeinigen Freund ihrer Kindheit, den sie nun ein zweites Mal zurücklassen musste. „Sei ein braver Hund.“

Ihr blieb keine Wahl. Das hier war nur ein Traum.

Sal jedoch war echt.

Und es war ihre Aufgabe, in *seinen* Traum zu gelangen. Nicht aber, sich mit ihren eigenen Erinnerungen zu vergnügen.

„Aber – ich brauche dich!“, rief Noah ihr hinterher. Es tat unendlich weh. „Ohne dich bin ich verloren, Ruby! Du musst bei mir bleiben!“

„Es tut mir so leid, aber ich kann nicht, Noah – ich muss jetzt gehen …“, erwiderte sie zutiefst verwirrt, während sie sich umwandte und die beiden hinter sich zurückließ. Bobby Brown machte Anstalten, ihr zu folgen, so wie er es immer tat. Doch sie nahm ihre Beine in die Hand.

„Versprich mir, dass du zurückkommst!“, hörte sie Noahs Stimme hinter sich, in die sich eine deutliche Spur von Angst gemischt hatte.

„Ich verspreche es", rief sie zurück, jedoch ohne sich noch einmal umzudrehen. Denn sie wusste, wenn sie jetzt stehen blieb, würde sie möglicherweise für immer in diesem Traum gefangen sein. „Aber erst muss ich noch etwas anderes erledigen."

„Ruby!!"

„Es ist nur ein Traum …", beruhigte sie sich selbst.

Ihr Herz war kurz davor zu explodieren, während sie rannte, was ihre Beine hergaben – so als könne sie ihrem Traum auf diese Weise tatsächlich entkommen.

„Ich muss … jetzt wirklich gehen … Noah!"

„Noah?"

Ein heftiger Ruck ging durch ihren Körper, als sie schweißgebadet neben Tilda erwachte, die an ihrem Bett saß. Und sie sorgenvoll anblickte.

„Ich … ich … war im falschen Traum", erklärte Ruby keuchend. „Es tut mir leid, Grandma – aber bei all dem ging es nur um mich. Auch schon beim ersten Mal, in dem Wald. Ich glaube, ich war nie mit Sal verbunden … nur ganz kurz, als ich im Meer war. Aber danach ging wieder alles durcheinander …"

„Komm erst mal zu dir, Liebes!", versuchte Tilda sie zu beruhigen.

Ruby atmete schwer. Erst jetzt fiel ihr auf, dass sie Sals Hand noch immer umklammerte – fest wie ein Schraubstock.

Oder…? Moment mal.

War *er* es, der *ihre* Hand fest in *seiner* hielt? Wie – war das möglich? Sie wagte es nicht, sich seinem Griff zu entziehen. Langsam setzte Ruby sich auf, um mit eigenen Augen zu sehen, ob es wirklich sein konnte, was sie in diesem Moment fühlte.

„Das geht schon die ganze Zeit so", erklärte Tilda ihr. „Was um Himmels willen ist da draußen passiert?"

Was da draußen passiert war? Nun, einiges, Wundervolles – nur leider nicht das, wonach sie suchten.

„Wenn ich das wüsste …", stöhnte sie.

„Und wer ist – Noah?“, hakte Tilda nach, während sich ihr Blick fester auf ihre Enkelin heftete.

Ruby seufzte.

„Ach … ein Junge, mit dem ich gespielt habe, als ich klein war, oben in dem Cottage über der Bucht.“

Augenblicklich erstarrten die Gesichtszüge ihrer Großmutter.

„Du meinst Noah – Green?“, fragte sie, als wäre soeben eine Naturgewalt über sie hereingebrochen.

Green! Das war es. Jetzt fiel es Ruby wieder ein.

„Ja!“, bestätigte sie überrascht. „Wieso? Kannst du dich an ihn erinnern?“

Ihre Granny blickte sie unbeweglich an.

„Ein wenig, ja … ich …“, stotterte sie. „Ich … habe ihn nur ein paar Mal gesehen, als er ein kleines Kind war. Aber ich … kannte seinen Großvater.“

Was ging hier vor sich? Ruby fühlte, dass etwas Unausgesprochenes in der Luft lag, schwer wie Blei.

Im selben Moment wandte sich der Blick ihrer Großmutter Sal zu, ihrem Patienten. Sanft streichelte sie mit der flachen Hand über seine Wange, während sie ihn liebevoll musterte. Um sich daraufhin eine winzige Träne aus dem Gesicht zu streichen, die wie in Zeitlupe über ihre Wange rann.

„Du … warst nicht … im falschen Traum“, erklärte Tilda stockend.

„War – ich nicht?“

Sie verstand überhaupt nichts mehr.

„Nein – ich, nun, ich hätte es dir gleich sagen sollen.“

„Was sagen?“

„Dein Patient erinnert mich an jemanden. Um ehrlich zu sein: Er ist ihm wie aus dem Gesicht geschnitten.“

Ruby stutzte.

„Was soll das heißen? An wen erinnert er dich?“

„An …“

Erneut hielt ihre Großmutter inne. Als wäre es zu schmerzhaft, die Antwort auszusprechen.

Schließlich gab sie sich doch noch einen Ruck.

„An Patrick Green“, erklärte sie fast unhörbar. Es war, als könne sie den Namen gerade noch aushauchen, aber als fehle ihr die Kraft zu mehr.

„Patrick Green?“

„Der Großvater von Noah Green. Gott, all das ist so lange her …“ Ihr Blick schweifte verträumt über das Gesicht des schlafenden jungen Mannes vor ihren Augen. „Er lebte in dem Cottage über der Bucht. Noah verbrachte einen Sommer bei ihm, ihr wart beide etwa im selben Alter, mein Schatz.“

Langsam dämmerte Ruby, worauf Tilda hinauswollte.

„Warte mal. Du meinst … Noah … ist …“

War das die Lösung des Rätsels? Rubys Herz machte einen Sprung. Einen *gewaltigen* Sprung.

„Sal …?“, führte die Traumweberin ihren Gedanken zu Ende. „Ja, genau das meine ich.“

Ruby konnte förmlich spüren, wie sich ihre Augen weiteten. Wenn *das* stimmte, würde alles in einem völlig anderen Licht erscheinen. Der Traum von Noah und Bobby Brown würde plötzlich Sinn ergeben.

Seine tiefe Verzweiflung.

Dass er sie nicht gehen lassen wollte.

Wenn es so war, war sie sein einziger Kontakt nach draußen. Sein einziger Draht zur Welt. Dazu kam dieses schwer einzuordnende Gefühl, das sie selbst in dem Traum beinahe überwältigt hätte – und das noch immer in ihrer Brust steckte. War es Sehnsucht? Heimweh? Jedenfalls fühlte es sich genauso an, doch warum? Woher kam dieses Gefühl?

Sie blickte zu Sal.

Noah?

„Bist du es wirklich, unsichtbarer Freund?“

Zärtlich strich sie ihm mit der Hand über die Stirn. Sie glühte. Oder bildete sie es sich nur ein? Weil in Wahrheit sie selbst glühte? Vor Aufregung? Vor Wiedersehensfreude? Vor Glück?

„Was genau ist passiert zwischen euch beiden – ich meine in deinem Traum?“, wollte Tilda wissen.

In derselben Sekunde kehrten die Bilder zurück. Ruby hatte sie so präsent vor Augen, als wäre all das tatsächlich passiert. Als hätte sie es nicht nur geträumt.

„Er … hat mich angefleht, zu ihm zurückzukommen“, erklärte sie. „Ich musste es ihm versprechen. Hoch und heilig.“

Der Blick ihrer Granny sprach Bände.

„Und wirst du dieses Versprechen halten?“, wollte sie wissen. Ihr leichtes Kopfnicken ließ keinen Zweifel daran, dass sie die Antwort längst kannte.

„Ich hoffe es“, erwiderte Ruby, während sie sich wieder ihrem Patienten zuwandte. „Was bedeutet das alles?“, fragte sie leise, gleichzeitig an ihn, an sich und auch an Tilda gewandt.

„Das, meine Liebe, kannst du nur auf eine Weise herausfinden.“

„Und – die wäre?“

„Indem du einen kleinen Ausflug unternimmst.“

„Einen Ausflug?“

„Richtig“, bestätigte ihre Großmutter. „Einen Ausflug in die Vergangenheit. Heute ist es zu spät dafür, aber gleich morgen früh nach Sonnenaufgang solltest du dich auf den Weg machen“, schlug sie vor. „Vielleicht solltest du …“

Sie kam nicht dazu, weiterzusprechen.

Denn im selben Moment flog die Tür auf.

„Was in aller Welt geht hier vor?“

Oberschwester Rosamund stand im Türrahmen und blickte sie entrüstet an.

Spinnennetz: Angst

Lexikon der Träume

Als er erwachte, glaubte er noch immer zu träumen. Es war einer dieser Träume, in denen man von seinem absolut schrecklichsten Albtraum verfolgt wurde und vor ihm weglaufen wollte, aber man konnte seine Beine nicht bewegen. Ja, man spürte sie nicht einmal. Er war in einem Spinnennetz gefangen. Die Spinne hatte seinen Körper mit ihrem tödlichen Gift betäubt und spann ihn nun langsam ein mit ihren Fäden, aus denen es kein Entrinnen gab. Es war nur eine Frage der Zeit, wann er sich endgültig auflöste. Panik ergriff ihn. Panik, die im nächsten Moment in nackte Angst umschlug. Als ihm klar wurde, dass es viel schlimmer war.

Sehr viel schlimmer.

Dass der Albtraum in sein wirkliches Leben eingebrochen war.

Seine letzten Erinnerungen: Er hatte sich mit Rachel gestritten, in der Kanzlei in London. Am Tag ihrer Abreise nach New York, wo sie zeitgleich mit dem neuen Jahr auch einen neuen Job antreten würde – im Hauptsitz des internationalen Anwaltsbüros, für das sie beide arbeiteten. Sie hatte ihm gedroht, nie wieder nach England zurückzukehren. Dass es endgültig aus wäre zwischen ihnen. Dass sie ihre Verlobung lösen würde.

Er war ausgerastet.

Kaum hatte sie das Gebäude verlassen, hatte Josh Rish, der Chef der Kanzlei, ihn zu sich gebeten, um ihn darauf hinzuweisen, dass private Angelegenheiten nicht in einem derart renommierten Unternehmen wie dem seinen vor aller Augen auszubreiten waren.

Das war das i-Tüpfelchen gewesen. Das i-Tüpfelchen auf dem Leben, das er sich in London aufgebaut hatte – und das eine perfekte Lüge war.

Eine Lüge, die er erfunden hatte, um allen zu signalisieren, dass er ein ganz normaler, erfolgreicher Anwalt sein konnte. Was auch immer in seiner Vergangenheit geschehen war. Denn seine Vergangenheit verwahrte er vor neugierigen Blicken sicher verschlossen in einer kleinen roten, mittlerweile nur noch schwach pulsierenden und absolut einbruchssicheren Box in seiner Brust.

Er hatte seinem Chef die Kündigung ins Gesicht geschrien.

Noch am selben Nachmittag hatte er seine Sachen gepackt und war zurückgekehrt an den Ort, an dem er sich wirklich zu Hause fühlte. An dem er zu Hause *war*.

Jenen Ort, den er bis dahin gemieden hatte wie der Teufel das Weihwasser. All die Jahre. Weil er ihm Angst machte. Weil ihm die Erinnerungen Angst machten, die mit ihm verbunden waren.

Und während er sich an ebendiesem Ort in das Meer stürzte, auf der nassen Haut seines Surfbretts, endlich loslassend, was geschehen *war*, ohne zu ahnen, was geschehen *würde*, war Rachel nach New York abgereist, auf Nimmerwiedersehen.

Die Wahrheit war: Erst hatte er sich so mies gefühlt, dass er sich hätte umbringen können. Aber nun, nachdem er Monate in seinem stillen Verlies – seinem Körper, der sich in einen Kerker verwandelt hatte – über der Sache gebrütet hatte, fühlte er sich beinahe erleichtert.

Denn auch sie war Teil der perfekten Lüge gewesen. Die erfolgreiche Anwältin, die in derselben Kanzlei arbeitete und gleichzeitig ein Model hätte sein können. Aber liebte er sie wirklich? Liebte sie ihn wirklich? Oder waren sie nichts weiter als eines dieser schicken Vorzeigepaare, die die Welt bevölkerten?

Die zu beweisen schienen, dass man alles haben konnte, was die Welt begehrte – nur nicht das, was man selbst begehrte?

Er wusste es nicht mit Sicherheit zu sagen.

Ja, er wusste ja nicht einmal genau, was mit ihm los war.

Seit er aufgewacht war, kannte er nur zwei Zustände: In dem einen irrte er durch wirre Träume seiner Kindheit, auf den Spuren des einzigen Mädchens, das ihm je mit absoluter Sicherheit etwas bedeutet hatte. In dem anderen schwebte er an der Decke eines Krankenzimmers, das kürzlich ausgetauscht worden war, anderthalb Meter über dem Bett, in dem sein regloser Körper lag, zu dem er jeden Kontakt verloren hatte. Und an dem seit Kurzem Tag und Nacht ein Mädchen saß, das eine erwachsene Version desselben Mädchens zu sein schien.

Er konnte sie weder hören noch fühlen.

Noch sich irgendwie bemerkbar machen.

Doch sobald sich die Tür öffnete, sobald sie in sein Zimmer trat, sobald sie bei ihm war – konnte er sein Herz schlagen spüren.

Und mit ihm die Hoffnung, dass er aus diesem Albtraum aufwachen würde. Wie es aussah, unternahm sie eine Menge Anstrengungen für ihn. Irgendwie war es ihr sogar gelungen, sich in seine Träume einzuschleusen.

Sie hatten Kontakt zueinander aufgenommen.

Doch er hatte sie wieder verloren, und das machte ihm Sorgen.

Denn wer, wenn nicht sie, würde ihn jemals wachküssen?

Sie sah aus wie Mary Jane – ja, *die* Mary Jane aus Spiderman.

Rotes Haar, blaue Augen, zart gebaut und ein Lächeln, das ihm absolut glaubhaft versicherte, dass der Himmel existierte. Seit er ein Teenager gewesen war, hatte er den Film wieder und wieder gesehen. Denn Kirsten Dunst – Pardon: Mary Jane – erinnerte ihn an sie. Das Mädchen, das er vor langer Zeit in St Ives zurückgelassen hatte. Ohne es je vergessen zu haben. War sie das Mädchen, das sich Nacht für Nacht in seine Träume schlich? Waren Mary Jane und … *Ruby* … ein und dieselbe Person? Er hoffte nichts sehnlicher, als dass es so war. Wenn er sich nicht irrte, lebte sie noch immer am selben Ort.

Und ihretwegen war er zurückgekehrt.

Uhr: Verliere keine Zeit
Lexikon der Träume

Ruby war daran gewöhnt, mit der Sonne aufzustehen.

So wie wohl jede Krankenschwester auf der ganzen Welt.

Doch heute war es anders – sie hatte furchtbar schlecht geschlafen, und ihr war ganz schlecht vor Müdigkeit. Die auf die Entdeckung ihrer und Tildas Machenschaften gefolgte Ansprache von Oberschwester Rosamund und die sie in Kürze erwartende Strafpredigt von Eleonore Stone, die heute sehr wahrscheinlich wieder zurück an ihrem Schreibtisch sein würde, machten ihr gewaltig zu schaffen. Gott sei Dank blieben ihr noch ein paar Stunden bis zu ihrer möglichen Kündigung.

Stunden, die sie nutzen musste.

Nachdem sie gestern Nacht aufgeflogen waren, lief ihr die Zeit davon. Eines stand fest: Dass sie eine weitere Gelegenheit bekommen würde, mit Sal zu träumen, war so unwahrscheinlich wie ein Reh beim Verspeisen eines Löwen anzutreffen. Das Einzige, was ihr und ihm jetzt noch weiterhelfen konnte, war die Spur, die sie an diesem Morgen verfolgte. Die Spur, die aus ihrem letzten Traum mit ihm hinausführte.

Mitten hinein ins Leben.

In *sein* Leben.

Nun – hoffentlich war es *sein* Leben.

Es war ein sonniger Morgen und eine Lerche zwitscherte so sehnsüchtig auf ihrem Weg, als könne sie es nicht länger erwarten, endlich den Frühling zu begrüßen – aber noch war sie allein mit ihrem Gesang.

Ruby hatte sich auf den abgenutzten ledernen Sattel ihres klapprigen Fahrrads geschwungen, um sich jenem geheimnisvollen Ort zu nähern, von dem sie geträumt hatte. Dem Ort aus einer längst vergangenen Zeit – ihrer Kindheit. Denn möglicherweise war dieser Ort ihre Verbindung zu Sal.

Zumindest wenn Tilda mit ihrem Verdacht richtiglag.

Mittlerweile erschien es auch Ruby denkbar, denn offensichtlich hatte nicht nur sie, sondern auch ihre Großmutter eine Verbindung zu diesem Ort. Nicht irgendeine Verbindung, sondern eine sehr innige – sofern sie ihre Tränen richtig deutete. Eine Verbindung, über die sie nie ein Wort verloren hatte.

Was verbarg sich hinter Tildas Tränen?

Ruby konnte es nur ahnen, als das Objekt ihrer Träume, nachdem sie eine geschlängelte Kurve hinter sich gelassen hatte, schließlich und endlich in Sichtweite kam.

Das kleine, seit fast zwei Jahrzehnten leer stehende und von einem Meer aus wild rankendem Efeu bewachsene Cottage lag da wie eh und je – wie eine verwunschene Schmuckschatulle schmiegte es sich an den schmalen Küstenpfad auf halbem Weg zwischen dem Hospiz und dem Zentrum von St Ives. Erst jetzt wurde ihr bewusst, wie lange sie schon keinen Fuß mehr auf dieses verwunschene Terrain gesetzt hatte – das letzte Mal im Alter von acht Jahren. Und das, obwohl sie Tag für Tag auf dem Weg zur Arbeit hier vorbeifuhr.

Mit einem metallischen lang gezogenen Iiiiii ließ sich sie das verrostete Gittertor öffnen, das zu der Auffahrt führte. Sie wollte das Grundstück zu Fuß erkunden. Vorsichtig, leise wie der Wind und hoffentlich genauso unsichtbar, strich sie um das kleine, halb verfallene Anwesen, das eher eine Mischung aus einer Fischerkate und einem gewöhnlichen Haus war.

Da!

Ihr Puls beschleunigte sich augenblicklich auf hundertachtzig.

Denn hinter dem Cottage unter der ebenfalls komplett mit Efeu überrankten Pergola, die im Sommer Schatten spenden sollte und im Rest des Jahres vor leichteren Regenfällen schützte, entdeckte sie das Heck eines Autos.

Vorsichtig näherte sie sich der Rückseite des Hauses.

Wo ein alter VW Bully parkte, strahlend grün lackiert und in sehr gutem Zustand. Sie war auf dem richtigen Weg. Das wurde ihr in Sekundenschnelle klar, als sie den kleinen Bus näher betrachtete – denn auf dem Dach befand sich, nein: kein gewöhnlicher Dachgepäckträger.

Sondern ein Surfbretthalter.

Nun, sofern sie sich nicht komplett täuschte.

Fest stand: Sal war nur mit einem Neoprenanzug bekleidet angeschwemmt worden, und ein Stück weiter am Strand hatten sie ein zerschmettertes Surfbrett gefunden.

„All das kann noch immer Zufall sein", bremste Ruby ihre Euphorie, auch wenn sie selbst nicht wirklich mehr an Zufälle glaubte, während sie an die rückwärtige Tür trat, die genau wie die vordere einst in einem hellen, fröhlichen Farbton lackiert und nun nahezu komplett abgeblättert war. Allein dass sie grün war statt blau unterschied sie vom Vordereingang – und dass sie nicht so zugewachsen war wie dieser.

„Hallo?", fragte sie schüchtern und ohne allzu große Hoffnung, dass irgendjemand da war, der sie hören konnte. Abgesehen von dem Transporter wirkte das Cottage absolut verlassen.

Hinter dem Wagen entdeckte sie einen kleinen Holzverschlag, eine Art Schuppen, der mit einem verrosteten Vorhängeschloss gesichert war. Vorsichtig spähte sie durch einen schmalen Bretterritz, denn Fenster gab es keine. Im Halbdunkel entdeckte sie ein uraltes Motorrad. Es war über und über mit Spinnweben bedeckt und komplett verstaubt. Dazu ein paar Kisten. Unverrichteter Dinge wand Ruby ihre Aufmerksamkeit wieder dem Haus zu.

Sie suchte nach einer Klingel – doch die gab es nicht. Stattdessen einen schweren gusseisernen, von Rost übersäten Türklopfer. Sanft ließ sie ihn auf das ihr bereits ein wenig morsch erscheinende Holz fallen. Mehr Nachdruck auszuüben, wagte sie nicht. Dann hätte sie auch gleich die Tür eintreten können, so fragil wirkte sie.

Moment mal.

War sie überhaupt …?

Langsam schlossen sich ihre Finger um den kühlen Emailleknauf, um ihren Gedanken zu überprüfen. Ob die Tür überhaupt verschlossen war.

Doch zu früh gefreut.

Sie war es.

Für einen Moment atmete Ruby auf. Sie hätte nicht gewusst, was sie getan hätte, wäre die Tür offen gewesen.

Schließlich war sie keine Einbrecherin.

Und doch hatte sie das Gefühl, dass sie dieses Haus betreten musste. Und zwar um jeden Preis. Dass es auf sie gewartet hatte. Dass sich hinter seinen alten, brüchigen Mauern die Auflösung des Geheimnisses verbarg, dem sie auf der Spur war.

Ihr Blick fiel auf den uralten geflochtenen Fußabtreter vor der Tür.

Vorsichtig hob sie ihn an. Doch Fehlanzeige: kein Schlüssel. Auch nicht unter dem leeren, von Frost zerfressenen Blumentopf neben dem Eingang. Angestrengt versuchte sie, durch ein kleines, von Sand und Regen verschmutztes Fenster neben der Tür in das Innere des Häuschens zu blicken.

Viel war nicht zu erkennen. Ein offener Raum. Ein großer runder Tisch. Stühle. Bücher, die sich auf dem Boden stapelten. Und über allem eine fast unheimliche Stille. Fest stand: Niemand war hier. Nachdem sie einmal über das dicht bewachsene Grundstück um das Cottage geschlichen war und dabei auch den vorderen Eingang überprüft hatte, musste sie feststellen, dass alles verschlossen war.

Dasselbe galt auch für den VW-Bus, auf dessen leicht abgewetztem milchkaffeebraunen Beifahrersitz sie eine CD mit einem schwarz-weißen Cover erspähte: *Lonely Are The Brave* von Maverick Sabre, einem englischen Rapper. Ein weiteres Indiz dafür, dass es sich bei dem Besitzer des Autos um jemanden handeln musste, der sehr wahrscheinlich noch relativ jung war – die älteren Leute jedenfalls, die Ruby kannte, hörten keinen Rap.

Ein letztes Mal fiel ihr Blick auf die verschlossene Tür.

Die besaß nicht mal ein Sicherheitsschloss – sondern ein altes, rostiges Schloss mit einem großen Schlüsselloch, wie es vor vielen Jahrzehnten üblich gewesen war. Hätte sie doch nur besser aufgepasst, wenn in Filmen Einbrecher diese Art von Tür allein mit einer Sicherheitsnadel oder Heftklammer öffneten. Doch für *hätte* war es nun zu spät.

Wie es aussah, blieb ihr nichts anderes übrig, als den Rückzug anzutreten.

Als sie zu Hause eintraf, war es nicht mehr ganz so früh am Morgen. Das Leben in St Ives war gerade dabei, zu erwachen. Im Gegensatz zu Ruby. Ihr fielen die Augen beinahe von allein zu, und doch konnte sie noch immer nicht schlafen.

Ihre innere Unruhe quälte sie, folterte sie, hielt sie gegen ihren Willen auf Trab. So als wolle jemand da draußen im Universum geradezu verhindern, dass sie ihren wohlverdienten Schlaf bekam. Und sich zumindest ein kleines bisschen erholte, bevor an diesem späten Nachmittag die nächste Standpauke auf sie warten würde. Sie wusste nicht, vor welchem Ankläger sie sich mehr fürchtete: Doktor Ruff oder Doktor Stone. Im Grunde waren sie beide aus demselben Holz geschnitzt.

Wobei: *Aus demselben Stein gehauen* traf es eindeutig besser.

Nachdem ihre Einschlafversuche auch nach einer Stunde nicht fruchteten, beschloss Ruby, eine Dusche zu nehmen und Becky anzurufen. Sie war eine Langschläferin, wie so viele Studentinnen, doch um diese Zeit musste sie wach sein. Nun, zumindest hoffte sie es.

„Ja?"

„Ich bin's", sagte Ruby. „Hast du Lust, vorbeizukommen?"

Wenig später saßen sie zusammen in ihrem Wohnzimmer. Bei zwei Bechern Caffè Latte, die Becky auf dem Weg mitgebracht hatte. Ihre Freundin hatte sich lässig auf das Sofa gefläzt, als wäre sie es, die seit Tagen kein Auge zugedrückt hatte, während Ruby den uralten, ziemlich coolen Ledersessel in Beschlag genommen hatte, den Tilda ihr zum Einzug geschenkt hatte. Ihre Wohnung war ein Sammelsurium aus bunt zusammengewürfelten Möbeln. Ein charmantes Sammelsurium, wie sie fand.

„Und die Oberschwester hat euch wirklich hochgenommen?", fragte Becky, nachdem Ruby ihr die ganze Geschichte erzählt hatte. „Unglaublich."

„Unglaublich, aber leider wahr", erklärte Ruby. „Ich habe dieses Gefühl, dass ich unbedingt zurück zu dem Cottage muss. Irgendwie muss ich dort reinkommen."

Becky setzte ihren Kaffeebecher ab.

„Um die Sache zusammenzufassen“, erwiderte sie stirnrunzelnd, „nachdem du und deine Granny ohne Genehmigung der Hospizleitung höchst obskure nächtliche Experimente an einem Komapatienten durchgeführt habt und dabei aufgeflogen seid, hast du nun vor, in ein Haus einzubrechen?“

Einzubrechen? Nun, ganz so dramatisch, wie es aus dem Mund ihrer Freundin klang, war es nun auch wieder nicht. Aber ein wenig beunruhigte es Ruby schon. War sie ohne es zu ahnen auf bestem Wege, sich in eine Kriminelle zu verwandeln?

„Habe ich das richtig verstanden?“, hakte Becky nach.

Mit einem kaum merklichen Nicken bestätigte Ruby, dass es so war.

„Im Großen und Ganzen …“ Sie wollte noch etwas hinzufügen. Etwas, das die Sache etwas abschwächte – eine Erklärung. Aber ihr fiel nichts wirklich Brillantes ein.

Becky starrte sie mit offenem Mund an.

„All die Jahre dachte ich, du wärst ein ganz normales Mädchen, Ruby“, gestand sie. „Und jetzt stellt sich heraus, dass du es faustdick hinter den Ohren hast.“

Nun, was sollte sie darauf erwidern?

Auf manche Fragen des Lebens war Schweigen wohl die beste Antwort. Also entschied sie sich genau dafür.

„Wo würdest du einen Schlüssel verstecken?“, fragte Ruby schließlich, es waren ein paar merkwürdig stille Minuten vergangen. Etwas, das selten zwischen ihnen vorkam.

„Ich? Keine Ahnung …“ Becky setzte sich auf und starrte gedankenverloren auf die große Schale mit dem Strandgut auf dem Couchtisch.

„Vielleicht passt *der* ja“, sagte sie und fischte mit interessiertem Blick den alten rostigen Schlüssel mit dem blassgrünen Anhänger – Holzscheit traf es eigentlich besser – aus der Schale.

Erst jetzt fiel es Ruby auf.

Blassgrün, abgeblättert – so wie die Tür am Hintereingang des Cottages! Ihr wurde ganz schlecht vor Aufregung.

„Himmel, Becky! Dass ich da nicht früher draufgekommen

bin“, rief sie, sprang auf und riss ihrer Freundin den Schlüssel förmlich aus der Hand.

„Wo ... willst du denn hin?“, vernahm sie noch Beckys Stimme auf dem Weg nach draußen.

„Erklär ich dir später“, rief sie über die Schulter zurück. „Lass die Tür einfach hinter dir zufallen, ja?“

Bitte enttäusche mich nicht ... betete sie im Stillen, als sie keine Viertelstunde später den rostigen Schlüssel langsam in das alte Schloss einführte.

Hurra!

Er passte.

Ihr Herz machte einen Sprung, während sie den Schlüssel so langsam und behutsam wie möglich nach rechts drehte. Nicht langsam und behutsam genug offensichtlich.

„Mist!“

Ehe sie sich versah, hielt sie das obere Ende des Schlüssels in der Hand – das untere steckte noch immer im Schloss. Abgebrochen. Direkt nachdem sie den Widerstand überwunden hatte. „Na wunderbar, Ruby ...“, beglückwünschte sie sich zu ihrem, nun ... *Durchbruch*.

Nun, zumindest war es ihr gelungen, die Tür zu öffnen. Mit einem leisen Ächzen sprang sie einen winzigen Spalt weit auf. Was die nächste Frage aufwarf: Was sollte sie nun tun? Das Haus betreten? Genau genommen wäre das Hausfriedensbruch oder sogar Einbruch. Andererseits wirkte alles wie verwaist, wie all die Jahre zuvor – abgesehen von dem Fremdkörper. Dem VW-Bus, der von so vielen coolen jungen Surfern in Cornwall benutzt wurde und fast eine Art Erkennungssignal war.

„Jetzt stell dich nicht so an!“, befahl sie sich im Flüsterton, sich endlich ein Herz zu nehmen. Sie musste aufhören, sich als Verdächtige aufzuführen und auf Zehenspitzen herumzuschleichen. Angriff war die beste Verteidigung.

„Stell dir einfach vor, du bist die nette Nachbarin, die mit einem Stück frisch gebackenem Kuchen vorbeikommt, um Hallo zu sagen.“

Ihr Blick fiel auf ihre leeren Hände.

Nur ohne Kuchen eben, na ja.

Davon abgesehen: Ganz leer waren ihre Hände nicht – einen halben Schlüssel zumindest konnte sie vorweisen. Und damit vielleicht ein halbes Argument, nicht verhaftet zu werden.

„Hallo, ist da jemand?“, rief sie, ihre Stimme klang ein wenig zaghaft. Aber das konnte auch der netten Nachbarin passieren. „Hallo?“

Nichts regte sich.

Gut, das war das Zeichen.

In Zeitlupe, begleitet von einem dieses Mal erschreckend lauten Quietschen, öffnete Ruby die Tür. Vorsichtig setzte sie ihren rechten Fuß auf die knarzenden dunklen Eichenholzdielen, die seit Menschengedenken nicht erneuert worden waren. Nun gab es kein Zurück mehr. Falls jemand hier war, musste er sie spätestens jetzt gehört haben.

Für einen Moment erschrak Ruby über ihre eigene Courage. Was, wenn sich ein Psychopath hier eingenistet hatte – ein Axtmörder oder so was in der Art, der irgendwo in einem dunklen Winkel genau auf jemanden wie sie wartete: ein leichtes Opfer?

„Hallo?“, rief sie erneut, zaghaft Fuß vor Fuß setzend, einerseits um ein Signal von sich zu geben und andererseits um sich selbst zu beruhigen. Ja, sie war kurz davor, es zu singen, denn Gesang vertrieb angeblich Angst und Schatten am besten. „Ist da jemand?“

Keine Reaktion – noch immer nicht.

Es war eiskalt in dem Haus, viel kühler als draußen und sehr, sehr viel kühler als in dem Sommer ihrer Kindheit, den sie in Erinnerung hatte. Die weiß gekalkten Wände taten das ihrige, dass Ruby im wahrsten Sinne des Wortes der Atem gefror. Auf Zehenspitzen näherte sie sich einem runden Esstisch aus massiver Eiche, um den herum abgeblätterte grün und orange lackierte Holzstühle gruppiert waren. Sie erinnerte sich nicht mit Sicherheit, aber auf diesen Stühlen musste sie selbst früher gesessen haben – als sie hier mit Noah Green gespielt hatte.

War er es, den sie hier finden würde? War er der Besitzer des grünen Bullys? Das war die eine Frage. Die andere war: War er auch Sal?

Möglich war es.

Fest stand: Noah Green war verschollen – das allerdings nicht erst seit Weihnachten, sondern seit fast zwei Jahrzehnten.

Doch all das musste nicht zwangsläufig miteinander zusammenhängen.

Aber – es konnte.

Irgendjemand war hier gewesen. Auf dem Tisch stand eine nicht gespülte Kaffeetasse, die erst kürzlich benutzt worden sein musste. Mit kürzlich meinte sie, innerhalb der vergangenen Wochen oder Monate – nicht aber vor zwei Jahrzehnten.

Als sie nur eine Minute später in das winzige, nach hinten hinausgehende Schlafzimmer trat, wusste sie, dass sie richtiggelegen hatte. Das Bett – oder besser gesagt die kleine Pritsche – war frisch bezogen und auf ihm lag: ein silberglänzender Rimowa-Koffer.

Geöffnet.

Noch immer zaghaft und in der Erwartung, im nächsten Moment könnte der Axtmörder hinter ihr stehen und ihr einen Schlag versetzen, trat Ruby an das Bett und ließ ihren Blick über den Inhalt des Koffers schweifen. Was blieb ihr anderes übrig? Normalerweise war sie nicht der Typ, der in fremden Sachen herumschnüffelte, aber an diesem Morgen war sie eigens dafür gekommen: zum Schnüffeln.

Eine Levi's, ein paar kernige grob karierte Hemden von Scotch & Soda, Unterwäsche von Armani und obenauf – eine stählerne Vintage-Rolex. Nachdenklich ließ sie die Finger über das kühle Metallarmband schweifen. Mit einem einzigen Griff könnte ich hier und jetzt die Jahresmiete für mein Apartment verdienen, dachte Ruby und legte die matt glänzende Uhr zurück in den Koffer. Was für eine Einladung für echte Einbrecher. Doch sie war nicht gekommen, um zu stehlen, sondern um Indizien zu finden. Und nun, wo sie ohnehin schon in seiner Unterwäsche schnüffelte, konnte sie auch den letzten

Schritt wagen. Den Koffer von oben bis unten zu durchsuchen. Irgendwo musste sich ein Ausweis oder Führerschein befinden.

Doch Fehlanzeige: Ruby fand nichts.

Erst jetzt fiel ihr Blick auf den Wollmantel, der über einem Stuhl hing. Das Etikett im Kragen verriet, dass er von Burberry war. Sehr elegant und klassisch britisch geschnitten. Konnte sie sich Sal darin vorstellen? Ja, sie konnte. Er würde darin aussehen wie die perfekte Mischung aus Gentleman und Popstar.

In der Innentasche fand sie schließlich, wonach sie suchte. Mit nervösen Fingern öffnete sie den Pass.

Und erstarrte.

Denn das Foto auf dem Dokument teilte ihr unmissverständlich mit, dass ihr unbefugtes Eintreten zwar wie es das Wort schon sagt nicht befugt, aber dennoch absolut berechtigt gewesen war. An dieser Erkenntnis bestand nun nicht mehr der leiseste Zweifel – denn der junge Mann auf dem Foto war: Sal!

Doch sein richtiger Name war: Noah Green.

Der Pass fiel ihr beinahe aus den Händen, so aufgeregt war sie. Tilda hatte also richtiggelegen mit ihrer Vermutung. Ruby konnte kaum fassen, was sie soeben entdeckt hatte. Es war ein Durchbruch gewaltigen Ausmaßes, der nicht nur ihrem Patienten zugutekam, sondern vielleicht auch ihr selbst die Haut retten würde. An diesem Nachmittag, wenn sie Doc Stone Rede und Antwort würde stehen müssen, um die Ereignisse der vergangenen Nacht zu erklären. Doch das war noch nicht alles.

Denn außer seinem Pass fand sie noch etwas anderes: sein Handy.

Es hing an einem Ladekabel an einer uralten, aber offensichtlich funktionstüchtigen Steckdose. Vorsichtig strich sie über das Display. Zum Glück war kein Pin nötig, um das Handy zu aktivieren.

Rachel – fünf neue Nachrichten, las sie kurz darauf.

Rachel? Ruby hielt nachdenklich inne.

I love you, Rachel.

Genauso war es eingraviert in das Silber des Amuletts, das Sal – sorry: Noah – bei sich getragen hatte, als sie ihn am Strand gefunden hatten.

Was nur eines bedeuten konnte: Ruby hatte sie gefunden – die geheimnisvolle Frau aus dem Amulett.

„… Hal-lo? …"

Ohne auch nur eine Sekunde darüber nachzudenken, ob es wirklich ihre Aufgabe war, hatte sie Rachels Nummer gewählt. Es war eine Nummer in den Staaten. Wo es um diese Zeit mitten in der Nacht sein musste …

Doch das fiel Ruby erst ein, als es bereits zu spät war.

„… Noah … ?"

Die Stimme klang ein wenig verraucht, ein wenig müde und ziemlich sexy. Nun, zumindest, dass sie verraucht und müde klang, war um diese Uhrzeit nicht unbedingt ein Wunder. Doch sexy? Wenn sie die war, für die Ruby sie hielt, sollte sie eigentlich um diese Zeit allein sein.

„Nein", stellte Ruby schnell klar, damit keine Missverständnisse aufkamen. „Entschuldigen Sie, dass ich um diese Zeit anrufe. Mein Name ist Ruby und ich …"

Schlagartig schien die Frau wach zu sein.

„Das hat ja nicht lange gedauert!", vernahm Ruby vom anderen Ende der Leitung. Die Stimme klang nun weder müde noch sexy. Sondern einfach nur gereizt.

„Nein, nein – es ist nicht, was Sie glauben!", beeilte sie sich die Sache aufzuklären.

„Ach – und was ist es dann?"

Für eine Sekunde hielt Ruby inne. Sie fragte sich, ob es richtig war, unvermittelt mit der vollen Wahrheit rauszurücken. Gerade erst hatte ihre Mutter sie wieder daran erinnert, dass es eben nicht immer angebracht war, sich seiner Umwelt ungefiltert mitzuteilen.

Sei's drum, gab sie sich einen Ruck. Für langwierige Erklärungen fehlte ihr schlichtweg die Zeit. Außerdem musste sie verhindern, dass die Frau einfach wieder auflegte – was verständlich wäre, schließlich war es in Amerika mitten in der Nacht.

Was auch Rachel bemerkt hatte.

„Also, wieso rufen Sie mich mitten in der Nacht auf seinem Handy an?“, hakte die Stimme gereizt nach.

„Ich … bin seine Krankenschwester“, erklärte Ruby. „Es ist etwas Schreckliches passiert.“

Augenblicklich legte sich eine erschrockene Stille in die Leitung.

Man hätte eine Stecknadel zu Boden fallen hören können.

„*Was … haben Sie gesagt …?*“, vernahm sie leise vom anderen Ende.

Als Ruby etwa zwanzig Minuten später auflegte, bemerkte sie ein Gefühl der Erleichterung in sich aufsteigen. Ein Gefühl, etwas Außergewöhnliches geleistet zu haben. Endlich einmal alles richtig gemacht zu haben.

Sie hatte jemandem geholfen, der ihre Hilfe dringend benötigte. Nicht irgendjemandem noch dazu, sondern ihrer allerersten Liebe. Ihrem unsichtbaren Freund, der seit heute nicht mehr unsichtbar war. Und er hatte niemanden außer ihr – auf der ganzen großen weiten Welt.

Nun, wobei Letzteres gerade eben dabei war, sich zu ändern. Offenbar hatte Rachel keine Ahnung gehabt, was geschehen war. Kurz vor seinem Unfall war sie nach New York geflogen, wo sie im neuen Jahr eine Stelle in der Kanzlei angetreten hatte, für die sie und Noah bisher in London gearbeitet hatten. Anscheinend waren sie verlobt, doch ihren Worten zufolge musste es einen großen Krach zwischen ihnen gegeben haben. War es aus? Nun, die Indizien deuteten darauf hin, aber die Stimme am anderen Ende der Leitung ließ jede Menge Raum für Interpretation.

Auf jeden Fall hatte er jetzt jemanden, der sich für ihn zuständig fühlte.

Rachel hatte ihr versprochen, dass sie den ersten Flieger nach London nehmen würde.

Erst jetzt bemerkte Ruby es.

Dass sie sich fragte, ob ihr diese Idee wirklich so gut gefiel. Oder ob ihr die andere besser gefallen hatte – die mit dem *Ganz-allein-auf-der-Welt-sein-und-niemanden-haben-außer-ihr*.

Komisch: Jetzt, wo sie tief in sich hineinhorchte, entdeckte sie plötzlich noch ein anderes Gefühl. Es schien sich hinter all ihren edelmütigen und selbstlosen Gefühlen verstecken zu wollen, aber sie entdeckte es trotzdem.

„Moment mal: Bist du etwa eifersüchtig?“, fragte sie sich selbst. Eine Sekunde stand sie einfach nur so da und blickte aus dem kleinen beschlagenen Schlafzimmerfenster des Cottage hinaus auf den verwilderten Hof hinter dem Haus. Um daraufhin verwundert über die Kapriolen, die ihr Verstand schlug, den Kopf zu schütteln.

Schnell wischte sie den Gedanken beiseite. Dann gab sie sich einen Ruck und ließ das kleine Haus so zurück, wie sie es vorgefunden hatte – einzig und allein den Pass und das Handy nahm sie an sich.

Nun, *so wie sie es vorgefunden hatte*, stimmte nicht ganz. Denn im Schloss steckte noch immer der halbe Schlüssel. Sie fummelte eine geschlagene Viertelstunde daran herum, bis ihr klar wurde, dass die Sache aussichtslos war. Sie würde das Cottage nicht mehr abschließen können.

Um ehrlich zu sein: Wirklich einbruchssicher war es schon vorher nicht gewesen. Dass sich bis jetzt noch keine Einbrecher dem Cottage genähert hatten, mochte damit zusammenhängen, dass es seit Jahrzehnten leer stand und jeder wusste, dass es dort nichts zu holen gab. Aber das konnte sich von einer Nacht auf die andere ändern.

Was sollte sie nun tun? Seinen Pass und das Handy hatte sie in sicherer Verwahrung – aber eines wollte sie definitiv nicht an sich bringen: seine Uhr. Am Ende würde sie noch des Diebstahls beschuldigt. Nein, sie musste eine Alternative finden – ein sicheres Versteck.

Merkwürdige Entscheidung, dachte sie bei sich, als sie wieder vor seinem Koffer stand und die alte Rolex hervorkramte. Wieso machte sie sich Gedanken um seine Uhr, wenn er doch nach den

Aussagen der Ärzte nie wieder aus dem Koma erwachen würde? Denn sie mochte nun zwar herausgefunden haben, wer er war. Und wer seine Freundin war. Doch all das änderte nichts an der Tatsache, dass er sehr wahrscheinlich sterben würde.

Was sie hier tat, war verlorene Liebesmüh.

Und doch, sie fühlte diesen starken inneren Drang in sich, wenigstens sein Hab und Gut zu beschützen – wenn sie ihn schon nicht selbst beschützen konnte. Sobald Rachel aus New York eingetroffen war und etwas Zeit für sie fand, würde sie ihr die Uhr übergeben – und zwar direkt im Cottage. Sicher würde sie auch seine anderen Sachen haben wollen. Und sei es nur zur Erinnerung.

Ruby blickte sich um, auf der Suche nach einem geeigneten Versteck. Alte Einmachgläser in der Küche? Nein. Unter der Matratze? Auch kein Problem für gewiefte Diebe. Nachdem sie sich eine Weile das Hirn zermartert hatte, kam ihr schließlich die Erleuchtung.

In einer der Küchenschubladen fand sie neben alten Kugelschreibern, Münzen, Teelichtern und anderem Sammelsurium eine Rolle breites Klebeband. Es musste noch aus den Neunzigern stammen, als das Cottage verlassen worden war – aber die Rolle war noch originalverpackt.

Kurz darauf steuerte sie den alten runden Esstisch im Wohnbereich an.

Und ging in die Hocke.

Sie würde die Uhr einfach unter der Tischplatte festkleben – darauf konnte wirklich nur ein Profieinbrecher kommen, und die waren in der Gegend um St Ives eher selten anzutreffen.

Vorsichtig kroch sie unter den Tisch.

Und stieß sich um ein Haar den Kopf, als sie auf der Unterseite der Tischplatte eine Gravur entdeckte.

Ein mit einem Messer eingeritztes Herz.

Und zwei Namen. Einer davor und einer dahinter.

„*Noah ♥ Ruby*“, las sie mit vor Erstaunen offenem Mund.

Glocken: Freude

Lexikon der Träume

An diesem Nachmittag, auf dem Weg zum Hospiz, konnte sie an nichts anderes mehr denken.

Noah liebt Ruby.

Er musste es dort eingeritzt haben, als sie Kinder gewesen waren. In ihrem Sommer.

Im Grunde bedeutete es nichts, aber es war schon ein merkwürdiger Zufall. Und glaubte man Carl Gustav Jung, dem berühmten Psychoanalytiker, und ihrer Großmutter Tilda, gab es keine Zufälle im Leben.

Als sie wenig später durch das Portal des altehrwürdigen Gebäudes hetzte, fast eine Viertelstunde zu spät, weil sie in all der Aufregung die Zeit vergessen hatte, lief sie Eleonore Stone bereits auf dem Flur direkt in die Arme.

Ausgerechnet.

Ihr Puls begann zu rasen. Auch wenn sie eigentlich nichts zu befürchten hatte – denn sie hatte etwas Ungeheuerliches vorzuweisen.

Kaum hatte die Ärztin sie gesehen, verfinsterte sich ihr Blick und ein heftiges Kopfschütteln setzte ein, während sie beide Arme vor ihrer Brust verschränkte.

„Ruby! Was ist los mit Ihnen? Rosamund hat mir berichtet, dass Sie in der vergangenen Nacht ohne Erlaubnis Ihr wissenschaftlich zweifelhaftes Experiment fortgesetzt haben. Ich hatte Ihnen das ausnahmsweise für eine Nacht gestattet, obwohl ich für … *Hokuspokus!* … normalerweise nicht zu haben bin. Aber das heißt noch lange nicht, dass Sie von nun an einen Freibrief haben und schalten und walten können, wie und wann Sie woll…“

„Ich weiß, wer er ist!“, platzte es aus Ruby heraus. Ihr war klar, dass es barsch und unhöflich war, ihre Chefin so abrupt zu unterbrechen. Doch sie konnte schlicht und einfach nicht länger an sich halten. Davon abgesehen musste sie verhindern, dass Doc Stone voreilig eine Strafe gegen sie verhängte, bevor sie die ganze Geschichte kannte.

Die Ärztin stoppte augenblicklich.

„Sie wissen, wer er ist? Was soll das heißen?“

Mit zitternden Fingern zog Ruby den Pass und das Handy aus ihrer Umhängetasche. „Hier!“, sagte sie und streckte die Sachen ihrer Chefin entgegen.

„Was soll das bitte sein?“

„Sein Pass und sein Handy. Sein Name ist Noah Green, und ich habe gerade mit seiner … Freundin … in New York telefoniert“, erklärte Ruby, noch immer ein wenig außer Atem. „Sie nimmt den nächsten Flieger.“

Bei dem Wort *Freundin* hatte sie kurz gestockt. Aber eine bessere Beschreibung für Rachel war ihr auf die Schnelle nicht eingefallen.

Doktor Stone blickte sie ungläubig an, während sie den Pass und das Handy fast wie in Zeitlupe an sich nahm. Dann wandte sie ihren Blick dem Ausweispapier zu. Ruby konnte sehen, wie ihre Augen sich überrascht weiteten, als sie das Foto erblickte.

„Wie … in aller Welt … haben Sie das herausgefunden?“, fragte die Ärztin. Ihre Verärgerung war in derselben Sekunde in Erstaunen umgeschlagen. Ja, Ruby hatte sogar das Gefühl, ein winziges anerkennendes Lächeln um ihre Mundwinkel herum auszumachen.

Auch sie konnte nicht verhindern, dass sich ein kleines Lächeln auf ihr Gesicht legte, während sie nach einer halbwegs glaubwürdigen Erklärung für all das suchte.

Wie in aller Welt hatte sie das herausgefunden?

Noch immer musterte ihre Vorgesetzte sie stumm.

„Hokuspokus“, erwiderte Ruby schließlich wahrheitsgemäß. „Hokuspokus.“

Wenig später saß sie an Noahs Bett. Eigentlich hatte sie erst noch Tilda anrufen wollen, um ihr von der dramatischen Wendung zu berichten, aber als sie an der Tür ihres Patienten vorbeikam, hatte sie beschlossen, dieses Gespräch vorerst zu verschieben und ihm als Erstem die guten Nachrichten zu überbringen.

Ihm, der jetzt nicht mehr Sal hieß.

„Noah?“, flüsterte sie ihm ins Ohr, nachdem sie eine Weile das Amulett mit dem Foto von Rachel betrachtet hatte. „Ich bin zurückgekommen. Wie ich es dir versprochen habe. Du weißt schon, in unserem Traum."

Vorsichtig nahm sie seine Hand.

„Alles wird gut", erklärte sie ihm. „Ich habe Rachel erreicht – in New York. Sie lässt alles stehen und liegen und ist noch heute Nacht bei dir. Du wirst schon sehen, jetzt geht es bergauf, mach dir keine Sorgen."

Liebevoll strich sie ihm mit der Hand über die Stirn und durch sein volles Haar.

Ja, sie würde ihn vermissen.

Oder besser gesagt: Sie würde die Zeit vermissen, als sie ihn nicht mit Rachel hatte teilen müssen. Aber natürlich war ihr klar, dass es so besser war. Falls er gegen jede Erwartung von Seiten der Ärzte doch noch aufwachen sollte, würde er die Person an seinem Bett erblicken, die ihm am nächsten stand.

Nein, nicht sie, Ruby.

Sondern Rachel, die er trotz des Streites, der sich zwischen ihm und ihr zugetragen hatte, so sehr liebte, dass ihr Bild das Einzige war, was er an seinem nackten Körper getragen hatte, bevor er in das tosende Meer gesprungen war. Ja, vielleicht half ihm ihre Gegenwart sogar, den Weg aus dem Dunkel, das ihn verschluckt hatte, zurück ins Licht des Lebens zu finden. Vielleicht konnte er sie fühlen. Und würde darüber aus dem Koma aufwachen.

„Ich … habe noch etwas entdeckt", bemerkte Ruby leise und fast ein wenig beschämt. „Unter dem Küchentisch in dem alten Cottage, wo ich deine Sachen gefunden habe."

Sie blickte ihn an, als erwarte sie allen Ernstes eine Reaktion.

„Da … war ein Herz … und unsere Namen", erklärte sie. Sie lachte auf, als wäre *sie ihm* eine Erklärung schuldig – und nicht *er ihr*. Nun, ehrlich gesagt schuldete niemand hier jemandem eine Erklärung.

„Ich wollte dir nur sagen, dass es mich sehr berührt hat. Es ist … schön … nun, zu wissen, dass man jemandem etwas bedeutet. Auch wenn all das lange her ist."

Manchmal war es tatsächlich leichter, wenn man einfach drauflosplappern konnte, ohne Angst haben zu müssen, das Falsche zu sagen. Oder falsch verstanden zu werden. Irgendetwas Idiotisches von sich zu geben, das man im nächsten Moment nicht bereuen musste. Jemandem sein Herz auszuschütten, ohne dass dieser Jemand einen wirklich hörte, konnte etwas Beruhigendes haben.

„Warst du in mich verliebt?"

Sie heftete ihren Blick fest auf seine Augen, als hoffe sie, sie auf diese Weise öffnen zu können.

„*Damals*, meinte ich natürlich …"

Was …? Hatte sie es sich nur eingebildet, oder hatte er tatsächlich leise geseufzt?

„Ruby, wach auf!", rief sie sich zur Ordnung. „Er kann dich nicht hören."

Ja, *damals*. Plötzlich war sie wieder da, die Erinnerung.

„Gibst du mir den Penny?"

Noah hatte die winzige silberne Münze, die nicht größer war als der Fingerabdruck, den Rubys kleiner Finger hinterlassen würde, beim Spielen auf dem kleinen Schotterweg gefunden, der vom Cottage nach St Ives führte.

„Wieso soll ich ihn dir geben?", fragte er.

„Ich will ihn meinen Eltern zeigen", erklärte sie. „Vielleicht ist er etwas wert." Mit acht Jahren wusste sie noch nicht, dass ein Penny in aller Regel auch nicht mehr wert war als ein Penny – selbst wenn er voller Sand und geheimnisvoll aus dem Nichts aufgetaucht war.

„Und was kriege *ich* dafür?", wollte ihr Freund wissen.

Ruby legte nachdenklich den Zeigefinger auf ihre Lippen und blickte in den Himmel.

„Du darfst mir eine Frage stellen", antwortete sie nach einer kurzen Bedenkzeit. „Jede Frage, die du willst."

„Hm … okay", willigte Noah ein, ohne lange zu zögern, und gab ihr den Penny.

„Also, was willst du wissen?"

„Was bedeutet *Seelenverwandte*?"

Ruby stutzte.

„Seelenverwandte?", hakte sie nach. „Wo hast du das Wort gehört?"

„Deine Großmutter hat es zu meinem Großvater gesagt", erklärte er. „Vor ein paar Tagen. Ich hab' es zufällig mitbekommen. Aber ich weiß nicht, was es bedeutet."

„Es bedeutet, dass zwei Menschen füreinander geschaffen sind", erklärte ihm Ruby, die dieses Wort schon einmal in einem Märchen gehört hatte. „Dass sie für immer zusammenbleiben."

Augenblicklich spielte ein hoffnungsfrohes Lächeln um Noahs Mundwinkel.

„Dann … sind wir auch Seelenverwandte?", fragte er sie ohne Umschweife. Und ohne Vorwarnung.

Damit hatte sie nicht gerechnet.

„Ich … muss jetzt nach Hause", erklärte sie schnell. „Meinen Eltern den Penny zeigen. Wir sprechen später weiter, ja, Noah?"

Schnell wie ein Blitz hatte sie sich damals aus dem Staub gemacht. Und wenn es nur war, weil sie nicht zugeben konnte, wie sehr sie ihn mochte. Wie sehr sie sich wünschte, dass sie Seelenverwandte wären und für immer Freunde blieben.

Aber nach diesem Sommer war er für immer aus ihrem Leben verschwunden. Er war nie wieder nach St Ives zurückgekehrt. Noch Jahre danach hatte sie sich gefragt, warum. Ob es etwas mit ihr zu tun gehabt hatte.

„Oh, Mist …"

Draußen vor der Tür vernahm sie Stimmen. Sie holten sie zurück in die Gegenwart. Und erinnerten sie daran, dass sie zum Arbeiten hier war – nicht zum Träumen. Mit einem Blick auf ihre Armbanduhr stellte sie fest, dass sie sich beeilen musste. Sie hatte schließlich noch andere Patienten zu versorgen – und war schon ziemlich hinter ihrem Dienstplan.

Ein letztes Mal rückte sie ganz nah an Noah heran und beugte sich über seinen Kopf. Sog seinen ruhigen Atem in sich ein.

„*Warst* du wirklich in mich verliebt, Noah?“, flüsterte sie.

Und zuckte augenblicklich zusammen – kaum hatte sie die Worte ausgesprochen.

Denn seine Hand schloss sich fest um ihre.

So fest, als wolle er sie nie wieder loslassen.

„Noah …?“

„Schwester Light?“

Es war Doktor Stone, die im selben Moment ihren Kopf zur Tür hereinsteckte.

Ruby sah irritiert von ihrem Patienten auf, Händchen haltend. Die Ärztin musste denken, sie wäre endgültig verrückt geworden. Nun, kein Wunder bei *der* Großmutter …

„Äh … ja?“

„Ich … muss mich bei Ihnen bedanken – und natürlich auch bei Ihrer Großmutter. Wie auch immer Sie das gemacht haben, es hat funktioniert.“

Was war das? Eine akustische Täuschung? Wunschdenken? Ruby konnte es nicht glauben.

Sie hatte alles kommen sehen – nur das nicht.

Nicht von Doc Stone.

„Danke“, erwiderte sie leise und erhob sich wie ein Soldat, der einen Orden verliehen bekam, von ihrem Stuhl an Noahs Bett.

Sanft ließ sie ihre Hand aus seiner gleiten und hoffte, dass die Oberärztin keinen Verdacht schöpfte.

Denn wie sie *das* Doc Stone erklären sollte, war ihr absolut schleierhaft.

Gott sei Dank schien diese nicht das Geringste zu bemerken.

„Morgen sind Sie der Star des Tages hier in St Ives“, teilte ihre Chefin ihr mit einem anerkennenden Lächeln mit. „Ruby, ich muss sagen – ich habe mich in Ihnen getäuscht. Sie sind wirklich mit ganzem Herzen dabei, und ich bin froh, dass wir zusammenarbeiten können. Ach, wo wir schon mal bei den Belobigungen sind: Die St Ives News hat mich um ein Foto von Ihnen gebeten, wenn das in Ordnung ist. Ist es das?“

Nun … eigentlich hatte Ruby nicht vorgehabt, eine lokale Berühmtheit zu werden. „Nur wenn meine Großmutter auch mit auf das Foto kommt“, willigte sie schließlich ein. „Eigentlich haben wir das alles ihr zu verdanken.“

„Ihre Großmutter ist der Aufhänger des Artikels“, versicherte ihr Doc Stone. „Da bin ich mir sicher – wäre ja nicht das erste Mal“, schob sie mit einem kleinen Schmunzeln hinterher.

Junge Krankenschwester löst Rätsel der Herkunft des Komapatienten, titelte die *St Ives News* am nächsten Morgen. Und darunter, in der Unterzeile: *Traumweberin führt Enkeltochter in die Träume des geheimnisvollen Mannes aus dem Meer.*

In ganz Cornwall mussten sich an diesem Morgen bei ihrer Frühstückslektüre sämtliche selbst ernannten Realisten und Rationalisten – *Pessimisten*, wie ihre Großmutter sie großzügig über einen Kamm scherte – an ihrem Tee verschlucken.

Ruby konnte sich gut vorstellen, wie Tilda es genießen würde. Sie würde vergnügt in sich hineinkichern und sich anschließend den Fragen der Journalisten stellen, die den Goodwill Palace wie immer nach solchen Vorkommnissen ein paar Tage lang belagern würden.

Eines stand fest: Tilda hatte keine besonders hohe Achtung vor Realisten und Rationalisten. Sie glaubte, dass die meisten von ihnen in Wahrheit nur vorgaben, realistisch und rational zu sein, nüchtern und ohne Emotionen. Menschen, die nur glaubten, was sie sahen. Und das alles nur aus einem einzigen Grund: Weil sie eine Höllenangst hatten, vom Leben enttäuscht zu werden. Denn tief in ihrem Innern, davon war ihre Großmutter überzeugt, waren viele von ihnen sehr spirituelle Menschen.

Sie verbargen es nur geschickt.

Nicht an ihren Worten, sondern an ihren Taten werdet ihr sie erkennen.

All diese rational und realistisch denkenden Menschen hatten die Idee von Gott oder einer göttlichen Macht offiziell genauso abgeschrieben wie die der großen Liebe. Das war ihre logische Erkenntnis.

Doch für Tilda ergab Logik nur Sinn, wenn sie – nun: *logisch* war.

Und das war sie nicht: Denn die Weise, wie diese rational und realistisch denkenden Menschen ihr eigenes Leben lebten, sprach vollkommen dagegen.

Denn wenn man sich absolut sicher war, dass es weder ein Leben nach dem Tod gab noch die große Liebe oder irgendeinen Sinn, existierte eigentlich nur ein einziger logisch nachvollziehbarer Weg, sein Leben zu leben: Es ohne Wenn und Aber voll auszukosten. Und zwar jeden einzelnen Augenblick. Alles mitzunehmen, dieses eine Leben tief in sich aufzusaugen, jeden Tropfen und jede Geschmacksnote, die es zu bieten hatte. Nichts hatte Konsequenzen. Alles war möglich. Denn danach würde man auf ewig vergessen und von niemandem erinnert in einem tiefen schwarzen Loch verschwinden.

Kein Gott und kein Teufel saßen über einem, um zu richten, Strafen auszusprechen und Belohnungen zu verteilen.

Doch dieses eine Leben in einem grauen Büro zu verschwenden, um ein Reihenhaus und einen Mittelklassewagen bei einer Bank abstottern zu können, an der Seite eines mehr geduldeten als geliebten *Lebensabschnittsgefährten*, ergab nicht den leisesten Sinn.

Es freudlos zu leben, ergab nicht den leisesten Sinn.

Lebe jeden Tag so, als wäre es dein letzter.

Carpe diem!

Logisch betrachtet konnte allein das der Weg sein, wie Realisten und Rationalisten ihr Leben führen konnten, wenn sie ehrlich mit sich selbst waren.

Und eben genau das taten sie nicht – und das verriet sie.

Und genau deshalb nannte Tilda sie Pessimisten.

Waren am Ende all dieser Pessimismus und all diese Traurigkeit in Wahrheit nichts weiter als der sehnliche Wunsch, noch einmal völlig neu durchzustarten? In einem Leben, das es besser mit einem meinte?

Wie oft hatte Ruby diesen Wunsch in den Jahren, in denen sie nunmehr im Hospiz von St Ives arbeitete, schon gehört – ausgesprochen oder unausgesprochen.

„Warum ich diese Menschen so gut kenne?“, pflegte Tilda mit einem Augenzwinkern zu sagen. „Weil ich selbst lange eine von ihnen war – und es hätte mich fast mein Leben gekostet.“

Manchmal schob sie danach noch leise und nachdenklich hinterher: „Mein *Glück hat* es mich gekostet …“

Was genau sie damit meinte, hatte Ruby nie verstanden. Und es war auch nichts aus Tilda herauszubekommen gewesen. Nicht bis zum heutigen Tag. Doch langsam dämmerte ihr, dass es möglicherweise etwas mit Noah zu tun hatte – oder vielmehr mit seinem Großvater.

Patrick Green.

Rachels Flug hatte sich verspätet. Sie sollte erst an diesem Morgen in St Ives eintreffen, pünktlich genug, um in der frisch gedruckten Zeitung ihr Foto zu entdecken – und eine gewisse lokale Berühmtheit zu erlangen.

Die vergangene Nacht hatte Ruby noch einmal an Noahs Seite verbracht, um sicherzustellen, dass es ihm gut ging, bevor die Frau ihren Job übernahm, die von nun an offiziell für ihn zuständig war: Rachel aus New York.

Ihn loszulassen fiel ihr nicht leicht. In den vergangenen Tagen und Nächten war ihr für immer verloren geglaubter unsichtbarer Freund plötzlich in ihr Leben zurückgekehrt. Und nun würde sie ihn ein zweites Mal verlieren.

Rachels verspätetes Eintreffen hatte Ruby Zeit verschafft, sich noch einmal von Noah zu verabschieden, fürs Erste jedenfalls. Was in Zukunft geschah, wusste niemand. Aber es lag auch nicht mehr in ihrer Hand.

In dieser Nacht hatte sie nur an seinem Bett gesessen und seine Hand gehalten. Nicht in seinen Träumen – sondern an seiner Seite.

Nun träumte er wieder allein, ohne sie. Ruby hatte ihre Aufgabe erfüllt. Mehr als das. Sie musste sich keine Vorwürfe machen. Einmal in ihrem Leben hatte sie alles richtig gemacht.

Sie war zurückgekommen, wie sie es ihm versprochen hatte. Und hatte ihm seine … *Freundin?* … zurückgebracht.

Nun, wie auch immer: Er war nicht länger allein.

War ihre Geschichte und die von Noah damit beendet?

Ruby konnte es sich nicht wirklich erklären, aber allein der Gedanke daran, dass es so sein könnte, versetzte sie in eine seltsame Unruhe. Möglicherweise hielt sie deshalb in dieser letzten Nacht seine Hand. Nicht, um ihn zu beruhigen – sondern vielmehr, um sich selbst zu trösten.

Blitz: Nahendes Unheil

Lexikon der Träume

Als Rachel am späten Vormittag in einem Taxi das Hospiz erreichte, standen Doktor Stone, Oberschwester Rosamund und Ruby am Eingang Spalier. Mit schwarzen Regenschirmen in der Hand, denn es goss in Strömen. Sie mussten ein elegantes Bild abgeben – fast so, als würde die britische Regierung eine Abgesandte der US-Regierung empfangen.

Und als sich schließlich die hintere Tür des Wagens öffnete und den Blick freigab auf die Passagierin, wurde Ruby auf einen Schlag klar, dass Rachel nicht wirklich hübsch war.

Nein, sie war mehr als das – ein echtes Model.

Designerwollmantel, darunter ein kurzes, sich eng an ihren gertenschlanken Körper schmiegendes Kleid, elegante schwarze Handtasche und High Heels, die ihre ohnehin schon langen Beine in den Himmel wachsen ließen. Ihr seidig braunes Haar fiel über ihre Schultern hinab bis zu ihren Hüften. Und aus ihrem in perfekter Symmetrie geschnittenen Gesicht blickten zwei große grünbraune Augen mit verlaufenem Lidschatten.

Augen, aus denen Tränen geflossen sein mussten.

„Doktor Stone!“, rief sie mit ihrer noch immer rauchig klingenden Stimme, als sie trockenen Boden erreicht und die Oberärztin anhand des Namensschilds auf ihrer Brust identifiziert hatte. „Ich hatte ja keine Ahnung, was passiert ist. Dass er hier bei Ihnen in Cornwall ist. Ich bin so froh, dass ich hier sein darf. Danke für alles!“

Eleonore Stone erwiderte professionell ihren Händedruck.

„Oberschwester Rosamund und Schwester Ruby“, stellte sie vor.

Theatralisch ergriff Rachel die Hand der Oberschwester. „Auch Ihnen danke für alles!“, sagte sie.

„Ich bin Ruby, wir hatten telefoniert …“, sagte Ruby und streckte der Besucherin aus New York nun ebenfalls ihre Hand entgegen.

„Oh hallo …“, erwiderte Rachel schnell, ohne sie wirklich eines Blickes zu würdigen. Rubys Hand hing noch immer in der Luft, als das amerikanische Supermodel mit Doktor Stone und Oberschwester Rosamund in das Innere des Gebäudes entschwand.

„*Hal-lo?*“

Ruby blickte ihr fassungslos hinterher.

Was war das denn?

Wie schnell die Welt doch vergisst, dachte sie für einen Moment bei sich, um dem Trio dann in das alte Hospiz am Meer zu folgen.

Als sie kurz darauf Noahs Zimmer betreten wollte, erwartete sie die nächste Überraschung.

„Ruby, es tut mir leid. Aber Miss Drechsler – *Rachel* – hat darauf bestanden, nur Doktor Stone und mich in die Behandlung des Patienten einzubeziehen“, fing Oberschwester Rosamund sie auf dem Flur ab.

Seine *Behandlung*? Das konnte nur ein Irrtum sein. Die Einzige, die ihn in irgendeiner Form behandelt, *gut* behandelt hatte, war sie gewesen!

„Aber …“

„Du hast doch bestimmt genug zu tun, oder? Bitte kümmere dich erst mal um deine anderen Patienten, später sehen wir dann weiter.“

Noch am selben Vormittag rief Doktor Stone sie in ihr Büro.

„Schwester Light, vielen Dank, dass Sie es einrichten konnten“, sagte sie und bot ihr mit einem einladenden Winken den Platz vor ihrem Schreibtisch an.

„Ähm, ja?“

„Nun, es ist so: Miss Drechsler …“

Sie hielt kurz inne, um dann fortzufahren.

„Um es kurz zu machen: Rachel besteht darauf, dass Rosamund von nun an exklusiv für die Pflege des Patienten zuständig ist. Darüber hinaus hat sie einen Spezialisten in New York konsultiert, der in Kürze einfliegen wird.“

„Aber …“

„Kein Aber, Ruby“, stellte Eleonore Stone klar. „Ihre Mission ist damit erfolgreich beendet, ich danke Ihnen von Herzen. Dasselbe soll ich Ihnen auch von Miss Drechsler ausrichten."

Für einen Moment blieb Ruby der Mund offen stehen.

Ihr fehlten schlichtweg die Worte.

Offenbar setzte Rachel nur auf die erste Wahl. Und scheute keine Kosten, um ihrem Verlobten die bestmögliche Behandlung angedeihen zu lassen, die sie auf der Welt finden konnte. Sie hatte dem Hospiz sogar eine großzügige Spende in Aussicht gestellt, solange ihre Wünsche erfüllt wurden.

Und zu diesen gehörte sie, Ruby, leider nicht.

Denn leider war *sie nicht* erste Wahl.

Sie war nur eine einfache Krankenschwester – nichts weiter. Ein ganz normales Mädchen aus St Ives, das sich, ohne es zu ahnen, einen Fisch geangelt hatte, der eine Nummer zu groß für es war. Wie sich herausstellte, waren sowohl Rachel als auch Noah erfolgreiche Anwälte, die bessere Köder gewohnt waren.

Möglicherweise musste sie es akzeptieren.

Doch das hieß zu vergessen, was er in ihrem Traum zu ihr gesagt hatte – in tiefster Verzweiflung: Stimmte es, dass er ohne sie verloren war? Dass sie ihn finden musste? Auf einmal hatte sie das Gefühl, dass ihre Mission vielleicht noch nicht beendet war. Ursprünglich hatte sie angenommen, dass es ihre Aufgabe war, Rachel zu finden. Aber nun war sie sich auf einmal nicht mehr sicher.

Wartete er wirklich auf Rachel?

Oder wartete er auf – *sie*?

Musste sie zurück in seine Träume?

Nun, möglicherweise war es auch nur Wunschdenken, was sie zu dieser Annahme veranlasste.

„Es kann sein, dass Mister Green in eine Spezialklinik nach New York verlegt wird", hörte sie Doktor Stone sagen.

Und riss Ruby damit unsanft aus ihren Gedanken.

„New York? Wa…rum?", stotterte sie.

„Nun, zum einen gibt es dort weltweit führende Spezialisten, die mehr für ihn tun können als wir hier in unserem kleinen Hospiz …"

„Ach, also doch!“, brauste Ruby auf. „Auf einmal ist es möglich.“

Doch Eleonore Stone schüttelte nur den Kopf.

„Glauben Sie mir, Ruby, es wird keinen Unterschied machen. Die Lage ist aussichtslos, vor allem nach so einer langen Zeit. Aber da er nun einen Namen, eine Krankenkasse und ein gut gefüttertes Bankkonto hat, ist es natürlich leichter, die Wünsche des Patienten und die seiner Angehörigen zu erfüllen.“

„Aber sie ist nur seine Verlobte!“, widersprach Ruby. „*Ex-Verlobte*, wie ich annehme“, sprach sie ihren Verdacht nun zum ersten Mal offen aus. „Genau genommen ist sie gar keine Angehörige …“

„Nun, das ist richtig“, stimmte die Ärztin ihr zu. „Aber da er offenbar weder Eltern hat noch sonst jemanden, der ihn vermisst, und Miss Drechsler die finanzielle Seite äußerst großzügig regelt, folgen wir ihren Wünschen gerne. Davon abgesehen arbeitet sie in New York und könnte ohnehin nicht länger als einige Tage hier in St Ives bei ihrem Verlobten bleiben. In New York jedoch könnte sie ihn regelmäßig besuchen.“

„Wie bitte?“

Ruby konnte nicht glauben, was sie soeben gehört hatte.

Regelmäßig besuchen? Ihr Verlobter lag im Sterben! Wie konnte sie da überhaupt nur eine Sekunde lang an ihren Job denken? Für Ruby gab es nicht den Schatten eines Zweifels daran, dass sie selbst für ihren Freund da wäre, wenn er im Sterben läge, und zwar rund um die Uhr – egal, wie verantwortungsvoll ihre berufliche Position war. Ja, sie würde jederzeit ihre gesamte Karriere hinschmeißen, wenn es um die Liebe ihres Lebens ging.

Nun, wahrscheinlich war genau das der Grund, warum sie keine Karriere gemacht hatte.

„Aber sie kann ihn doch nicht einfach so nach New York verfrachten!“, unternahm Ruby einen erneuten Anlauf. „Er ist doch überhaupt nicht transportfähig!“

Doch Eleonore Stone blickte sie nur kopfschüttelnd an.

„Transportfähig ist er – und alles andere liegt nun nicht mehr in unserer Verantwortung, Schwester Light. Ich kann verstehen, dass Ihnen all das zu schaffen macht und dass der Patient Ihnen in den vergangenen Tagen ans Herz gewachsen ist, vor allem wenn man bedenkt, was Sie für ihn geleistet haben. Aber nun ist die Zeit gekommen, ihn loszulassen. Das schmälert Ihr Verdienst nicht im Geringsten, im Gegenteil. Sie haben hervorragende Arbeit geleistet."

„Aber die Arbeit ist noch nicht beendet!", protestierte Ruby. Es fiel ihr schwer, auch nur halbwegs ruhig sitzen zu bleiben. Ihre Hände umklammerten die mit bordeauxrotem Kunstleder gepolsterten Armlehnen ihres Stuhls wie festgetackert.

„Doch, ist sie", widersprach Doc Stone.

„Aber er ist noch nicht …"

„Was – ist er noch nicht?"

Ihr Gegenüber blickte sie fragend über die gläserne Schreibtischplatte hinweg an.

„Aufgewacht …", sagte Ruby leise.

Die Ärztin schüttelte ungläubig den Kopf.

„Ruby, Ruby, Ruby!", setzte sie an. „Noah Green wird nicht wieder aufwachen, weder hier in St Ives noch in New York. Und da Ihnen die Sache so nahegeht, werde ich Ihnen ein Medikament verschreiben, das Ihnen in dieser schwierigen Situation vielleicht ein wenig hilft."

„Ein … Medikament …?"

Hatte sie richtig gehört? Was in aller Welt sollte das sein?

„Eine Woche Urlaub", erklärte die Oberärztin. „Spannen Sie sich mal richtig aus, Sie haben es sich verdient. Außerdem habe ich gesehen, dass Sie aus dem letzten Jahr ohnehin noch eine Menge Überstunden haben, die Sie dringend abfeiern müssen. Und wenn Sie wiederkommen, ist der Patient … nun – nicht mehr da und alles ist beim Alten."

Was?

Alles beim Alten?

Für einen Moment blieb Ruby die Luft weg.

„Ich … ich … brauche keinen Urlaub, wirklich nicht, vergessen Sie einfach, was ich gesagt habe. Ich mache auch alles, was Sie und Rachel – *Miss Drechsler* – mir sagen", versuchte sie, die

Sache in letzter Minute abzuwenden. Denn wenn sie erst hier raus war, würde sie Noah nie wiedersehen – so viel war sicher.

Doch die Ärztin schüttelte nur noch einmal den Kopf.

„Solange Sie in seiner Nähe sind, aber nicht zu ihm können, sind Sie uns hier keine Hilfe. Ruby, Sie gehen jetzt eine Woche in den Urlaub, und danach sehen wir uns in alter Frische wieder."

„Aber …"

„Kein Aber", stellte die Ärztin mit einem Blick klar, der keinen Widerspruch duldete.

Ruine: Gescheiterte Pläne

Lexikon der Träume

St Ives, Cornwall, September 1997

Ein paar Mal in unserem Leben gelangen wir an eine große Kreuzung, an der wir uns entscheiden müssen. In welche Richtung wir an dieser Kreuzung abbiegen, welchen Weg wir uns entscheiden einzuschlagen, macht uns zu den Menschen, die wir am Ende unseres Lebens sein werden.

Niemand kann uns diese Entscheidung abnehmen. Niemand außer uns selbst ist verantwortlich für die Konsequenzen.

Und Tilda hatte sich entschieden.

Für Stanley Goodwill.

Vor mehr als drei Jahrzehnten, als sie an diese Kreuzung gekommen war.

Nicht ganz freiwillig zwar, aber am Ende hatte sie dem Druck ihrer Mutter nachgegeben. Von ihr und anderen Frauen hatte Tilda gehört, dass man Liebe lernen konnte. Und so hatte sie gelernt, Stanley zu lieben. Aber sie hatte nie vergessen, dass es noch eine andere Liebe gab – eine, die man nicht lernen musste. Die Liebe, die sich lernen lässt, ist wie ein Duft, der durch die Lüfte segelt. Der sich langsam in unser Leben schleicht. An den wir uns gewöhnen können oder ihn sogar zu mögen lernen. Die wahre Liebe jedoch ist die Luft selbst. Sie lässt uns atmen. Sie lässt uns leben. Sie sorgt dafür, dass unser Herz nicht aufhört zu schlagen.

Selbst wenn wir nur von ihr träumen können.

Sie hatte Stanleys Duft lieben gelernt, und als er verflogen war, hatte sie ihn sogar vermisst, denn es war keinesfalls ein ewiger Winter mit ihm gewesen – sie hatten auch Schönes erlebt. Eine Tochter und eine Enkeltochter bekommen. Ein gutes Leben geführt.

Doch ohne seinen Duft war der einst prächtige Goodwill Palace verwaist, selbst wenn sie noch immer hier lebte. Doch um ihn so in Schuss zu halten, wie er einst gewesen war, fehlten ihr nach Stanleys Tod die Mittel. Zuletzt waren die Geschäfte ihres Mannes schlecht gelaufen, und fast alles Geld war in die Begleichung von Schulden geflossen.

Von Jahr zu Jahr mehr hatte sich das altehrwürdige aristokratische Anwesen in ein von einem verwilderten Garten umgebenes Märchenschloss verwandelt – nicht wenige nannten es hinter vorgehaltener Hand mittlerweile sogar eine Ruine, doch das störte Tilda nicht im Geringsten. Denn sie kehrte nur zu dem zurück, was sie schon immer gewesen war. Zu ihren Ursprüngen. Zu der Frau, die sie gewesen war, bevor sich Stanley Goodwills Duft in ihr Leben geschlichen hatte – in den Sechzigerjahren, dem Jahrzehnt der Hippies und Blumenmädchen. Und nun legte sie sie ab, die strengen dunklen Töne, das Schwarz und das Grau, das sie all die Jahrzehnte über an Stanleys Seite getragen hatte, um ihm und seiner adeligen Herkunft gerecht zu werden.

Stattdessen trug sie nun wieder die Farbe der Sonne und konzentrierte sich auf das, was nach dem Tod ihres Ehemanns unverhofft wie eine zweite glückliche Gnade in ihr Leben zurückgekehrt war: das Atmen.

Eine Zeit lang hatte es so ausgesehen, als könne sie es wieder. Als gewähre das Leben ihr eine zweite Chance. Sie war voller Zuversicht gewesen. Voller Glückseligkeit.

Doch ein schrecklicher Unfall hatte alles zunichtegemacht. Und ihr Leben endgültig in eine Ruine verwandelt. Nachdem vor Jahren mit Stanley der Duft aus ihrem Leben verflogen war, hatte das Schicksal nun ein zweites Mal zugeschlagen.

Und ihr die Luft zum Atmen genommen.

Vor einer Woche hatte sie ihn beerdigt.

Ihn, dem sie es verdankte, dass ihr Herz weitergeschlagen hatte – allein durch das Wissen, dass er da war.

Dass sie noch immer den Schlüssel zu seinem Herzen besaß.

Den Schlüssel, den er ihr vor langer Zeit überreicht hatte.

Doch nun war sein Herz verstummt.

„Wie in aller Welt kann ich weiterleben … ohne *dich …?*“, schluchzte sie in ohnmächtiger Verzweiflung in ihr schweres Kopfkissen, als sie plötzlich vernahm, wie eine kleine Gestalt leise die Schlafzimmertür öffnete und zu ihr ins Zimmer huschte.

St Ives, Cornwall, März 2015

Granny!" Ruby hämmerte verzweifelt an die schwere Eingangstür des Palace. „Ich bin's!"

Es dauerte ein Weilchen, bis ihre Großmutter öffnete. Sie sah aus, als – Moment mal, hatte sie geweint? Ihre sonst so fröhlichen himmelblauen Augen blickten sie traurig an. Normalerweise hätte sie versucht herauszufinden, was es war, das sie so traurig machte. Doch in dieser Sekunde konnte Ruby einfach nicht an sich halten. So ungerecht war die Welt.

„Du kannst dir nicht vorstellen, was passiert ist!", schluchzte sie los. Wenn es um Probleme ging – Probleme des Herzens –, war Tilda seit jeher ihre erste Anlaufstation gewesen. Ihre Mutter Jenny wiederum war eher für die handfesten Dinge zuständig – auf welche Temperatur man den Backofen einstellen musste oder in welchem Beruf man am meisten verdiente. Davon abgesehen legte sie ihr jedes Mal nahe, klein beizugeben und das zu machen, was andere von ihr verlangten.

Was in diesem Fall hieß: sich selbst zu verleugnen.

Noah aufzugeben.

„Komm doch erst mal rein, mein Schatz!", erwiderte Tilda. „Du bist ja ganz nass."

Ach ja: Es regnete in Strömen. Noch immer. In all der Aufregung hatte Ruby es kaum bemerkt. Oder besser gesagt: Es war ihr egal gewesen, die Tropfen waren an ihr abgeprallt, ohne dass sie wirklich Notiz von ihnen nahm.

Nachdem sie sich abgetrocknet hatte, nahm sie einen neuen Anlauf.

Tilda erwartete sie in der Küche, wo sie Tee aufsetzte. In der Küche, die eigentlich viel zu groß war für sie zwei. Sie war geschaffen für das Personal, das hier vor langer Zeit in Diensten einer adeligen Familie gestanden hatte, der Familie ihres Großvaters. Seit hundert Jahren schien sich hier kaum etwas verändert zu haben. Die Wände waren verziert mit kleinen handbemalten Porzellanfliesen. Über dem alten gusseisernen Herd, der noch wie eh und je mit Kohle befeuert wurde, baumelten Kupferpfannen in der Luft. Die Wärme des Feuers breitete sich wie eine warme Decke über den ganzen Raum aus.

„Also", wollte Ruby loslegen. Doch ihre Großmutter stoppte sie, noch bevor sie richtig in Fahrt kommen konnte.

„Bevor du alles erzählst, muss *ich dir* etwas erzählen", erklärte sie.

Ruby stutzte.

Was hatte das nun wieder zu bedeuten? Was konnte so eilig sein, dass sie keine zehn Minuten mehr warten konnte, es von ihrem Herzen zu bekommen? Eiliger als das, was sie zu sagen hatte? Schließlich ging es um Leben oder Tod. Jedenfalls fühlte es sich für sie so an – schlimmer als ihr sogenannter *Urlaub* hätte auch eine fristlose Kündigung nicht sein können.

„Ist das in Ordnung für dich, mein Schatz?"

Tildas Stimme unterbrach ihre verzweifelten Gedanken.

„Ja, natürlich ist es das …", erwiderte Ruby ungeduldig, denn sie konnte mit ihrer eigenen Geschichte kaum noch an sich halten. „Also, worum geht's?"

Langsam zog Tilda sich einen Stuhl heran und ließ sich dann mit einem schweren Seufzer auf ihn fallen.

„Um den Sommer des Jahres 1997 …", begann sie und stockte im selben Augenblick.

„Was – ist mit dem Sommer 1997?", wollte Ruby wissen.

„Nun", fuhr ihre Großmutter fort, nachdem auch Ruby sich gesetzt hatte. „Es war der schrecklichste Sommer meines Lebens. Nicht der Sommer selbst, er war unendlich … *glücklich* …" Für eine Sekunde erhellte ein verträumtes Strahlen ihr todtrauriges Gesicht. „Nein, sein Ende", fuhr sie fort.

Es war der Sommer, in dem Lady Di gestorben war. Ein Tod, der nicht nur England, sondern die ganze Welt über Nacht in Schockstarre versetzt hatte. Am 31. August 1997, bei einem bis heute nicht aufgeklärten Autounfall in Paris.

Doch es hatte noch einen zweiten Autounfall gegeben.

Am selben Tag, nur etwas später.

Einen Unfall, der normalerweise für Aufsehen gesorgt hätte, in St Ives und ganz Cornwall. Aber ausgerechnet an diesem tragischen Tag der Weltgeschichte war er nichts weiter als eine Randnotiz. Und doch war es ein Unfall, der Wellen schlagen sollte. Der das Leben mehrerer Menschen für immer verändern sollte. Inklusive Rubys Leben und dem ihrer Großmutter, wie sie hier und jetzt erfahren sollte.

Denn der 31. August 1997 war der Tag, an dem die Hoffnung gestorben war.

Die Welt hatte einen Engel verloren.

Doch der Himmel wollte mehr, ein Engel war ihm nicht genug.

Erst jetzt, nach all den Jahren, die seitdem ins Land gegangen waren, fasste Tilda sich ein Herz und erzählte die Geschichte dieses Tages.

„Es war am Ende dieses Sommers, deinem Sommer mit Noah …“, hob sie mit zitternder Stimme an. Selten zuvor hatte Ruby sie so aufgelöst und ohne jeden Halt erlebt. Ihre ganze Zuversichtlichkeit schien auf einen Schlag dahin zu sein. Aufgelöst wie eine Schönwetterwolke am Mittagshimmel.

„… dem 31. August 1997“, fuhr sie mit unheilvoller Stimme fort. „Noah hatte seinem Dad dabei geholfen, das Gepäck in dem alten braunen Volvo zu verstauen, mit dem er und seine Eltern an diesem Nachmittag nach London zurückfahren wollten. Nach vier Wochen Sommerferien, die er bei seinem Großvater verbracht hatte. Und nun sollte es nach Hause gehen. Den ganzen Morgen über schon war auf keinem Radiokanal oder Fernsehsender irgendetwas anderes zu vernehmen als der schreckliche Unfall von Lady Di. Aber das änderte nichts an den Reiseplänen von Noahs Eltern, denn in wenigen Tagen würde für Noah die Schule beginnen …“

Für einen Moment sah es so aus, als wäre Tilda zu schwach, um weiterzusprechen. Als wäre das, was sie als Nächstes sagen würde, einfach unaussprechlich für sie.

„Nun, nachdem sie sich von Patrick und uns verabschiedet hatten, machte sich die kleine Familie auf den Heimweg. Doch sie … kam nie in London an“, erklärte Tilda, während ihre

Augen sich mit Tränen füllten. „Irgendwo auf halber Strecke musste Maggie, die am Steuer saß, in den Gegenverkehr geraten sein. Frontalzusammenstoß. Sie und ihr Mann Jonathan waren sofort tot. Nur Noah, der auf dem Rücksitz saß, eingepackt zwischen Decken, Kleidern und Schlafsäcken, überlebte den Unfall wie durch ein Wunder – schwer verletzt wurde er auf die Intensivstation eingeliefert. Doch sein Zustand war so bedenklich, dass er auch nach mehreren Operationen noch in Lebensgefahr schwebte, das alles zog sich über Wochen hin … als er im nächsten Sommer nicht wiederkam, dachten alle in St Ives, dass auch er gestorben wäre."

Ruby saß einfach nur da und starrte ihre Großmutter an.

„Aber wieso … habt ihr mir das niemals erzählt?", wollte sie wissen.

„Du warst noch zu klein, mein Schatz. Erst acht Jahre – viel zu jung, um das verarbeiten zu können. Nun, jedenfalls war das die Meinung deiner Eltern. Sie wollten dich damit nicht belasten. Und nachdem Noah im nächsten Sommer nicht zurückkehrte, ging die ganze Sache langsam ins Vergessen über, zumal niemand mehr da war, der sich an den Unfall hätte erinnern können …"

Sie presste die Lippen zusammen – wie es aussah, vor Schmerz.

„Aber Patrick, Noahs Großvater …"

Tilda schüttelte den Kopf.

„Keine zwei Wochen nach dem Unfall, bei dem er das Einzige, was er je hatte im Leben – seine Tochter Maggie –, verloren hatte und sein Enkelkind ebenfalls zu verlieren drohte, blieb über Nacht sein Herz stehen – einfach so, und das, obwohl er erst Mitte sechzig war. Die Sorge und die Verzweiflung haben ihn umgebracht", erklärte Tilda schluckend.

„Und seitdem steht das alte Cottage leer …" Langsam kam für Ruby Licht ins Dunkel. Ja, jetzt erinnerte sie sich wieder daran, dass der alte Mann gestorben war. Ihre Mutter hatte es ihr damals gesagt. Aber als sie nachgebohrt hatte und wissen wollte, wo Noah war und ob er zur Beerdigung nach St Ives zurückkehren würde, war sie auf eine Mauer des Schweigens gestoßen.

„Was danach passierte, weiß niemand in St Ives", fuhr Tilda fort. „Nur eines ist jetzt klar: Noah hat es damals geschafft. Durch ein Wunder hat er den Unfall und die Zeit danach überlebt – aber erst jetzt ist er zurückgekehrt. Als einziger Überlebender seiner Familie …"

„Aber warum ist er erst jetzt zurückgekehrt – fast zwanzig Jahre danach?"

„Ich weiß es nicht, mein Kind. Vielleicht hat er sich an das alte Cottage erinnert, das nun ja ihm gehören muss, denn sonst gibt es keine Verwandten, so weit ich im Bilde bin."

„Aber wer hat dann Patrick beerdigt, seinen Großvater?", wollte Ruby wissen.

Tilda blickte sie lange an, bevor sie etwas sagte.

„Ich", erklärte sie. „Außer mir hatte er ja niemanden in St Ives."

„Du?"

Ruby konnte förmlich spüren, wie sich ihre Augen neugierig weiteten.

Ihre Großmutter ließ den Blick abwesend aus dem Fenster hinaus in den Regen schweifen. Auf das zementgraue Meer.

„Es gibt Menschen, gegen die hat sich das Schicksal verschworen", erklärte sie. „Egal, was sie im Leben anfangen, egal, wie gut sie sind, sie bekommen nie eine echte Chance. Und so ein Mensch war Patrick Green. Dabei war er der liebenswerteste Mann, der mir je begegnet ist."

Je?

Hatte Ruby richtig gehört? Also liebenswerter als … ihr *eigener* Großvater?

„Aber wie gesagt: Das Schicksal hatte sich gegen ihn verschworen. Und nicht nur das …", fuhr Tilda mit entrücktem Blick fort. „Als er jung war, verliebte er sich unsterblich in ein Mädchen. Und sie sich auch in ihn. Sie waren unzertrennlich – nun, all das ist lange her, lange vor deiner Geburt, mein Schatz. Sogar lange vor der Geburt deiner Mutter …"

Rubys Neugier war endgültig geweckt.

„Aber was passierte dann?", wollte sie wissen.

„Nun, Patrick wurde ein Mann und das Mädchen eine Frau. Sie waren füreinander bestimmt – doch leider sahen ihre Eltern das nicht so. Denn Patrick besaß nichts außer dem kleinen Cottage über der Bucht, das schon er von seinem Vater geerbt hatte – und einem kleinen Fischerboot. Er war ein einfacher Fischer, musst du wissen“, erklärte Tilda. „Was nicht heißen soll, dass er dumm war. Im Gegenteil: Während er draußen auf dem Meer war, las er. Alles, was er in die Finger kriegen konnte.“ Sie lachte begeistert auf. „Am liebsten die alten griechischen Philosophen. Sokrates, Aristoteles, Diogenes und so weiter. Er war so … unendlich … weise und gütig … du kannst es dir nicht vorstellen!“

Doch – konnte sie. So begeistert, wie ihre Granny von ihm erzählte.

„Und dann?“

„Dann heiratete das Mädchen, das eine Frau geworden war, einen anderen. So wie es ihre Eltern wollten. Einen Mann aus wohlhabenden Verhältnissen. Sie bekam ein großes Haus, eine Tochter und ein Enkelkind. Und als ihr Mann schließlich starb, war es schon fast zu spät, noch einmal von vorn anzufangen. Obwohl sie Patrick noch immer liebte. Mehr noch sogar. Und gleichzeitig war sie voller Schuld, was sie ihm angetan hatte. Denn auch er hatte schließlich geheiratet, aber seine Frau hatte seine Gutmütigkeit nur ausgenutzt und ihn betrogen und war schließlich eines Tages im Morgengrauen mit einem anderen verschwunden … Zurück blieb Patrick – mutterseelenallein.“

„Oh Gott, der Arme.“

„Wie auch immer: Die Kinder wurden groß und standen auf eigenen Beinen. Irgendwann starb der Mann des Mädchens, das eine Frau geworden war und den Falschen geheiratet hatte. Weil sie nicht stark genug gewesen war, sich gegen ihre Eltern durchzusetzen. Und auf einmal sah es so aus, als würde der Himmel ihr und Patrick noch eine zweite Chance gewähren. Du kannst dir vorstellen, wie glücklich sich das Mädchen in seiner nicht mehr ganz jungen Haut fühlte!“

Ruby konnte förmlich fühlen, wie sie inständig hoffte, dass die Geschichte gut ausginge. Und das, obwohl sie doch bereits wusste, was mit Patrick geschehen war.

„Die beiden wurden wieder Freunde, obwohl sie beide schon Großeltern waren. Sie verbrachten fast jeden Tag zusammen, und es sah so aus, als könnten sie wenigstens den Rest ihres Lebens gemeinsam verbringen."

„Aber das konnten sie nicht, oder?"

„Der 31. August 1997 machte ihnen einen Strich durch die Rechnung. Es vergingen keine zwei Wochen. Und das Mädchen, das eine Frau geworden war, die den Falschen geheiratet hatte, um daraufhin eine Mutter und schließlich eine Großmutter zu werden und sich endlich, endlich! wieder dem Mann angenähert hatte, für den es eigentlich von Kindesbeinen an bestimmt war, konnte diesen Mann nur noch beerdigen", erklärte Tilda, während sie ihren Kopf verzweifelt in beide Hände stützte. „Patrick Green – die Liebe ihres Lebens …"

Ruby stutzte.

„Aber … ich dachte, *du* hättest ihn beerdigt."

Tilda blickte sie voller Reue an.

„Ja, das habe ich auch …", erwiderte sie tapfer.

Moment mal. Das konnte nur heißen …

„*Ich* war das Mädchen, das Patrick Green liebte, mein Schatz", gestand sie schließlich, ein paar Sekunden angespannter Stille waren im Raum verweht.

„Das …"

Ruby fehlten die Worte.

Als sie an diesem Nachmittag zu ihrer Großmutter geradelt war, um ihr von dem Unrecht zu berichten, das ihr widerfahren war, hatte sie mit allem gerechnet. Nur nicht mit einem solchen Geständnis.

„Hast … du deshalb nichts gesagt … am Neujahrsmorgen?", stotterte sie.

Tilda blickte sie fragend an.

„Wovon sprichst du, mein Schatz?"

„Von dem Schlüssel, den ich am Strand gefunden habe", erklärte Ruby. „Du bist ja fast versteinert, als du ihn gesehen hast.“

„Nun, ich … war mir nicht sicher, ob er es wirklich ist“, erwiderte ihre Großmutter. „All das ist so lange her. Und selbst wenn er es war, welchen Unterschied hätte es gemacht? Damals wussten wir ja noch nicht, dass er der Schlüssel zu der Identität deines Patienten ist. Und über die Monate habe ich es wohl vergessen, ich bin halt ein altes müdes Mütterchen …“, sagte sie leise.

„Nein, das bist du nicht“, tröstete Ruby sie. „Du bist die beste Granny der Welt.“

„Danke, mein Schatz“, erwiderte Tilda. „Und nun erzähl du, was ist passiert?“, forderte ihre Großmutter sie auf, nachdem sie sich die Tränen aus dem Gesicht gewischt hatte. Nur um daraufhin urplötzlich zur Tagesordnung zurückzukehren, als wäre nichts gewesen.

Absolut nichts.

„Sag, was ist passiert, meine Süße?“

Doch so leicht kam Tilda ihr nicht davon. Langsam erhob Ruby sich von ihrem Stuhl, tat einen Schritt auf ihre Großmutter zu und ging direkt neben ihrem Sitz in die Hocke. Liebevoll fuhr sie mit ihrer Hand über ihren Arm.

„Es tut mir so leid“, flüsterte sie. „Wieso hast du mir das nicht früher erzählt?“

Tilda stockte.

„Ihre Fehler behalten Menschen lieber bei sich“, antwortete sie. „Und es muss dir nicht leidtun – es war meine Schuld, und nun bezahle ich dafür. Trotzdem bin ich noch am Leben, Patrick aber hat für meinen Fehler mit seinem Leben bezahlt. All die unglücklichen Ereignisse – es wäre nie passiert, hätte ich mich damals richtig entschieden.“

„Das darfst du nicht mal denken, Tilda!“, versuchte Ruby sie zu beruhigen.

„Es ist nicht so, dass mit deinem Großvater alles schlecht war“, erklärte ihre Granny. „Er hat mir ein Kind geschenkt und deshalb habe ich jetzt dich, Ruby – das wunderbarste Enkelkind, das ich mir überhaupt nur wünschen kann. All die Jahre hat er sich gut um mich gekümmert. Und doch kann ich nicht aufhören, daran zu denken, wie mein Leben verlaufen wäre, wenn ich mich für Patrick entschieden hätte, damals …"

Tilda hob den Kopf und blickte ihr tief in die Augen.

„Hör auf das, was dein Herz dir sagt, mein Schatz", erklärte sie. „Und sag mir: Glaubst du, dass es Zufall ist, dass Noah nach St Ives zurückgekehrt ist?"

„Ich … weiß nicht …", gestand Ruby ehrlich ein. Aus diesem Blickwinkel hatte sie die Sache noch nicht betrachtet. All das ging ihr ohnehin schon viel zu sehr an die Nieren. „Was denkst *du* denn?"

„Nun, es ist nur eine Vermutung", erklärte Tilda. „Aber ich glaube, er ist zurückgekehrt, weil er in jenem Sommer etwas hier in St Ives zurücklassen musste. Etwas, das er nie vergessen hat."

Ruby verstand nicht, worauf ihre Großmutter hinauswollte.

„Aber was hat er hier zurückgelassen, das er nicht vergessen konnte?", hakte sie nach. „Das Cottage?"

„Nun, das Cottage vielleicht auch …."

„Und was sonst noch …?"

„Alles, was darüber hinaus ein wichtiger Teil seiner Vergangenheit war", erklärte Tilda ihr. „Seine Erinnerungen an die Kindheit. Vielleicht auch seine Erinnerungen an … *dich* …?"

Ruby lachte laut auf. Es war ein ungläubiges Lachen. Oder war es ein peinlich berührtes Lachen? Ein Lachen, wie es jemand ausstieß, der bei etwas erwischt worden war? Hatte sie etwa Angst vor ihren eigenen Gefühlen, die sie so hinterrücks überrascht hatten, dass sie noch nicht einmal Zeit zum Nachdenken gefunden hatte?

„An *mich*? Tilda, er war *neun*, wer weiß, ob er sich überhaupt noch an mich erinnert!", versuchte sie sich aus der Affäre zu ziehen.

Doch am Blick ihrer Großmutter erkannte sie, dass sie sich damit nicht zufriedengeben würde.

„Nun, offensichtlich hat er das – zumindest in seinen Träumen. Oder?"

Ruby konnte spüren, dass sie sich wünschte, dass es so war. Dass sie sich all das nicht nur einbildete.

„Aber was ist mit dir, Ruby?", hakte Tilda weiter nach. „Was fühlst *du*? Warum wolltest du ihm um jeden Preis helfen, obwohl du noch nicht mal wusstest, wer er wirklich ist?"

Ruby konnte spüren, wie sie unter Druck geriet. Langsam ging es ans Eingemachte.

„Granny, ich … ich …" Schon kam sie ins Stottern. „Ich kenne ihn doch gar nicht. Ich weiß doch überhaupt nicht, wie er heute ist … Außerdem ist er mit einer anderen verlobt!"

„Schatz, ich habe dich nicht nach deiner Meinung über ihn gefragt, sondern nach deinen Gefühlen."

Ruby schüttelte den Kopf.

„Hast du irgendetwas gespürt, als du ihn wiedergesehen hast? An dem Tag, an dem er ins Hospiz eingeliefert wurde?"

Ob sie …? Ja, sie hatte.

Natürlich hatte sie.

Die unsichtbare Hand, die sich um ihr Herz gelegt hatte. Dieser urplötzliche unerklärliche Druck, diese Wärme, die durch ihren Körper geflutet war. So gewaltig, dass sie sich für einen Moment hatte setzen müssen.

„Ich … ich … glaube schon … aber …"

„Kein Aber!", befahl nun auch ihre Großmutter. Wie eben schon die Ärztin. Offensichtlich war heute nicht der Tag, um in irgendeiner Form Zweifel anzumelden.

„Also, mein Rat für dich ist folgender", sagte Tilda. „Wenn du Noah wirklich helfen willst, musst du zu ihm zurück."

„Ich weiß! Aber das ist es ja gerade, was ich dir sagen wollte: Meine Chefin hat mich für eine Woche beurlaubt! *Zwangsbeurlaubt*, um genau zu sein."

Tilda hielt inne.

Sofort umspielte ein kleines wissendes Lächeln ihren Mund.

„Ach ja? Das hat ja nicht lange gedauert." Sie schien nicht wirklich überrascht zu sein von dieser Nachricht. „Dann hat seine Verlobte also das Zepter schon in die Hand genommen."

„Ich fürchte, ja", erklärte Ruby verzweifelt. „Sie will ihn nach New York verlegen, innerhalb der nächsten Tage. Also werde ich ihn nie wiedersehen."

„Und genau deshalb musst du zu ihm zurückkehren!", erklärte Tilda fast schon trotzig.

„Aber das geht nicht, Granny, verstehst du das nicht? Ich kann nicht einfach so in das Hospiz spazieren, die Tür zu seinem Zimmer öffnen und …"

„Nicht in das Hospiz, mein Schatz!", unterbrach ihre Großmutter sie. „In seine *Träume* – du musst dorthin zurück, wo du ihn letztes Mal zurückgelassen hast!", erklärte sie mit einer Miene, als bestünde daran nicht der leiseste Zweifel.

Ruby stutzte.

„Aber wie willst du uns miteinander verbinden, wenn wir an verschiedenen Orten sind?"

„Nun", erklärte Tilda. „So wie ich es normalerweise mache. Denn nun wissen wir ja, dass ihr einen Draht zueinander habt, den Draht aus eurer Kindheit – er hat dich ja sogar angefleht, zu ihm zurückzukehren! Oder etwa nicht?"

Ja, das hatte er.

„Siehst du! Es ist also gar nicht mehr nötig, dass ich deine Hand in seine lege", fuhr sie fort. „So wie ich es sehe, wartet er bereits auf dich. Und um ihn wiederzusehen, musst du nur in deinem Traum an den Ort zurückkehren, an dem du ihn das letzte Mal gesehen hast."

Ruby stutzte.

„Du meinst … das kleine Cottage?"

„Genau das meine ich. Nur eine Sache machen wir diesmal anders."

„Anders?"

„Dieses Mal wirst du nicht alleine reisen."

Was hatte das nun wieder zu bedeuten? Täuschte sie sich – oder glänzten Tildas Augen mehr als noch eine Sekunde zuvor?

„Ich werde mit dir kommen, mein Schatz", erklärte sie kurzerhand. „Aber vorher muss ich noch etwas erledigen, möchtest du mich begleiten?"

Der Barnoon Cemetery von St Ives mit seinen moosgrünen Pfaden und verwitterten Grabsteinen thronte auf einem sanft geschwungenen Hügel über Porthmeor Beach, einem der vier Strände des kleinen Städtchens. Über die von Gänseblümchen und anderen Wildgewächsen geküssten Granitsteine blickte man weit auf das vor Cornwall anbrandende Meer hinaus.

Der Regen hatte ausgesetzt.

Ihre Großmutter war ihr schon ein paar Schritte voraus, als Ruby an einem uralten Grabmal stoppte. „William Carbines", las sie leise den Namen, der dort eingemeißelt war. „… geliebter Sohn von Nicholas und Jane Carbines, der an Bord der Titanic ertrank." Darunter stand das Datum der Tragödie, der 15. April 1912. Und sein Alter: 19 Jahre.

„Viele der Titanic-Passagiere stammten aus Cornwall", vernahm sie unerwartet Tildas Stimme neben sich. Sie hatte sich unbemerkt zu ihr gesellt. „Dort drüben ist ein weiteres." Es war das Grab eines Mannes namens Steven Curnow Jenkins, der im Alter von 32 Jahren ebenfalls zusammen mit der Titanic vom Atlantik verschlungen worden war. Er hatte mehr vom Leben gehabt als der arme William Carbines, aber seine Geschichte war nicht weniger tragisch: Eigentlich hätte er gar nicht auf der Titanic reisen sollen, aber aufgrund eines Kohlestreiks wurde er in letzter Minute auf das dem Untergang geweihte Schiff umgebucht. Ruby lief ein Schauer über den Rücken. Es war schon merkwürdig, hier zu stehen und zu sehen, dass all das wirklich passiert war. Dass es Menschen aus Cornwall getroffen hatte. Also praktisch aus der Nachbarschaft. Menschen in ihrem Alter oder gar jünger. Menschen, die geglaubt hatten, dass ihr ganzes Leben noch vor ihnen läge. Es war schon merkwürdig, mit eigenen Augen zu sehen, dass all das nicht nur ein Film mit Leonardo DiCaprio und Kate Winslet in den Hauptrollen war. Sondern dass es echte Menschen gewesen waren, die damals ihr Leben verloren hatten.

Ihre Großmutter schien die Traurigkeit zu fühlen, die in ihr aufgestiegen war. Zärtlich fasste sie sie am Arm.

„Ein glückliches Leben kann man nicht planen", sagte sie. „Auch wenn man uns heutzutage glauben machen will, es wäre so. Aber am Ende funkt doch immer wieder das Schicksal dazwischen. Und das verflixte Ding in unserer Brust, das uns sagt, was wir eigentlich wollen – das unsere ganzen Pläne von Wohlstand und Sicherheit immer wieder durchkreuzt, indem es uns daran erinnert, was wir wirklich brauchen. Worum es eigentlich geht im Leben. Die Gräber dieser zwei jungen Männer rufen es dir zu, mein Schatz …"

„Und was … sagen sie …?", wollte Ruby wissen.

„Hab keine Angst, dich zu verlieben, mein Kind", erklärte Tilda ihr, während ihre Augen feucht wurden. Und ihr Blick ganz sanft. „Es ist das Einzige, was zählt."

Sie legte eine kurze Pause ein und zog ein Taschentuch aus ihrer Manteltasche, um sich damit die Tränen aus den Augen und von der Wange zu wischen. „Versprichst du mir, dass du das nie vergessen wirst? Auch wenn ich einmal nicht mehr da sein sollte, um dich daran zu erinnern?"

„Ich verspreche es, Granny."

„Gut, dann komm mit."

Einen kurzen Spaziergang weiter gelangten sie an ihr eigentliches Ziel.

Den Grund, weshalb sie hier waren.

„Hier möchte ich eines Tages begraben sein", erklärte Tilda, als sie an einem der weniger alten Steine stoppten.

„*Patrick Green*", las Ruby die dort eingemeißelte Inschrift. „*Du warst mein bester Freund.*"

Darunter stand sein Geburtsdatum und der Tag seines Todes.

„Hast … *du* das geschrieben, das … mit dem *besten Freund*?"

Tilda nickte schweigend.

„Und Großvater?"

„Da war er schon einige Jahre tot." Sie stieß einen kleinen Seufzer aus, bevor sie weitersprach. „Du musst wissen: Dein Großvater war kein schlechter Mann. Aber – nun, es war eher ein Zweckbündnis. Eine Partnerschaft, wie man heute sagen würde. So wie die meisten Menschen ihr Leben nun mal leben, auch heute noch oder vielleicht sogar mehr denn je. Wir haben uns beide geschätzt, für das, was wir füreinander sein konnten. Ihm war das genug, und mir … nun …“

„Du musst mir das nicht erklären“, unterbrach Ruby sie, als sie bemerkte, wie schwer es ihrer Großmutter fiel, über all das zu reden. „Ich kann es sehen, hier direkt vor meinen Augen.“

„Danke, mein Schatz …“, flüsterte Tilda fast, den Blick fest auf den Grabstein gerichtet. „Wenn meine Zeit gekommen ist, möchte ich neben ihm liegen“, sagte sie.

„Sag bitte so etwas nicht!“

Doch Tilda blickte sie nur verwundert an.

„Ruby! Der Tod ist nichts, wovor man Angst haben muss. Wenn man sein Leben gelebt hat und glücklich war, kann man ihm mutig gegenübertreten. Und wenn man sein Leben verpasst hat – nun, dann kann man ihm *hoffend* gegenübertreten. *Hoffend*, dass man es beim nächsten Mal besser macht.“

Ruby konnte nicht anders, als sie voller Zuneigung anzulächeln. Und sie für einen Moment in die Arme zu nehmen.

Das hatte sie unendlich schön ausgedrückt, fand sie.

Schön und klug.

Es erinnerte sie wieder einmal an die Weisheit, die viele alte Menschen – wenn auch beileibe nicht alle – in sich trugen. Einer der Gründe, warum sie ihre Arbeit im Hospiz trotz all der damit verbundenen Traurigkeit über alles liebte.

„Versprichst du mir, dass du dich darum kümmerst, wenn es so weit ist?“, fragte Tilda.

Ruby stieß einen wehmütigen Seufzer aus. Denn an eine Welt ohne Tilda wollte sie nicht einmal denken.

„Ja“, bestätigte sie schließlich leise. „Ich verspreche es.“

„Gut“, erwiderte Tilda. „Dann lass uns jetzt zurück zum Haus gehen. Ich muss noch ein paar Vorbereitungen für unsere Reise treffen.“

Die Vorbereitungen sollten sich länger hinziehen als angenommen.

„Ich danke dir, dass du dieses Mal mitkommst und mir hilfst“, sagte Ruby, als es gegen Abend endlich so weit war. Sie hatten hervorragend gegessen – Fleischtopf mit Kräutergurken und selbst gemachtem Kartoffelsalat, nur ohne Fleisch – und sich gemeinsam eine gute Flasche Rotwein gegönnt.

Die beste, die ihre Großmutter in ihrem Keller vorrätig hatte.

Sie wirkte so glücklich!

In freudiger Erwartung.

In Aufbruchsstimmung.

Als könne sie es kaum erwarten, endlich an der Seite ihrer Enkeltochter in Noah Greens Träume einzutauchen und ihr verwaistes Anwesen auf den Hügeln von St Ives für ein Weilchen alleine weiterschlafen zu lassen.

„Danke. Aber ich mache das nicht für dich, Ruby", widersprach sie.

Ruby spürte, wie sich ihre Stirn über der Nase kräuselte.

„Aber ... für wen machst du es dann?", fragte sie irritiert.

„Für mich! Ganz allein für mich!", erklärte Tilda freiheraus, als wäre rein gar nichts dabei, dass sie auf dieser Reise keinesfalls selbstlose Motive verfolgte. Nein, sie packte ihren Koffer für etwas anderes.

Oder sollte man besser sagen: für *jemand* anderen?

„In meinen kühnsten Träumen habe ich nicht erwartet, dass mir das Leben noch einmal eine solche Chance geben würde", erklärte sie.

„Eine Chance?" Ruby verstand kein Wort.

„Patrick wiederzusehen", erklärte ihre Großmutter, und ein entrückter Glanz legte sich auf ihre leuchtend blauen Augen. „Es ist mein größter Wunsch, bevor ich von dieser Welt gehe. Und dank dir und Noah kann ich ihn nun wahr machen."

Moment mal – was hatte das zu bedeuten? Langsam fing Ruby an zu begreifen, worum es bei dieser Reise eigentlich ging.

„Du meinst, während ich mich um Noah kümmere, triffst du im selben Traum Patrick?", versuchte Ruby zu ergründen, ob sie richtig verstanden hatte.

Tilda nickte.

„So ist es, mein Schatz. Nun, sofern das Glück uns hold ist und Noah dort auf dich wartet, wo du ihn zurückgelassen hast.

Denn dann sind die beiden noch immer am selben Ort – oben im Cottage, an jenem Augusttag des Jahres 1997, an dem du Noah das letzte Mal gesehen hast."

Ruby stutzte.

„Aber wieso… bist du dann nicht schon viel früher zu ihm gereist? Allein, meine ich?", wollte sie wissen.

Augenblicklich verdunkelte sich Tildas Blick.

„Glaub mir, ich habe daran gedacht. Wieder und wieder, aber das war bisher nicht möglich."

„Und wieso nicht?"

„Tote träumen nicht, mein Schatz", erklärte sie ihr leise, und kaum hatte sie es ausgesprochen, lief eine Gänsehaut über Rubys Rücken. „Aber jetzt, wo wir Noah wiedergefunden haben, gibt es endlich eine Möglichkeit. Sozusagen einen Hintereingang."

„Einen Hintereingang?"

„Du musst es dir so vorstellen: Patrick und ich sind nur Gäste in *eurem* Traum. Ihr zwei seid die Hauptfiguren, aber weil wir alle miteinander verbunden sind und weil Patrick ebenfalls in Noahs und deinem Traum vorkommt, kann ich einfach mit dir mitträumen – und bei der Gelegenheit Noahs Großvater treffen …", erklärte sie spürbar gerührt.

Langsam begriff Ruby, wie genial der Plan war.

„Du meinst …"

„Trampen?", nahm Tilda ihr die Antwort aus dem Mund. „Ja, genau das meine ich. Ich fahre nur als Anhalterin bei dir mit, weil wir zufälligerweise dasselbe Ziel haben."

Es war absolut verrückt, aber gleichzeitig absolut genial.

„Also, lass uns keine Zeit verlieren", befahl ihre Großmutter und erhob sich von der riesigen, mit Goldbrokat bezogenen Chaiselongue, die in der Mitte des großen Salons platziert war. Es war ihr Reich, ausladend wie ein Doppelbett, einladend bequem, altmodisch und handgearbeitet. Hier verbrachte sie einen Großteil ihrer Tage. Überall auf der Ottomane waren Zeitungen, Zeitschriften, Bücher, alte Schallplatten und CDs verstreut.

Entschlossen wischte sie alles hinunter auf den Parkettboden, um Platz zu schaffen.

Platz für zwei Reisende.

Sich selbst und Ruby.

Sie holte das schwarz glänzende Metronom hervor. Und stellte es auf das kleine Tischchen neben dem Tagesbett.

Tick-tack-tick-tack-tick-tack.

Dann begab sie sich zu ihrer Musikanlage, dem einzigen modernen Möbelstück in dem Zimmer, und legte eine CD ein.

Die Fernbedienung in ihrer zartgliedrigen Hand, kehrte sie zu ihrem Diwan zurück.

„So, und jetzt machen wir es uns bequem, meine Süße", sagte sie und lud Ruby mit einer Handbewegung dazu ein, sich auf dem mächtigen Bett auszustrecken. Einen Moment später legte sie sich zu ihr. Und nahm ihre Hand.

„Es ist so weit …", frohlockte sie, aufgeblüht wie eine Rose im Frühling. „Bist du reisefertig?"

„Aye, Aye, Käpt'n. Die Koffer sind gepackt", bestätigte Ruby.

„Gut, dann lass uns in See stechen", erwiderte ihre Großmutter. „Ich spiele uns jetzt einen Song vor, und sobald du die Worte *close your eyes and you can see* hörst, schläfst du ein und gehst in deinem Traum zurück zu dem alten Cottage, zu jenem Sommertag. Genau wie beim letzten Mal, ja?"

„Ich versuche es", versprach Ruby, die spüren konnte, wie sich schlagartig eine nervöse Unruhe in ihr ausbreitete.

„Und wie – kommen wir zurück?"

„Genauso", erwiderte ihre Granny, die Ruhe selbst.

Im Gegensatz zu ihr.

„Keine Sorge, es wird schon klappen", beruhigte Tilda sie. „Wir sehen uns oben im Cottage, mein Schatz."

In dem Moment startete die Musik.

Es war der Lieblingssänger ihrer Großmutter, Harry Nilsson. Ein Zeitgenosse von John Lennon, ihrem zweiten Lieblingssänger. Und nicht weniger begabt als Songwriter.

Remember – is a place from long ago,

Remember – filled with everything you know …

Sie hätte keinen besseren Song auswählen können, dachte Ruby, nachdem sie die ersten Zeilen erkannt hatte.

Remember – life is just a memory,
Remember –
… close your eyes and you can see …

Was … war … das …?

Als Ruby ihre Augen aufschlug, starrte sie nicht mehr an die kuppelartige, mit einem Himmelspanorama bemalte Decke des Goodwill Palace, sondern in einen echten Himmel.

Einen Sommerhimmel.

Es war wunderschön warm und um sie herum zwitscherten die Vögel.

Sie lag im weichen Gras – neben Tilda. Die zwanzig Jahre jünger aussah. Noch immer umfasste sie ihre Hand.

Und dann war da noch jemand – Bobby Brown! Ihr über alles geliebter Labrador! Kaum war sie erwacht, schleckte er ihr auch schon mit seiner rauen Zunge einmal quer durchs Gesicht.

Rubys Herz machte einen Riesensprung.

Hurra, es hatte funktioniert!

Doch ihr blieb keine Zeit, auch nur eine Sekunde weiter darüber nachzudenken, denn da erblickte sie ihn auch schon:

„Ich wusste, dass du wiederkommst, Ruby!"

Über den Sommerrasen vor dem Cottage hinweg raste Noah auf sie zu – der neunjährige Noah. Gefolgt von seinem Großvater Patrick, der ihnen barfuß, in leichten blauen Leinenhosen und weißem Hemd entgegenkam. Mit seinem vom Wind zerzausten, vollen silbernen Haar und einem charmanten Lächeln in seinem gebräunten Gesicht schlenderte er auf Tilda zu, als könne er es kaum erwarten, sie in seine Arme zu schließen. Er wirkte deutlich jünger, als Ruby ihn in Erinnerung hatte. Aber vielleicht lag es auch daran, dass sie jetzt aus den Augen einer Erwachsenen auf alles blickte – selbst wenn diese Augen im Körper des kleinen Mädchens steckten, das sie einmal gewesen war.

Noah hingegen schien vollkommen anders zu träumen als sie. Die Grenze zwischen seinem neunjährigen und seinem heutigen Ich, das bewusstlos im Krankenhaus lag, schien ihr extrem fragil zu sein. Verwischt. Vernebelt. Wie er jetzt hier auf sie zugelaufen kam, ließ keinen anderen Schluss zu: Er *war* der kleine Junge aus seinen Träumen – durch den aber von einem Moment auf den nächsten die Todesängste des erwachsenen Noah sprechen konnten, der an ein Bett gefesselt bewegungsunfähig im Hospiz lag. Vermutlich bedingt durch das Koma schienen seine Träume ganz und gar seinem Unterbewusstsein zu entspringen. Den fernsten Tiefen seiner Seele. Der Quelle.

Wie ein Wirbelwind stürmte er ihr entgegen.

Und da waren sie auch schon:

„Noah!“

„Patrick!“

Sie und Tilda riefen die Namen im selben Atemzug aus. Aus dem Augenwinkel sah sie, wie ihre Großmutter neben ihr mit aller Kraft die Lippen zusammenkniff – so sehr berührte sie dieses unverhoffte, und doch ein Leben lang ersehnte letzte Wiedersehen mit *ihrem* besten Freund.

„Da seid ihr ja“, begrüßte Patrick sie und nahm sie beide in den Arm, zuerst Tilda, mit einer langen innigen Umarmung, und dann sie.

Noah, der seinen Lauf verlangsamt und schließlich gestoppt hatte, kurz bevor sie einander erreichten, stand verlegen und schüchtern daneben und schien nur Augen für sie, Ruby, zu haben.

„Gehen wir spielen?“, fragte sie ihn, denn in diesem Moment schien er ihr ganz Kind zu sein. Der erwachsene Noah schien zu schlafen.

Er nickte, also ergriff sie kurz entschlossen seine Hand und zog ihn mit sich fort, über den Rasen hinweg zu der schattenspendenden alten Eiche, unter der sie schon den ganzen Sommer verbracht hatten.

Womit?

Nun, mit allem und mit nichts – damit eben, womit Kinder ihre Zeit am liebsten verbringen. In einer Welt, in der die Zeit stillstand. Die sich anfühlte wie ein Augenblick und die Ewigkeit im selben Atemzug.

„Schade, dass ich heute schon wieder fahre …“, sagte Noah nach einer Weile. Er wirkte in sich gekehrt.

„Ja“, erwiderte Ruby. Mehr brachte sie nicht heraus. Allein der Gedanke daran, dass er schon in wenigen Stunden schwer verletzt in einem Autowrack klemmen würde, ganz allein auf sich gestellt, auf der Rückbank hinter den leblosen Körpern seiner Eltern, ließ die Tränen in ihr aufsteigen. Sie wollte etwas tun. Ihn warnen. Ihn in seinem Zimmer einsperren. Ihn entführen – alles, nur damit sie nie abfuhren. Aber im selben Moment wurde ihr klar, dass es keinen Sinn ergab – denn das hier war nur ein Traum.

Es würde die Wirklichkeit nicht verändern.

All das, was sie hier erlebte, war bereits vor langer, langer Zeit geschehen. Und sie warf nur einen Blick auf diesen letzten Sommertag mit Noah, in dem schrecklichen Wissen, dass der strahlend blaue Himmel über ihnen sich schon bald verdunkeln würde.

Wie gern hätte sie dieses Wissen mit ihm geteilt.

Aber er war noch ein kleines Kind.

Er würde es nicht verstehen, sondern sie für verrückt halten. Für eine Spinnerin, die ihm Angst einjagen wollte. Und das war das Gegenteil von dem, was sie wollte.

„Können wir denn jetzt Seelenverwandte sein?“

Seine Frage holte sie aus ihren dunklen Gedanken. Jetzt erinnerte sie sich wieder! Genau das hatte er sie schon einmal gefragt.

Doch dieses Mal würde sie nicht davonlaufen.

„Ja“, willigte sie ein. Das war das Gute daran, wenn man gemeinsam träumte: Alles war möglich. Man konnte sogar seine Vergangenheit neu erfinden. Ach, müsste man sie nur nicht in dem Traum zurücklassen! seufzte sie innerlich.

„Auch wenn es bedeutet, dass wir uns küssen?“ Noah blickte sie erwartungsvoll an.

Sie nickte mit gesenktem Blick – zum Zeichen ihres Einverständnisses, während ein überraschtes Leuchten sein Gesicht erhellte.

„Wirklich?“

„Wirklich.“

„Aber erst muss ich meine Tasche packen, meine Eltern kommen bald“, erklärte er. „Treffen wir uns in einer Stunde hier?“, fragte er.

„Okay“, bestätigte sie und blickte auf die Kinderarmbanduhr, die sie an ihrem zarten gebräunten Arm trug.

Dann sprangen sie beide auf.

Noah tat einen Schritt auf sie zu und umarmte sie ein wenig umständlich, darauf bedacht, ihr nicht *zu* nahe zu kommen. Er war so süß. So schüchtern. Und doch wusste er, was er wollte: *Sie.*

Kurz gesagt: Er war genau, wie sie ihn in Erinnerung hatte.

„Bis gleich …“, verabschiedete er sich und lief in das kleine, in der Sonne liegende Haus seines Großvaters, aus dem die Nachrichten des Tages hallten.

Aus dem Transistorradio in der Küche.

„Die genauen Umstände des Autounfalls in Paris, bei dem Lady Di an diesem frühen Morgen starb, sind noch immer unbekannt“, hörte sie den Nachrichtensprecher sagen. „England und das Königshaus befinden sich im Schock …“

Ruby musste schlucken.

Zu wissen, dass es in wenigen Stunden einen zweiten Autounfall geben würde, zerriss ihr das Herz. Und doch war sie machtlos. Sie konnte die Vergangenheit nicht ändern, so sehr sie es sich herbeiwünschte.

Doch die eigentliche, alles entscheidende Frage war: Konnte sie die Zukunft ändern? Sie wusste es nicht. Aber sie betete, dass es so war – denn dafür war sie hier.

Der Sprecher verstummte.

Die Nachrichten setzten aus. Und ein Song setzte ein. Es war nicht irgendein Song, das wurde ihr im selben Moment klar.

You and me … we used to be … together … always …

Es war Gwen Stefanis Stimme, die hier sang. *Don't Speak* – von No Doubt – natürlich! Jetzt fiel es ihr wieder ein. Es war der Hit dieses Sommers gewesen. Es war unmöglich gewesen, diesem Lied aus dem Weg zu gehen. *Deshalb* hatte Noah auf das Lied reagiert, als sie es ihm vorgespielt hatte, an jenem Tag des ersten großen Durchbruchs im Hospiz – es war *ihr* Song gewesen! Der Song, den Noah und sie den ganzen Sommer über rauf und runter gehört hatten.

Langsam setzte sich das Puzzle in ihrem Kopf zusammen, und das Bild jenes lange zurückliegenden Tages nahm mehr und mehr Form an.

„Ruby?"

Tildas Stimme wehte durch das offene Küchenfenster zu ihr herüber und holte sie aus ihren Gedanken.

„Ja-ha!", antwortete sie, noch immer ganz verstört.

„Kommst du bitte mal?"

Aus der Küche drang der Duft von Thymian und Salbei und frisch gebackenem Fisch, den Patrick in diesem Moment aus dem Ofen holte. „Ich hoffe, ihr habt Hunger", vernahm sie seine Stimme, während er dort herumwerkelte.

Tilda stand an dem großen runden hölzernen Esstisch und deckte ihn ein. „Und? Wie läuft es mit Noah?", fragte sie.

„Ich … gut, glaube ich …"

„Vergiss nicht, du hast nicht mehr viel Zeit", erklärte ihre Großmutter. „Oder besser gesagt, *er*. Nach dem Essen kommen seine Eltern. Du musst ihm vorher ein Zeichen geben."

„Wir haben uns verabredet", erklärte Ruby. „In einer Stunde, nach dem Essen."

„Gut", sagte Tilda und lächelte sie an. „Dann bin ich erleichtert."

„Und wie … läuft es mit Patrick?", flüsterte Ruby ihr neugierig zu.

Tildas Blick schweifte in die Küche, wo er den Fisch tranchierte.

„Es läuft – wunderbar …", sagte sie. „Das ist der glücklichste Tag meines Lebens, mein Schatz."

Ihre Augen füllten sich mit Tränen.

Ruby konnte nicht anders, als sie kurz in den Arm zu nehmen. So lange, bis Patrick in das Zimmer trat, mit seinem Fang, einem nach Sommer, Sonne, Salz und Meer duftenden Seebarsch.

„Alles in Ordnung bei euch?", fragte er für einen kurzen Moment irritiert.

„Mehr als das", erwiderte Tilda und küsste ihn zärtlich auf die Wange, als er den Tisch erreicht hatte.

„Na dann können wir ja loslegen“, sagte er. „Erde an Noah, Erde an Noah, Essen ist fertig.“

Wenig später saßen sie alle zusammen am Tisch. Wasser für die Kinder, Wein für die Erwachsenen. Um ein Haar hätte Ruby sich bei den Gläsern vergriffen, aber außer Tilda hatte es Gott sei Dank niemand bemerkt.

Ihr Augenzwinkern signalisierte ihr, dass alles in bester Ordnung war.

Nach dem Essen blieben alle noch ein wenig sitzen. Lächelnd stieß Patrick mit seinem Glas an Tildas. „Nachtisch?“, fragte er in die Runde.

Doch Noah und Ruby schüttelten nur synchron den Kopf. Fast wie verabredet – und auf eine gewisse Weise war es das wohl auch, stellte Ruby mit einem Blick auf ihre bunte Armbanduhr fest. Die Stunde war vorüber.

„Kein Nachtisch?“ Patrick runzelte die Stirn und blickte sie überrascht an. „Ihr könnt es wohl nicht erwarten, wieder nach draußen zu kommen, was?“

Erneutes synchrones Kopfschütteln.

„Na dann los mit euch“, gab der Hausherr ihnen grünes Licht.

„In fünf Minuten“, flüsterte Noah Ruby ins Ohr und flitzte nach draußen. Die Stunde der Wahrheit war gekommen.

Und mit ihr kehrte die Erinnerung zurück.

Als Ruby wenig später durch die Tür hinaus in den in flirrender Sommerhitze liegenden Garten trat, tat sich alles wieder so klar vor ihren Augen auf, wie es sich damals abgespielt hatte.

Er wartete im Schatten der alten Eiche auf sie, wie verabredet. Mit wuscheligen Haaren, die Haut braun wie Kakao, in seinen kleinen blauen Jeans und einem T-Shirt, auf dem Zootiere abgebildet waren. In seiner Hand hielt er einen winzigen Strauß aus Gänseblümchen und Pusteblumen, die er gerade eben gepflückt haben musste.

Kurz gesagt: Er war zum Küssen. Man musste ihn einfach gernhaben.

Vielleicht war es genau das, dieses Herzklopfen vor dem allerersten Kuss im Leben, dem unschuldigen Kuss einer Achtjährigen, die Angst vor so viel Nähe, die sie hatte davonlaufen lassen.

Damals.

Sie erinnerte sich genau: Sie hatte die Beine in die Hand genommen, hatte ihn dort stehen gelassen und war nach Hause gelaufen, zu ihren Eltern. Dort hatte sie sich in ihrem Zimmer eingeschlossen.

Dabei hatte sie es sich auch so gewünscht.

Aber der Mut hatte ihr damals gefehlt.

Es war das letzte Mal, dass sie Noah sehen sollte.

„Kommst du nun?", vernahm sie seine helle Jungenstimme, während er ihr aus der Entfernung durch die hoch am Himmel stehende Mittagssonne zublinzelte.

„Ja", sagte sie leise zu sich selbst. „Dieses Mal komme ich zu dir."

Den Weg über den Rasen legte sie zurück wie eine kleine Braut den Weg zum Altar. Erhobenen Hauptes, den Rücken kerzengerade durchgedrückt.

Kaum war sie vor ihm angekommen, überreichte er ihr auch schon wie ein perfekter Gentleman mit einer kleinen Verbeugung den Blumenstrauß.

„Danke", sagte sie artig und steckte ihre Nase vorsichtig in die Blüten. War es der Duft, der sie betörte, oder die Aussicht auf das, was nun kommen würde? Sie wusste es nicht genau zu sagen.

„Wollen wir?", fragte er mit hochseriösem Blick, als ginge es darum, wichtige Geschäftspapiere zu unterschreiben.

Um ein Haar hätte sie aufgelacht, so niedlich war er.

„In Ordnung", signalisierte sie ihm, dass sie bereit war, die Papiere blind zu unterschreiben. Was auch immer auf ihnen geschrieben stand.

Unbeholfen trat er einen Schritt auf sie zu und schürzte seine Lippen. Dann schloss er seine Augen.

Und wartete.

Typisch, dachte sie. Immer müssen die Frauen die ganze Arbeit machen.

Den Bruchteil einer Sekunde betrachtete sie ihn noch, sein reines, unschuldiges Gesicht, um dann sanft und unendlich langsam ihre Lippen auf seine zu legen und ihm einen dicken Schmatzer zu verpassen.

„So, das war's", sagte sie – so wie sie es wohl damals gesagt hätte. Mit acht.

Noah schlug die Augen wieder auf.

Sie strahlten, als hätte er soeben den Sinn des Lebens erkannt.

„Danke, Ruby", sagte er leise. „Das war toll."

„Ja, fand ich auch."

Ein Weilchen blickten sie einander noch verwundert an.

„Oh, jetzt muss ich …", sagte er schließlich, als ein alter Volvo Kombi die Auffahrt hochfuhr. Seine Eltern, wie Ruby feststellte, während ihr eben noch glücklich warmer Bauch augenblicklich zu Stein wurde.

„Im nächsten Sommer komme ich wieder", verabschiedete Noah sich von ihr und reichte ihr die Hand. Wohlerzogen bis in die Fingerspitzen.

Am liebsten hätte sie ihn fest an sich gedrückt. Ihn nicht gehen lassen. Denn es würde keinen nächsten Sommer geben.

Und auch keinen übernächsten.

Es war schrecklich, mit dieser Wahrheit leben und ihn ahnungslos in sein Unglück fahren lassen zu müssen. Aber ihr blieb keine Wahl.

Die Uhr des Lebens ließ sich nicht zurückdrehen.

Ihr Blick haftete fest auf seinem Rücken, als er zurück in Richtung Haus lief, wo seine Eltern aus dem Wagen stiegen. Einmal drehte er sich noch zu ihr um. Sein Lächeln spannte sich über sein gesamtes Gesicht.

„Ruby, du bist meine Seelenverwandte!", rief er ihr glücklich zu.

„Das also hast du damals verpasst", sagte sie leise zu sich selbst, ihren Tränen freien Lauf lassend, jetzt, wo sie allein war, unter der großen alten Eiche vor dem Cottage auf den Hügeln von St Ives.

Federn, schwarz: Verlust

Lexikon der Träume

Als wenig später das Auto abfuhr, winkte Noah ihr von der Rückbank aus zu.

Nicht nur Ruby, sondern auch Tilda hatte Tränen in den Augen.

„Keine Sorge, im nächsten Sommer sehen wir uns alle wieder“, versuchte Patrick sie zu beruhigen und legte seinen rechten Arm liebevoll auf Tildas Schulter, während er mit der linken über Rubys Haar strich.

„Ist alles gut gelaufen?“, fragte ihre Großmutter sie, nachdem der Wagen in der Ferne verschwunden war. „Weiß er, dass du ihn auch …?“

Ruby nickte nur.

Doch sie brachte kein Wort heraus.

„Dann wird alles gut, mein Schatz“, sagte sie, und ihrem zuversichtlichen Lächeln zufolge konnte es nur so sein.

„Komm – und nun lass uns glücklich sein und noch zusammen den Nachmittag genießen“, forderte sie sie auf und nahm ihre Hand.

„Genießen ist das richtige Stichwort“, rief Patrick ihnen über die Schulter hinweg zu, der bereits auf halbem Weg zurück in das Haus war. „Kommt schon, wir machen es uns gemütlich!“

Vom Meer her war ein frischer Wind aufgezogen. Sofort hatte Patrick alle Fenster geöffnet, damit die Brise auch das Cottage von innen abkühlte. Die Temperatur musste gefühlt bei deutlich über dreißig Grad liegen.

„Was möchtest du hören?“, fragte er Tilda und blickte sie an, als würde er im nächsten Moment dahinschmelzen – nicht der Hitze, sondern ihretwegen.„Ah, ich hab’s!“, sagte er, ohne ihre Antwort abzuwarten, und riss den Zeigefinger nach oben, als hätte er einen Geistesblitz. Dann begab er sich zu dem alten Plattenspieler, neben dem sich die Vinylscheiben nur so stapelten.

Kurz darauf setzte er die Nadel vorsichtig in die erste Rille einer kleinen Single, die er gefunden hatte.

„Darf ich bitten?“, fragte er Tilda und reichte ihr seine Hand.

Es knisterte. Und da erklang sie schon – die warme, einschmeichelnde Stimme von … Elvis Presley.

It's Now Or Never.

Mit einem tiefen Blick in Tildas Augen und einer eleganten Verbeugung forderte Patrick sie zum Tanzen auf. Im Esszimmer des alten Cottages, das sich unversehens in einen Ballsaal verwandelt hatte – nun, zumindest für sie und ihn.

Tildas Wangen röteten sich. Gerührt ergriff sie seine Hand.

Ruby konnte den Blick nicht von den beiden wenden. Gebannt sah sie ihnen dabei zu, wie sie sich zärtlich im Rhythmus der Musik bewegten, verschmolzen, eins wurden.

It's now or never, come hold me tight, kiss me my darling, be mine tonight, tomorrow will be too late, it's now or never, my love won't wait … When I first saw you, with your smile so tender, my heart was captured, my soul surrendered … I'd spend a lifetime, waiting for the right time, now that you're near, the time is here – at last … It's now or never, come hold me tight, kiss me my darling …

Ruby klatschte begeistert in die Hände, als das Lied endete und Patrick sich mit einer erneuten tiefen Verbeugung von seiner Tanzpartnerin löste.

„Ich gehe in den Garten, okay?", fragte sie.

Doch die beiden schienen sie nicht einmal zu bemerken, sie hatten nur Augen füreinander.

Umso besser, dachte Ruby – so fand sie etwas Zeit für sich.

Zeit, um zu verarbeiten, was gerade zwischen ihr und Noah geschehen war.

Es ist nur ein Traum, beruhigte sie sich selbst, an den schweren Unfall denkend, der kurz vor seiner Rückkehr nach London sein Leben für immer aus den Angeln heben würde.

All das war bereits lange Vergangenheit, diesen Teil des Traums träumten Noah und sie nicht zusammen.

Moment mal …

Ruby hielt inne.

Verwundert? Geschockt? Sie wusste ihre eigenen Gefühle nicht richtig zu deuten in dieser Sekunde der Einsicht. Denn eines war ihr soeben schlagartig klar geworden: Wenn Noah diesen Teil des Traums nicht mit ihr träumte und wenn er nicht mehr hier war – was in aller Welt hielt sie dann noch in diesem Traum?

Wessen Traum träumte sie hier?

Seiner konnte es nicht mehr sein.

Ruby schüttelte seufzend den Kopf, nachdem es ihr langsam klar wurde.

Nun, im Grunde hätte sie es sich gleich denken können.

„Tilda, Tilda …“, stieß sie leise aus und lief zurück in das Cottage, vorbei an Patrick, der auf der mintgrün lackierten Holzbank am Eingang saß und genüsslich eine Havanna paffte.

Als sie durch die Tür trat, saß ihre Großmutter an dem großen runden Esstisch. Auf einem der grünen Stühle. Sie trug ihr Sommerkleid mit den aufgestickten orange leuchtenden Sonnenblumen. Zu ihren nackten Füßen unter der Tischplatte hatte es sich Bobby Brown gemütlich gemacht.

Der Füllfederhalter in ihrer Hand fuhr in eleganten Bewegungen über einen Briefbogen.

„Was schreibst du da?“

Tilda sah von dem weißen Blatt Papier auf, das vor ihr auf der Tischplatte lag. Sie legte den Füllfederhalter aus der Hand.

„Ach, gar nichts …“, sagte sie und wischte sich mit der Hand eine Träne aus den Augen.

„Geht es dir gut, Tilda?“

„Mehr als das, mein Kind“, bestätigte sie. „Aber für dich kommt jetzt die Zeit, aufzubrechen.“

„Für *mich*?“

Was in aller Welt sollte das heißen?

„Kommst du nicht mit?“

Tilda schüttelte den Kopf.

„Nein, ich … werde hier bei Patrick bleiben!“

„Was?“

Hatte sie richtig gehört?

„Mach dir keine Sorgen, alles ist gut – nur eine kleine Änderung im Plan“, erklärte ihre Großmutter. Um dann einen Stuhl unter dem Tisch hervorzuziehen, sodass Ruby sich neben sie setzen konnte.

„Du willst sicher wissen, warum ich das tue, oder?“

Ruby nickte – natürlich wollte sie es wissen. Was hatte all das zu bedeuten?

„Wenn du träumst, bleibt die Zeit stehen“, begann Tilda ihre Erklärung. „Dort draußen geht die Welt weiter, aber du verharrst in diesem Moment – solange du willst. Solange du träumst. Für immer, wenn du möchtest.“

Für *immer*?

Ruby musste schlucken.

„Das … ist es, was du willst?“

„Ja, das ist es, was ich will“, bestätigte sie. „Einfach nur hier sein, an diesem Sommertag, bei Patrick, mehr brauche ich nicht am Ende meines Lebens. Lass mich einfach hier.“

„Aber … kann ich nicht auch hierbleiben?“

„Nein, Ruby – verstehst du nicht? Das hier ist nicht real! Es ist nur ein Traum.“

„Du meinst, Patrick ist nicht wirklich hier?“

„In diesem Moment schon …“ Durch das kleine Fenster blickte sie hinaus in den Garten. Er hatte seinen Standort gewechselt und saß nun im Schatten der alten Eiche. Sie winkte ihm überschwänglich zu. Er küsste seine Fingerspitzen und sandte ihr einen Kuss durch die Luft.

„Aber eben nur in diesem Moment“, fuhr Tilda fort. „An diesem Tag, der sich für ihn und mich ewig wiederholen wird. Nun, solange ich lebe. Denn Patrick lebt *nicht* mehr, aber nun ist er in *meinem* Traum. Dank dir und Noah, mein Schatz!“

Sie blickte sie voller Dankbarkeit an.

„Du musst wissen: Es ist ein wunderschöner Traum, aber er hat keine Zukunft – genau wie eine alte Frau von achtzig Jahren“, erklärte sie ihr. „Aber dafür hat er etwas anderes sehr Wertvolles. Etwas, das alte Menschen mehr zu schätzen wissen als die jungen: eine Gegenwart“, erklärte sie. „Eine Gegenwart, von der ich mein ganzes Leben lang geträumt habe, mein Schatz. Ich bin achtzig Jahre alt und habe mein Leben gelebt. Und wenn dieser wunderbare winzige Rest Gegenwart das Letzte ist, was ich auf dieser Welt erlebe, bin ich die glücklichste Frau der Welt. Denn wenn ich gehe, gehe ich mit ihm."

„Und … ich?", stotterte Ruby, während sich ein dicker Kloß in ihrem Hals bildete.

„Du, mein Schatz, hast noch dein ganzes Leben vor dir!", versprach Tilda ihr. „Das *echte* Leben da draußen – es wartet auf dich. Noah wartet auf dich. Wenn ihn jemand aufwecken kann, dann du."

„Aber …"

„Kein Aber!", erstickte Tilda jeden Widerstand im Keim. „Du musst zurück. Wenn du das Lied hörst, wachst du auf."

„Aber wann … sehen wir uns wieder?", fragte Ruby, während langsam, aber sicher die Panik in ihr aufstieg.

Doch Tilda sagte nichts. Tränen füllten ihre Augen.

„Mach dir keine Sorgen, mein Schatz", sagte sie mit leiser Stimme. „Wenn du aufwachst, lass mich einfach noch ein bisschen liegen und mit Patrick träumen, ja? Und du machst dich auf den Weg zu Noah."

„Okay, aber …"

Als wolle er sie trösten, stupste unter dem Tisch Bobby Brown gegen ihr nacktes Bein.

„Oh, Bobby", stieß sie aus. „Kann ich mich wenigstens noch von ihm verabschieden?"

„Natürlich kannst du das, mein Schatz."

Gelenkig und elegant, wie es nur ein kleines Mädchen vermag, tauchte sie hinab unter die Tischplatte. Nun, so gelenkig und elegant nun auch wieder nicht: Um ein Haar wäre sie auf ihn draufgerutscht. Im letzten Moment ergriff sie das nächste Tischbein und verhinderte so Schlimmeres.

Dann setzte sie sich zu ihm.

Jetzt war er gekommen, der Moment, ihm das zu sagen, was sie in jener letzten Nacht vergessen hatte.

In seiner letzten Nacht auf dieser Erde.

Sanft kraulte sie ihn hinter den Ohren und küsste seinen Kopf. Um dann ihr Gesicht ganz in seinem Fell zu verbergen: „Ich liebe dich, Bobby. Du bist mein bester Freund. Vergiss das nie, wo immer es dich auch hin verschlägt."

Zärtlich flüsterte Ruby die gute Nachricht in sein schokoladenbraunes Ohr, und im selben Augenblick wusste sie, dass sie ihn endlich loslassen konnte.

Dass endlich alles, aber auch wirklich alles gut war.

Eine Weile verharrte sie so und konnte spüren, wie das schlechte Gewissen, das sie all die Jahre mit sich herumgeschleppt hatte, langsam von ihr abließ – so wie sie von Bobby, der friedlich hechelnd neben ihr lag.

Um ein Haar hätte sie sich den Kopf gestoßen, als sie sich wieder auf den Weg nach oben machte.

An der Tischplatte über sich.

Erst jetzt bemerkte sie die Gravur, eingeritzt mit einem Taschenmesser:

Noah ♥ Ruby.

Die geheime Inschrift – sie hatte sie fast vergessen.

„Granny?", rief sie hinauf. „Gibst du mir einen Stift?", fragte sie.

„Hier, mein Schatz", antwortete Tilda, nachdem sie kurz in dem blechernen kleinen Eimer gewühlt hatte, der mitten auf dem Tisch platziert war und alles Mögliche enthielt, vom Schraubenzieher über Heftzwecken bis hin zu … einem roten Edding.

„Ich ♥ Dich auch. Ruby", setzte sie in geschwungenen Buchstaben unter Noahs geheime Botschaft an sie.

Sie hatte den Stift gerade abgesetzt, als Patrick hereinkam. Besser gesagt seine Beine – denn mehr sah sie unter dem Tisch nicht.

„So, wie wär's mit ein bisschen mehr Musik?", fragte er.

Unter der Tischplatte verfolgte sie, wie er näher kam. Sie konnte Tildas Gesicht über sich sehen, indem sie ein wenig nach oben lugte.

In diesem Augenblick, an diesem Ort schien sie die glücklichste Frau der Welt zu sein.

„Einverstanden“, antwortete Tilda, während Patrick sich dem nahezu antiken Plattenspieler näherte. „Mal sehen, was wir hier haben.“

Er nahm die Scheibe aus der Plattenhülle.

Kurz darauf fuhr die Nadel leicht holpernd über das Vinyl.

Und der Song setzte ein.

Remember … is a place from long ago …

Oh nein! Nicht dieses Lied – nicht jetzt schon!

„Grandma!“

Ruby fuhr hoch – und versuchte erschrocken, den Arm ihrer Großmutter zu ergreifen. Als könne sie sich daran in diesem Traum halten.

Remember … filled with everything you know …

„Bitte weck mich nicht auf, mein Schatz – versprich mir das …!“, vernahm sie Tildas flehende Stimme, während die Bilder, die eben noch so real gewesen waren, wie im Zeitraffer vor ihren Augen verblassten, und sie spürte, wie ihre Arme und Beine schwer wurden. Bleischwer.

Remember life is just a memory …

Bitte nicht, all das ging ihr auf einmal zu schnell – viel zu schnell.

… close your eyes and you can see …

Im selben Moment schreckte sie hoch.

Schwer atmend. Schweißgebadet.

Sie – war zurück.

Neben ihr auf dem Diwan lag ihre Großmutter. Ruby umklammerte ihre Hand noch immer fest wie ein Schraubstock. Langsam kam sie zu sich. Und ließ schließlich von ihr ab. Die CD in der Anlage war verstummt, aber das Metronom auf dem kleinen Tischchen tickte noch immer zuverlässig wie ein Uhrwerk vor sich hin.

Tick-tack-tick-tack-tick-tack.

Vorsichtig beugte sie sich über Tilda, um festzustellen, ob sie noch atmete.

Gott sei Dank.

Alles in Ordnung – Atem und Herzschlag ihrer Großmutter gingen ruhig und friedlich. Doch was sie noch mehr beruhigte, war ihr Gesichtsausdruck: Ein seliges Lächeln spannte sich über ihr ganzes Gesicht.

Wie es aussah, war sie noch immer bei Patrick. An jenem Sommertag vor langer Zeit, den sie wieder und wieder erleben wollte. Und genau das tat sie hier und jetzt, wenn Ruby sich nicht völlig täuschte.

Apropos Täuschung.

Erst jetzt wurde Ruby klar, dass es nicht der Song war, der sie geweckt hatte – sondern ihr Handy.

Es klingelte Sturm.

Schwerfällig erhob sie sich, dem Klingeln folgend. Es erreichte sie aus der Küche, wo das Telefon auf dem Tisch lag, wackelnd und vibrierend.

„Ja? …"

„Schwester Light?"

„Ja …"

„Da sind Sie ja! Hier spricht Doktor Stone – ich möchte, dass Sie die Erste sind, die es erfährt."

Doktor Stone? Was wollte ihre Oberärztin von ihr – noch dazu um diese Zeit? Draußen vor dem Fenster blinzelte das erste Tageslicht durch die Wolken, sie musste die ganze Nacht geträumt haben.

Noch immer spürte sie Noahs Lippen auf ihren.

Sie schmeckten nach einem Sommertag, den sie nie wieder vergessen würde. Denn dieses Mal hatte sie endlich den Mut aufgebracht, alle seine Geschmacksnoten auszukosten.

„*Was* erfährt?", hakte sie nach.

„Es … ist ein Wunder geschehen", vernahm sie vom anderen Ende der Leitung.

„Ein – Wunder?"

„Ihr Patient – Noah Green …"

„Was ist mit ihm?" Rubys Pulsschlag beschleunigte sich augenblicklich.

„Er … ist aufgewacht."

Schwindel ergriff Ruby, kaum hatte sie die Nachricht vernommen.

Mit der freien Hand zog sie sich einen Küchenstuhl heran und ließ sich darauf sinken.

„Wie gesagt: Es ist ein Wunder, Sie hatten mal wieder recht …“, hörte sie Eleonore Stone sagen. „Und da Sie sich so sehr für ihn engagiert haben in all der Zeit, in der … nun, um ehrlich zu sein … *niemand* von uns außer Ihnen an ihn geglaubt hat, wollte ich Ihnen das nur mitteilen. Damit Sie sich von ihm verabschieden können.“

Ruby zuckte zusammen.

„Verabschieden …?“

„Er und seine Verlobte werden St Ives morgen verlassen. Das hat Miss Drechsler mir gerade mitgeteilt.“

Hatte sie richtig gehört? Schon morgen?

„So – schnell?“, stotterte sie in den Hörer.

„Nun, er hat keine inneren Verletzungen und reist auf eigenen Wunsch ab. Beziehungsweise auf den von Miss Drechsler.“

Rachel. Warum tust du mir das an?

Sie konnte ihre Gedanken vor sich in der Luft schwirren sehen.

„Hören Sie, Ruby: Ich weiß, dass ich Ihnen das schon einmal gesagt habe, aber ich habe mich in Ihnen getäuscht. Sie besitzen ein außerordentliches Talent, genau wie Ihre Großmutter. Es ist nur nicht von dieser Welt – was es für Menschen wie mich, für die es schon schwer genug ist, diese Welt zu verstehen, nicht unbedingt leichter macht …“

„Das … ist schon in Ordnung, Doktor Stone“, erwiderte Ruby. „Wann … kann ich ihn sehen?“

„Können Sie in einer Stunde hier sein?“

„Früher, wenn Sie wollen!“

Ruby legte ihre Hände so ruhig es ihr gelang übereinander auf die kühle Marmorplatte des alten Esstisches in Tildas gemütlicher Küche, um nicht völlig die Nerven zu verlieren.

Noch immer sah sie Noahs weit geöffnete grüne Augen vor sich, nachdem sie ihn geküsst hatte – in ihrem Traum.

Und nun war er tatsächlich aufgewacht? In der realen Welt?

Hier?

Es war – schlichtweg unmöglich!

Nachdem sie eine Weile einfach nur so dagesessen hatte, in der Hoffnung, dass ihr Puls genau wie ihr Atem sich allmählich wieder beruhigte, kniff sie sich dreimal in den Arm. Das dritte Mal so fest sie nur konnte – nur um sicherzustellen, dass sie nicht noch immer träumte.

Auf leisen Sohlen schlich sie zurück in den Salon. Tilda lag genauso friedlich auf der Chaiselongue, wie Ruby sie dort zurückgelassen hatte. Sollte sie sie wecken? Hier und jetzt?

Ihr sagen, was passiert war?

Sie war sich sicher, dass ihre Großmutter diese Nachricht gerne mit ihr teilen würde – denn wie selbst Doc Stone zugab: Es war ein Wunder. Und sehr wahrscheinlich war dieses Wunder eben ihr – Tilda – zu verdanken. Ruby setzte sich auf die Bettkante und berührte sanft ihren Arm.

Doch im selben Moment zog sie ihre Hand zurück.

Was sie zu dieser Entscheidung kommen ließ?

Tildas Gesicht. Ihre Augen waren geschlossen. Genau wie ihr Mund. Doch alles in diesem Gesicht …

… lachte …

… lebte …

… liebte.

An einem anderen, weit entfernten Ort. Einem Ort, an dem sie für den Rest ihres Lebens verweilen wollte, wie sie ihr unmissverständlich mitgeteilt hatte. An der Seite des Mannes, den sie liebte. Was sie und Patrick wohl gerade taten? Vielleicht hatte er seinen Arm um ihre Hüften gelegt und sie tanzten in diesem Moment durch das kleine Cottage, wo Ruby sie zurückgelassen hatte? Vielleicht küsste er sie in derselben Sekunde? Was es auch immer war: Ihre Großmutter war überglücklich – und es machte Ruby ebenfalls überglücklich, sie so zu sehen.

So hoffnungslos verliebt.

Verliebt in einen Traum, ja. Aber wenn alle anderen Auswege wegfielen, war es dann nicht manchmal besser, in einem Traum glücklich zu sein – als unglücklich im echten Leben?

So gern sie ihr die guten Nachrichten hier und jetzt überbracht hätte, Ruby platzte förmlich vor Aufregung – aber in diesem Augenblick zärtlicher Beobachtung beschloss sie, den Wunsch ihrer Großmutter zu respektieren.

Sie nicht zu wecken.

Sondern sie weiterträumen zu lassen.

Weitertanzen zu lassen mit Patrick Green in jenem Sommer vor so langer Zeit.

An einem Tag perfekten Glücks, der nie zu Ende ging.

Die Morgendämmerung wich bereits dem über St Ives aufgehenden Tag, als Ruby sich auf ihr Rad setzte. Ihre Nerven waren bis zum Zerreißen gespannt, als sie das Hospiz schließlich erreichte.

Sie brauchte drei Anläufe, um ihr Fahrradschloss zu montieren. Und ihre Beine – sie fühlten sich an wie aus Wackelpudding produziert, als sie schließlich und endlich den Mut fasste, das Gebäude zu betreten.

Es kam ihr vor wie neu.

Alles strahlte in frischen Farben.

Alles leuchtete.

Jahrelang war sie durch dieses mächtige Portal getreten – doch erst jetzt hatte sie wirklich begriffen, was sich dahinter verbarg.

Die großen Fragen des Lebens, die wir Menschen uns Tag für Tag und Nacht für Nacht stellten, wieder und wieder, die uns quälten und nicht in Ruhe ließen, bevor wir selbst durch dieses Portal traten:

Wofür lebten wir?

Warum liebten wir?

Wieso das alles? Was war der Sinn des Ganzen?

„Das ging ja schnell!“, riss Eleonore Stones Stimme sie aus ihren Gedanken. „Jetzt ist ein guter Moment. Der Patient ist noch allein. Wollen Sie ihn sehen?“

Wollte sie?

Ruby hatte eine Höllenangst.

Aber nun war es zu spät, um einen Rückzieher zu machen.

„Wo ist … Rachel?", fragte sie ängstlich.

„Miss Drechsler? Sie musste noch mal zurück ins Hotel, dürfte aber jeden Moment wieder hier sein – also fassen Sie sich am besten kurz."

„Danke", erwiderte Ruby erleichtert.

Die Ärztin blickte sie irritiert an.

„Wofür?"

„Dass Sie das für mich tun. Es bedeutet mir wirklich sehr viel …"

„Kein Problem", erwiderte Doktor Stone, die sich in einen anderen Menschen verwandelt zu haben schien, und begleitete sie zu dem Raum, in dem sie die vergangenen Tage und Nächte fast rund um die Uhr verbracht hatte. „Gut, dann lasse ich Sie jetzt allein", verabschiedete sich ihre Chefin von ihr und entfernte sich auf leisen Sohlen über den langen bernsteingelben Flur.

Draußen im Park vor dem Anwesen erlosch in diesem Moment das Licht der morgendlichen Laternen. Ein Vogel zwitscherte. Süß und voller Hoffnung.

Kam er, um den Frühling zu begrüßen? Den Frühling nach einem langen kalten Winter? Hatte er geheime Informationen, dass dieser Winter wirklich schon vorüber war?

Tatsächlich stand der Frühlingsbeginn kurz bevor, jedenfalls auf dem Kalender. Aber konnte man dem Kalender trauen – oder hatte der Vogel sich nur verflogen?

Nein – das hatte er offensichtlich nicht.

Im selben Moment stob hinter den Bäumen ein ganzer Schwarm Vögel hoch. Ausgelassen und fröhlich schwang er sich empor in den weiten Himmel. Es war ein Bild, das Ruby mit Hoffnung erfüllte.

Mit der Hoffnung, dass auch auf sie der Frühling wartete.

Und wenn es nur ein kurzer Frühling wäre.

Solange er nur den Winter aus ihrem Herzen vertrieb. Mehr konnte sie nicht erhoffen.

Ein paar Sekunden wartete Ruby noch. Dann atmete sie tief durch und öffnete vorsichtig die Tür. Nur einen Spalt breit, sodass sie in das Zimmer sehen konnte.

Ihr Blick fiel auf das Bett.

Es war aufgeschlagen und leer.

Doch auf dem Stuhl daneben – demselben Stuhl, auf dem sie selbst Tage und Nächte verbracht hatte – saß jemand und blickte durch das Fenster hinaus aufs Meer. Er trug ein grob kariertes Hemd und Jeans. Sein Haar war zerzaust.

Sie konnte es selbst kaum glauben.

Aber es bestand kein Zweifel – er war es.

Noah.

Still sah er hinaus auf den Ozean vor St Ives, der fast sein nasses Grab geworden wäre. Doch in dieser Sekunde, wo die Sonne am Horizont aufging, blitzte er so friedlich und silbern, als wäre er eine riesige Schatztruhe, in der man gefahrlos nach seinem Glück tauchen konnte. Er wirkte beschämt, der Ozean. Fast so, als wolle er sich dafür entschuldigen, was in jener Nacht passiert war, als er Noah Green um ein Haar verschlungen hätte.

„Hallo … ?"

Etwas zu spät stellte Ruby fest, dass ihre Stimme leise wie die einer Maus klang. Aber zum einen wollte sie ihn nicht erschrecken – und zum anderen erschreckte sie selbst ebendiese Situation, auf deren Eintreten sie so sehr gehofft und darum gebangt hatte, nun bis ins Mark. Im nächsten Atemzug würde er sich zu ihr herumdrehen und sagen …

„… Ja, bitte …?"

Ein Blitz durchfuhr sie, als er sie anblickte – mit denselben ozeangrünen Augen wie in ihrem Traum, nur zwei Jahrzehnte älter.

Augen, die – sie *nicht* erkannten …

Sie begriff es im selben Moment.

Ruby musste alle Kraft zusammennehmen, um sich die Enttäuschung nicht anmerken zu lassen. Steif, als hätte sie einen Stock verschluckt, näherte sie sich ihm langsam durch den Raum, bis sie schließlich neben seinem Stuhl stand.

Einen Moment wartete sie noch.

Würde er sie jetzt erkennen, aus der Nähe?

Doch nichts, außer diesem unschuldigen Blick, der sie fast verrückt machte.

„Ich bin … Ruby …“, gab sie sich einen Ruck und stellte sich vor. „Ruby Light – wir kennen uns von früher.“

Kaum hatte sie ausgesprochen, erhellte sich in Sekundenschnelle sein Gesicht und er sprang vom Stuhl auf. Nun, zumindest versuchte er es. Doch stattdessen verlor er das Gleichgewicht. In letzter Sekunde ergriff er ihren Arm, um sich abzustützen.

„Oh Entschuldigung, meine Beine …“

„Kein Problem, die Muskeln müssen sich nach ein paar Monaten im Bett erst wieder an die Belastung gewöhnen, da kann man schon mal stolpern …“

„Nein, nein – es ist schon gut“, widersprach er. Langsam ließ er wieder von ihrem Arm ab und schien nun halbwegs sicher auf eigenen Beinen zu stehen. „*Du* – bist Ruby?“

Er musterte sie, als wäre sie eine Sternschnuppe, die soeben vom Himmel in seine Arme gerauscht wäre. Sein Blick schien durch ihre Augen hinabzusegeln bis hinunter auf den Grund ihrer Seele.

„Ja“, murmelte sie, als müsse sie sich geradezu dafür entschuldigen, und starrte auf den Boden. Sie ertrug seinen Blick nicht länger.

Nicht, ohne ihm um den Hals zu fallen.

Sie war so unfassbar glücklich, dass er lebte!

Dass er zurück war!

Und gleichzeitig so unendlich traurig, dass er sich nicht an sie erinnerte.

Nun, wie auch? In ihren Träumen hatte er sie ja nur als kleines Mädchen gesehen. Aber wie es aussah, erinnerte er sich daran ebenfalls nicht.

In anderen Worten: Es war ein Wunder geschehen.

Ein Wunder – aber kein Märchen.

Er würde sein Happy End bekommen, mit Rachel – doch sie würde leer ausgehen.

Ohne ihn.

Ruby kämpfte mit den Tränen.

„Was … machst *du* hier?“, wollte er wissen.

Sie wollte weinen, doch er – er strahlte sie an.

„Ich … arbeite hier“, erklärte sie, so gut es ihre zitternde Stimme hergab. Sie trug keine Schwesternuniform, schließlich war sie im Urlaub. Sie hatte nicht einmal Zeit gehabt, sich hübsch zu machen. Um ehrlich zu sein: Ein wenig müde, so sah sie aus, nach der zurückliegenden Nacht – es war ihr erst im großen Spiegel in der Eingangshalle des Hospizes aufgefallen. Zu spät. Doch er schien es überhaupt nicht zu bemerken. Er blickte sie an, wie der Prinz Aschenputtel angeblickt haben musste, als er sie endlich wiederfand – nicht in einem Ballkleid, sondern in Lumpen gekleidet. Und es war ihm völlig egal.

„Du – arbeitest hier?“, wiederholte er fast ungläubig.

Sie nickte.

„Ich, ähm … war deine Schwester hier, in den vergangenen Wochen …“

Noah starrte sie ungläubig an.

„Du … warst *was*?“

„Deine Schwester“, bestätigte sie und senkte den Blick. „Nicht im verwandtschaftlichen Sinn, versteht sich …“, versuchte sie den Ansatz eines Witzes, „sondern rein beruflich. Kann ich sonst noch was für dich tun?“

Doch Noah starrte sie nur an. Als wäre sie ein Wesen aus einer weit entfernten Welt. Ja, von einem anderen Planeten.

„Ruby?“

„Ja?“

„Du bist ein Engel“, sagte er leise. „Ich habe es immer gewusst. Du erinnerst dich vielleicht nicht, aber damals …“

„Doch, ich … erinnere mich …“, widersprach sie ihm.

Sie konnte fühlen, dass sie errötete – es machte keinen Sinn, es zu leugnen.

Oh Gott, wie schön es ist, dich zu sehen! dachte sie bei sich.

„Langsam macht alles einen Sinn …“, fuhr er fort und sah sie ungläubig an.

„Was macht Sinn …?“, fragte sie zurück.

„Ich weiß, es klingt komisch, aber …“

Er blickte sie an, als glaube er, kurz davor zu sein, verrückt zu werden.

„Ich habe von dir geträumt“, brachte er es schließlich heraus. „Du … hast mich geküsst. Und dann – bin ich plötzlich aufgewacht.“

Er hatte keine Ahnung, was er da soeben gesagt hatte.

Welche Freude er Ruby damit machte.

„Ich weiß, das klingt seltsam“, fuhr er fort. „Aber ich bin mir hundertprozentig sicher, dass du es warst! Nicht so, wie du jetzt bist, sondern als kleines Mädchen – wir haben im Haus meines Großvaters gespielt …“

Wie er sie ansah! Rubys Herz klopfte bis zum Hals.

„Wahrscheinlich habe ich unbewusst an dich gedacht, von dir geträumt, Ruby, weil ich deine Stimme gehört habe, hier in diesem Zimmer. An meinem Bett. Ich … bin dir so unendlich dankbar für …“

Er machte einen Schritt auf sie zu.

Als wolle er sie in den Arm nehmen.

Sie endlich küssen!

Im selben Moment flog die Tür auf.

„Rachel?“

Noah und sie sprachen ihren Namen im selben Atemzug aus, wie zwei Synchronsprecher. Mit weit aufgerissenen Augen, so als wäre soeben ein Gespenst in den Raum gerauscht.

Die Hände in die Hüften gestemmt, blickte Rachel sie an. Entrüstet, als hätte sie sie bereits beim Knutschen erwischt.

„Was geht hier vor sich?“

Doch Noah schüttelte nur den Kopf. Und holte dann tief Luft. Als müsse er sich etwas vom Herzen schaffen, das schon lange wie ein Zementsack darauf ruhte.

„Rachel, ist das das Einzige, was du zu sagen hast, nachdem ich monatelang im Koma gelegen habe? Du willst wissen, was hier vor sich geht? Ich werde es dir sagen: Ich bedanke mich bei meiner Krankenschwester!“

Er legte seine Hand zärtlich und freundschaftlich auf ihre Schulter.

Nur freundschaftlich – oder war es mehr?

„Denn Ruby hier war die ganze Zeit an meiner Seite – im Gegensatz zu dir. Wo warst *du*, als ich dich brauchte, Rachel?"

Rachel kniff die Lippen zusammen. Nur eine Sekunde später liefen Tränen ihre Wangen herab.

„Du weißt genau, wo ich war, Noah – in New York! Ich dachte, es wäre aus zwischen uns! Ich konnte ja nicht wissen, dass du dich gleich am ersten Tag nach meiner Abreise in Cornwall ins Meer stürzen würdest, du … *Idiot!*"

Das letzte Wort sprach sie fast zärtlich aus.

„Noah, ich habe dir nie wirklich eine Chance gegeben, mich glücklich zu machen … aber jetzt bin ich bereit dazu."

Sie *glücklich zu machen*?

Was für ein Unsinn, dachte Ruby bei sich. Sie würde nie von einem Mann verlangen, sie glücklich zu machen. Denn wahre Liebe bedeutete *geben* – und nicht *nehmen*. Wenn schon, dann würde sie versuchen, *ihn* glücklich zu machen, wenn er es nicht bereits war – und er würde sie nicht einmal danach fragen müssen. Es würde ganz von allein geschehen. Ihr Glück würde sich auf ihn übertragen.

Wie eine Infektion.

Wie ein Virus.

Und es würde keinen Impfstoff dagegen geben.

„Ich habe tausendmal versucht, dich anzurufen!", fuhr Rachel fort. „Aber du bist nie rangegangen! Was sollte ich denn tun, um Himmels willen, ich hatte doch keine Ahnung … ich … ich …", schluchzte sie, in Tränen aufgelöst.

„Das stimmt."

Kaum hatte sie es ausgesprochen, biss Ruby sich auch schon auf die Lippen. Sie wusste selbst nicht, warum sie sich zu Wort gemeldet hatte und Rachel zu Hilfe eilte. Noch dazu, weil sie nicht gerade ihre allerbeste Freundin war. Aber was wahr ist, musste wahr bleiben. Fest stand: Sie hatte mehrfach versucht, Noah zu erreichen. Ruby hatte ihre vielen vergeblichen Anrufe mit eigenen Augen auf dem Handydisplay gesehen.

„Es stimmt?“, fragte Noah sie, fast ein wenig ungläubig.

„Noah, ich liebe dich!“, sagte Rachel. „Wann wirst du das endlich begreifen? Wir sind das perfekte Paar! Und ich möchte, dass wir uns wieder vertragen und zusammen nach New York gehen. Oder zurück nach London – ich lasse den Job drüben sogar für dich sausen, nur um bei dir sein zu können. Alles wird gut, ich verspreche es.“

Noah blickte sie an, als hätte er sich verhört.

„Du lässt den Job in New York sausen? Den Job, für den du mich verlassen hast?“

„Ja, Darling, das tue ich“, erwiderte sie schniefend. „Für dich ... für *uns* ...!“

Ruby konnte förmlich sehen, wie Noah sich wand.

Liebte er sie auch?

Sie war unglaublich schön, aber reichte das für die wahre Liebe?

Oder steckte hinter der wahren Liebe mehr als Schönheit, Geld, Erfolg und all die anderen Dinge, nach denen Menschen streben? Steckte hinter der wahren Liebe zwischen zwei Seelen ein Plan? Ein Plan, der nicht von Menschenhand geschrieben war – sondern irgendwo dort draußen in der Weite des Universums schon immer existiert hatte?

Weiter kam Ruby nicht mit ihren Gedanken, denn Rachel lief bereits auf Noah zu und warf sich in seine Arme. Direkt vor ihren Augen.

„Ich ... lasse euch jetzt besser allein“, sagte Ruby leise und ging in Richtung Tür.

„Ruby, warte ...!“, vernahm sie Noahs Stimme hinter sich.

Doch ihr fehlte der Mut, stehen zu bleiben.

Kehrtzumachen.

Und sich zu holen, was ihr ... *gehörte*.

„Ach ja“, stammelte sie, bevor sie das Zimmer verließ. „Deine Uhr – sie ... ist unter dem Tisch in der Küche. Im Cottage deines Großvaters. Ich hab’ sie da versteckt, nur damit sie niemand stiehlt. Die Tür steht offen, der Schlüssel ist mir abgebrochen … tut mir wirklich leid …!“

„Im … Cottage?“, vernahm sie Noahs fragende Stimme hinter sich. „Was soll das heißen? Was hast du da gemacht, Ruby?“

„Ich …“

Doch noch bevor Ruby etwas entgegnen konnte, würgte Rachel sie abrupt ab.

„Ich erkläre dir alles später, Noah. Jetzt lass uns packen, ja? Ich bin so froh, dass ich dich wiederhabe!“

Mit einem letzten so blitzschnellen wie sehnsüchtigen Blick über ihre Schulter direkt in Noahs Augen verließ Ruby das Zimmer.

Erst als sie leise die Tür hinter sich schloss, löste sich ihre Anspannung ein wenig.

Im Gegensatz zu ihrer Verzweiflung.

Die auf ein neues Allzeithoch angestiegen war.

Sie brauchte jetzt dringend jemanden, mit dem sie über alles reden konnte. Jemanden, der sie hundertprozentig verstand. Jemanden, bei dem sie sich ausheulen konnte.

Der Goodwill Palace erschien ihr noch verwaister als vor wenigen Stunden, als sie das Anwesen verlassen hatte, auf den Spuren eines Wunders.

Denn das war es.

Noah lebte!

Und das nur, weil sie und er denselben Traum geträumt hatten.

A dream you dream alone is only a dream.

A dream you dream together is reality.

John Lennon hatte das gesagt – und sie und Noah hatten bewiesen, dass jeder Buchstabe davon stimmte. Dass Wunder wahr werden konnten.

Was die Sache nur noch schlimmer machte.

Denn dass er in Zukunft wieder mit der Frau auf dem Amulett träumen würde, war eine Tragödie.

Ruby hatte Tilda versprochen, sie noch ein wenig weiterschlafen zu lassen – aber als sie jetzt an den stumm und starr den Eingang bewachenden Marmorlöwen vorbei durch das mächtige Portal lief, war es mit diesem Vorsatz vorbei. Die paar zusätzlichen Stunden mussten reichen, denn die Ereignisse hatten sich auf eine Art und Weise überschlagen, wie selbst Tilda es in ihren kühnsten Träumen nicht hätte vorausahnen können. Ruby war sich sicher, dass sie von all dem erfahren wollte. Und dass sie die Einzige war, die ihr sagen konnte, was nun zu tun wäre – wenn es überhaupt noch etwas gab, das sie tun konnte.

Natürlich war sie nicht so rücksichtslos gewesen, den schweren Türklopfer aus Messing zu betätigen. Sie wusste ja ohnehin, dass die Tür offen stand. Wenn schon, dann wollte sie Tilda sanft aus ihren Träumen holen.

Durch die Halle steuerte sie auf den großen Salon zu. Die Vorhänge waren noch immer zugezogen, sodass nur wenig Licht eindrang.

Tilda lag dort genauso, wie sie sie an diesem frühen Morgen zurückgelassen hatte: auf dem prächtigen Diwan unter dem antiken Kronleuchter.

Ruby verlangsamte ihren Gang und kam schließlich vor ihr zu stehen.

Noch immer spielte dieses überglückliche Lächeln um den Mund ihrer Großmutter. Ihre Augen waren leicht geöffnet und so auch ihr Mund.

Wie friedlich sie dalag.

Erst jetzt bemerkte Ruby, wie still es war.

Es war fast eine unheimliche Stille – so als wäre die Welt in dieser Sekunde eingefroren.

Während eine seltsame Unruhe Besitz von ihr ergriff, ließ sie sich neben Tilda auf die Chaiselongue sinken. Und zuckte augenblicklich zurück, als sie Tildas Hand ergriff – sie war eiskalt.

Oh Gott, nein!

Vorsichtig beugte sie sich zu ihr hinunter, um ihren Atem zu spüren.

„Tilda? Granny?“, rief sie, während ihre Augen sich angstvoll weiteten. „Granny!“

„Der Himmel sendet uns ein warmes Willkommen an diesem traurigen Tag“, begrüßte Reverend Jordan die Trauergemeinde. Der Friedhof war in ein gleißendes Licht getaucht. Über Nacht waren die Temperaturen überraschend in die Höhe geschossen und bis zum späten Vormittag bereits auf annähernd zwanzig Grad geklettert – es bestand kein Zweifel mehr: Es war Frühling. Der Himmel erstrahlte wie von Meisterhand gemalt in einem leuchtenden Enzianblau – gekrönt von einer Sonne, die passend zu Tildas Lieblingsfarbe wie eine überreife Orange aus dem Gemälde lachte.

Es war, als würde ihre Großmutter von dort oben zuschauen und einen Gruß hinab auf die Welt senden – eine Nachricht an alle, die sich hier von ihr verabschiedeten.

Macht euch keine Sorgen um mich, meine Lieben – es geht mir gut! schien diese Nachricht sagen zu wollen.

Und doch, trotz der einschmeichelnden Wärme bekam Ruby augenblicklich eine Gänsehaut, als sie das Lied vernahm, das Tilda sich für ihren Abschied von dieser Welt ausgesucht hatte. Vor vielen Jahren, als sie alles mit dem Pfarrer arrangiert hatte.

Aus den Boxen neben dem Grab schallte: Elvis Presley.

It's Now Or Never – der Song, zu dem sie erst vor wenigen Tagen eng umschlungen mit Patrick getanzt hatte, im Garten des alten Cottages, in ihrem allerletzten Traum.

Für einen Moment glaubte Ruby, ihre Großmutter und die Liebe ihres Lebens hier auf ihrer eigenen Beerdigung tanzen sehen zu können. Wie feiner weißer Nebel wehten sie unsichtbar für alle Augen außer ihren an ihr vorbei, während die Sargträger den weißen Sarg, auf dem eine leuchtende Sonne prangte, in das Erdreich versenkten.

Rubys Augen füllten sich mit Tränen.

Hier würde Tildas Körper ruhen, nur eine Handbreit neben Patrick – genauso, wie sie es sich gewünscht hatte. Wie sich herausstellen sollte, war sie es gewesen, die das Grab nach seinem Tod für ihn erworben hatte. Mit dem damit verbundenen Plan, die zweite Hälfte für sich zu reservieren.

Um wenn schon nicht im Leben, dann wenigstens im Tode mit ihm vereint sein zu können.

Die halbe Stadt schien gekommen zu sein – und Menschen aus allen Teilen des Landes. Menschen, denen Tilda geholfen hatte und die ihr nun ein letztes Mal ihren Respekt und ihre Liebe bezeugten. Ihr Lebewohl sagten.

Ihr ein letztes *Goodbye* mit auf die Reise gaben.

Niemand trug Schwarz oder Grau – sondern sie alle leuchteten in sämtlichen Farben des Regenbogens, so wie Tilda es sich für ihre eigene Beerdigung immer gewünscht hatte. Und so kam es, dass ebendiese Beerdigung eher wie eine fröhliche Party wirkte. Eine Abschiedsparty, die sich von anderen Partys nur darin unterschied, dass hier ein paar mehr Tränen vergossen wurden als auf Partys normalerweise üblich.

Tränen des Glücks, hoffe ich.

Ruby konnte sich gut vorstellen, was Tilda sagen würde, wenn sie all das miterleben könnte – wer weiß, vielleicht tat sie es ja sogar? Ein wenig jedenfalls fühlte es sich so an. So als könne sie im nächsten Moment inmitten der Trauergemeinde auftauchen und das alles zu einem großen Scherz erklären.

Ruby stand mit ihren Eltern ganz vorne vor dem alten Grabstein, auf dem neben Patrick Greens Namen in wenigen Tagen auch der von Tilda Goodwill, der Traumweberin von St Ives, eingemeißelt wäre – hier waren sie nun, endlich vereint in der Ewigkeit.

Nachdem der Sarg versenkt wurde, wurde Elvis Presley abgelöst.

„*I'm going where the sun keeps shining, through the pouring rain, going where the weather suits my clothes …*“, sang Harry Nilsson in seiner unnachahmlichen melancholischen Art.

Ruby hatte den Song hundertmal im Goodwill Palace gehört.

Doch erst jetzt fiel es ihr auf: Der Song beschrieb ihre Großmutter perfekt. Von ihrer Gestalt her, zerbrechlich wie ein Eiszapfen, schneeweiße Haut und eisblaue Augen, mochte sie der Winter gewesen sein. Aber mit ihrer Liebe hatte sie die Welt zum Schmelzen gebracht. Sie war kein Winter gewesen.

Sondern ein ewiger Sommer, in den sie nun aufbrach.

In anderen Worten: Es war die schönste, traurigste und glücklichste Beerdigung, die Ruby je erlebt hatte.

„Danke, Tilda!", flüsterte sie in den Himmel, als sich die Gesellschaft schließlich auflöste und über die grünen Pfade des alten Friedhofs den Heimweg antrat.

Die Sonne blitzte durch die frisch aufgeblühten grünen Kronen der mächtigen Friedhofsbäume. Und so rau und unbarmherzig der hinter ihnen liegende Winter auch gewesen war, eines schien dieser Tag auf dem Barnoon Cemetery von St Ives allen sagen zu wollen, wurde es doch immer wieder Frühling.

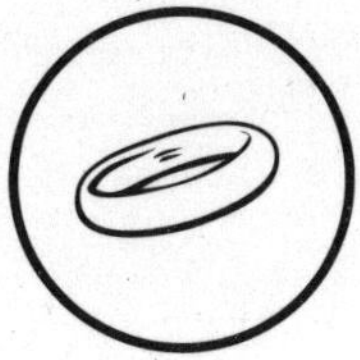

Ring: Vollständigkeit

Lexikon der Träume

„Mum – wusstest du das von Tilda und Patrick?“, fragte Ruby ihre Mutter auf dem Rückweg. Sie gingen auf das Eingangstor des Friedhofs zu. Ruby hatte sich bei ihr untergehakt. Ihr Vater folgte ein kleines Stück hinter ihnen.

Jenny stoppte und blickte sie an, als wäre der Zeitpunkt für eine Beichte gekommen.

„Ja“, bestätigte sie. „Ich wusste es – jeder wusste es.“

„Auch Grandpa?“

„Das … weiß ich nicht, mein Schatz. Richtig offensichtlich wurde es ja erst nach seinem Tod. Abgesehen davon ist ja nie etwas passiert, außer …“

„Außer?“

„Na, du weißt schon: sehnsüchtigen Blicken, einem etwas zu langen Händedruck, hier und da einer kleinen Umarmung – eine lebenslange Sehnsucht eben.“

Ruby stieß einen tiefen Seufzer aus.

„Warum nur hat sie Patrick nicht geheiratet, als sie jung war?“

Jenny blickte sie kopfschüttelnd an.

„Damals war das nicht so einfach – und heute ist es wohl auch nicht sehr viel anders: Geld regiert nun mal die Welt. Nur dass es heute die jungen Frauen selbst sind, die sich für den Falschen entscheiden – damals haben diese Aufgabe noch ihre Eltern übernommen. Und … nun ja, irgendwie kann man es ja auch verstehen.“

Ruby boxte ihre Mutter empört in die Seite.

„Komm schon, du hast Daddy doch auch geheiratet, obwohl er kein Geld hatte.“

„Das war etwas völlig anderes, mein Schatz“, vernahm sie die Stimme ihres Vaters hinter sich. „Deine Mutter hatte nur mein Angebot vorliegen. Ein reicher Mann hat sich leider nicht für sie interessiert.“

Das war typisch Frank. Sowohl Ruby als auch Jenny blickten sich zu ihm um – und er grinste sie an wie ein Honigkuchenpferd.

„Witzbold …“, stieß Jenny kichernd aus. „Warte ab, bis wir zu Hause sind.“

Es war schön zu sehen, dass ihre Eltern nach all der Zeit noch glücklich miteinander waren.

Doch was war mit ihr? Nach den aktuellen Entwicklungen sah es so aus, als hätte sie das Schicksal ihrer Großmutter geerbt – lebenslanges Sehnen und Unglück.

„Und Noah?", fragte Jenny, als hätte sie geahnt, was oder besser gesagt *wer* im Kopf ihrer Tochter herumspukte.

„Soweit ich weiß, ist er nach London zurückgekehrt. Oder nach New York. Mit seiner Verlobten."

„Dieser Rachel? Der Frau auf dem Amulett?"

„Ja", antwortete Ruby kurz angebunden.

„Eine verrückte Geschichte. Dass ihr euch aus eurer Kindheit kanntet ... Du mochtest ihn wirklich, oder?"

Erwartete ihre Mutter darauf wirklich eine Antwort?

„Es tut mir so leid für dich, Ruby", fuhr diese mitfühlend fort, als hätte sie es bereits geahnt. „Aber so ist die Liebe manchmal: schmerzhaft."

„Das ist sie – in der Tat."

Ruby zuckte zusammen, als sie die Stimme vernahm. Sie blickte vom Boden auf, den sie die ganze Zeit über angestarrt hatte, als wäre der Weg hinaus vom Barnoon Cemetery mit Tretminen gepflastert.

Dort am Eingang, direkt an dem schmalen, aus grauem Schiefer gehauenen Tor stand ...

Noah.

Er trug einen dunkelblauen Wollmantel und eine James-Dean-Sonnenbrille, die er im selben Moment abnahm, um daraufhin seine tiefseegrünen Augen auf Ruby zu richten.

Auch ihre Eltern hatten ihn offenbar erst in derselben Sekunde bemerkt.

„Wir ... lassen euch besser allein ...", reagierte Jenny blitzschnell und zog Frank hektisch mit sich fort.

Noah musste hier auf sie gewartet haben.

„Du ... bist noch hier?", stotterte Ruby. Sie konnte ihre Verlegenheit nicht verbergen.

Er nickte.

„Es tut mir leid, was passiert ist“, sagte er, während sein Blick an ihr vorbei in Richtung des frisch aufgeworfenen Grabes glitt.

„Granny ist glücklich gestorben“, beeilte Ruby sich ihm zu versichern. „Mit einem Lächeln in ihrem Gesicht – sie war bei … bei deinem Großvater.“

Noah blickte sie an, als verstünde er nicht die Hälfte davon, was sie sagte.

„Nein, ich … meinte eigentlich die Sache mit Rachel“, rückte er nach einer kurzen Pause mit der Wahrheit heraus.

„Was – ist mit Rachel?“

„Sie ist in New York – soweit ich weiß.“

„Soweit du weißt?“

Noah stieß einen schweren Seufzer aus, als wolle er sich damit auf etwas vorbereiten, was ihm schon lange auf dem Herzen lag. *Sehr* lange möglicherweise.

„Ich bin gekommen, um dir etwas zu sagen, Ruby“, erklärte er. „Du erinnerst dich wahrscheinlich nicht mehr daran, aber als ich neun Jahre alt war, hatte ich einen schlimmen Autounfall … “

Ruby hatte das Gefühl, sich bei ihm entschuldigen zu müssen, kaum hatte er die Sache erwähnt. Ihm erklären zu müssen, warum sie sich nicht bei ihm gemeldet hatte – auch wenn sie nur ein Kind gewesen war.

„Ich … wusste nichts davon“, sagte sie. „Ich hab' es erst vor Kurzem erfahren, Noah. Es tut mir so leid.“

„Ist schon gut“, erwiderte er. „An jenem Tag habe ich meine Eltern verloren und wenig später meinen Großvater. Als ich wieder halbwegs zusammengesetzt war, war meine ganze Familie tot. Ich war allein auf der Welt.“

Ruby wusste nicht, wo sie hinsehen sollte. Sie *wollte* ihm in die Augen sehen – aber sie *konnte* es nicht.

Sie hatte Angst.

Angst, sich aufzulösen.

In seinen Augen. In der Geschichte, die sie miteinander teilten.

„Doch was genauso schlimm war“, fuhr er fort, „war etwas, das niemand außer mir wusste. Denn am Tag unserer Abreise habe ich auch noch meine Seelenverwandte verloren.“

„Deine … *Seelenverwandte*?", stotterte Ruby. Wenn er nur wüsste, was er damit sagte! Was er damit in ihr auslöste!

Er lächelte und schüttelte dann den Kopf.

„Dich", sagte er.

Hatte sie richtig gehört? Ihr Herz begann zu rasen. Sie sah, dass seine Augen auf sie geheftet waren – aber sie wagte seinen Blick nicht zu erwidern.

„Ich … weiß nicht, was …", erwiderte sie leise.

„Zumindest dachte ich es über all die Jahre, dass ich dich für immer verloren habe", erklärte er. Um dann den Ärmel seines Mantels ein wenig hochzukrempeln.

„Ich habe die Uhr gefunden, danke", erklärte er ihr, während ihr Blick auf die alte Vintage-Rolex an seinem Arm fiel. „Sie gehörte meinem Großvater. Das einzige Schmuckstück, das er je besessen hat. Nun, abgesehen von … deiner Großmutter …", schob er lächelnd hinterher, ohne zu ahnen, welche Freude er ihr damit machte. Er wusste es also auch.

Es musste ihm schon damals aufgefallen sein, als Kind.

„Das … freut mich …"

„Mich auch", erwiderte er. „Aber ich habe noch etwas anderes gefunden, dort unter dem Tisch."

Wie? *Etwas anderes gefunden*? Was – meinte er damit? Was konnte er anderes dort gefunden haben?

Eine Sekunde lang verharrte er reglos, so als wäre er sich nicht ganz sicher, ob er es wirklich aussprechen durfte. Doch dann nahm er sich ein Herz.

„Ich ♥ Dich auch. Ruby – sagt dir das etwas?"

Ihr wurde schwindelig.

Das – konnte unmöglich sein!

Sie *hatte* es damals nicht unter die Tischplatte geschrieben! Denn sie hatte seine Botschaft an sie nie gefunden. Nicht als Kind. Erst vor wenigen Tagen hatte sie sie doch noch beantwortet – doch nicht im realen Leben, sondern im … *Traum …*?

„All die Jahre nach dem Unfall habe ich gedacht, du magst mich nicht …", fuhr er fort, offenbar ohne zu bemerken, was seine Worte in ihr auslösten.

„Aber … wieso nur …?“, wollte sie wissen.

„Weil du weggelaufen bist, Ruby! Das ist das Letzte, an das ich mich vor meiner Abreise erinnerte. Vor dem Unfall.“

„Aber das … war doch nur, weil ich so überrascht war … wir waren Kinder, Noah! Du warst neun, ich war acht!“, schluchzte sie.

Er nickte zustimmend.

„Ja, aber ich hatte keine Chance mehr, dich danach zu fragen. Ich konnte niemanden mehr fragen …“

Nun war sie es, die nickte, schniefend.

„Irgendetwas hat mich nach St Ives zurückgebracht“, sagte er. „Rachel und ich, wir waren kurz davor zu heiraten. Und dann dieser … absolut … unnötige … Streit kurz vor Weihnachten. Sie ist nach New York geflogen, wo ihre Familie lebt und wo sie einen neuen Job antreten wollte. Und ich? Nun, ich hatte keine Familie. Aber aus irgendeinem Grund war ich nicht bereit, England ein für alle Mal hinter mir zu lassen – trotz allem, was mir hier passiert ist. Also bin ich einfach losgefahren. Und da ich nicht wusste, wohin, bin ich in Cornwall gelandet – in St Ives. Nach all der Zeit … ich … hatte einfach das Gefühl, dass ich lange genug vor meiner Vergangenheit weggelaufen bin. An dem Abend bin ich einfach nur mit meinem Surfbrett raus aufs Meer, um einen klaren Kopf zu bekommen. Dann zog der Sturm auf, ich wurde gegen die Klippen geschleudert, und alles war schwarz.“

Er machte eine Pause, als wäre es zu anstrengend, noch weiterzureden. „Und dann tauchst *du* plötzlich in meinem Traum auf – und küsst mich. Und ich wache aus all dem auf.“

Was um Himmels willen ging hier vor sich?

Ruby hatte das Gefühl, sich an dem kleinen Friedhofsmäuerchen abstützen zu müssen, so schwindelig war ihr. Träumte sie noch immer – oder war das hier die Realität? Das echte Leben? Es konnte unmöglich sein. Aber sie konnte sich auch schlecht in den Arm kneifen, hier und jetzt vor seinen Augen.

Noah machte einen Schritt auf sie zu.

Sie waren nur noch Zentimeter voneinander entfernt.

Ganz vorsichtig legte er seine Hand an ihre Wange. Sie fühlte sich warm und vertraut an.

„Das war kein Traum, oder?", fragte er mit einem tiefen Blick in ihre Augen.

Es war der Moment, in dem Ruby endgültig den Halt verlor.

„Nein ... ", schluchzte sie. „Ich glaube nicht."

„Gilt das, was du geschrieben hast, auch heute noch?", fragte er.

„Glaub mir, es ist noch nicht so lange her, dass ich es geschrieben habe", erwiderte sie. „Es kommt mir vor, als wäre es gestern gewesen."

Im Grunde war es auch nicht viel länger her.

Er lächelte sie an, mit seinen leuchtend grünen Augen, die sie nie wirklich vergessen hatte.

„Und ich falle nicht zurück ins Koma, wenn ich dich jetzt küsse?", fragte er sie.

Ruby schüttelte vehement den Kopf.

„Und wenn, dann komme ich mit dir", versprach sie ihm, während er sie mit einem unendlich sanften Ruck an sich zog. Und dann seine Lippen auf ihre legte, so sachte und zärtlich, als wären sie aus Sternenstaub gemacht – oder sollte man sagen: *dem Stoff, aus dem die Träume sind?* – und könnten jeden Moment in sich zusammenfallen.

Sich einfach auflösen.

So wie Ruby es in dieser Sekunde in Noahs Armen tat.

„Ach ja", sagte er, als sie wieder zu Atem kamen. „Das hier hätte ich fast vergessen."

Er zog einen Umschlag aus seiner Manteltasche. „Der ist für dich – lag auf dem Küchentisch im Cottage."

Ruby nahm den Brief verwundert an sich.

Auf dem kleinen blütenweißen Briefumschlag stand in einer blumigen, geschwungenen Handschrift nur ein einziges Wort.

Ihr Name:

Ruby.

Um ein Haar blieb ihr Herz stehen, denn sie kannte diese Handschrift.

Mit zitternden Fingern öffnete sie das Kuvert und holte ein weißes Blatt Papier hervor. Es standen nur ein paar Sätze darauf.

„*Liebe Ruby*“, las sie laut. Und hielt dann inne, denn ihr versagte die Stimme.

Patrick und ich genießen die Zeit unseres Lebens! Nie zuvor war ich so glücklich wie in diesem Augenblick, der mich auf ewig begleiten wird. Ich wünsche Dir, dass auch Du mit Noah das Glück findest. Nutzt Eure Zeit.

Dich ewig liebend, Deine Tilda.

Es war, als würde jemand den Boden unter Rubys Füßen wegziehen. Gott sei Dank hielt Noah sie fest in seinen Armen.

Wie – war das möglich?

Es konnte sich nur um den Brief handeln, den Tilda geschrieben hatte, als sie gemeinsam in das alte Cottage am Meer zurückgekehrt waren. Sich zurückträumend in den Sommer 1997.

Träumend, wohlgemerkt.

Aber das hier – der mit dunkelblauer Tinte beschriebene Briefbogen in ihrer Hand – war so real, wie ein Brief nur real sein konnte. Ruby kniff die Lippen zusammen.

Noahs besorgter Blick signalisierte ihr, dass auch er es bemerkt hatte.

„Hey, ist alles in Ordnung?“, fragte er. „Schlechte Nachrichten?“

Doch sie schüttelte nur den Kopf, um ihren Tränen dann endgültig freien Lauf zu lassen.

„Nein, keine schlechten Nachrichten“, schluchzte sie, während sie ihren Kopf sanft an Noahs Schulter bettete. „Das Gegenteil. Das glatte Gegenteil.“

Sie fühlte Noahs Hand, die tröstend über ihr Haar strich. Dabei musste sie gar nicht getröstet werden – das Glück flutete sie wie eine mächtige Welle.

„*Danke für die Nachricht, Tilda. Ich liebe dich auch …*“, flüsterte sie in Gedanken. Sie wusste nun, dass ihre Großmutter zuletzt doch noch dort angekommen war, wo sie ihr Leben nicht hatte verbringen können: zu Hause.

In Patricks Armen.

Zärtlich schlang Ruby ihre Arme um Noah. Und ließ sich fallen in diesen Augenblick, der sich anfühlte, wie sich nur ein Traum anfühlt.

In der Sekunde, in der er wahr wird.

Wir alle kämpfen. Um nicht allein zu sein auf dieser Welt. Um lieben zu dürfen. Um geliebt *zu werden*.

Denn darum geht es im Leben.

Tilda hatte gekämpft.

Patrick hatte gekämpft.

Noah hatte gekämpft.

Und auch sie, Ruby, kämpfte.

So wie du – jeden Tag.

Um deinen Traum vom Leben wahr zu machen. Um deinen ganz eigenen, nur für dich bestimmten Weg zu gehen. All das ist nicht leicht, ganz bestimmt nicht. Aber die Wahrheit ist, du kannst es schaffen.

Nur eines darfst du niemals, niemals, niemals tun:

Aufgeben.

Eines wurde Ruby in dieser Sekunde endgültig klar:

Wir werden geboren.

Wir sterben.

Dazwischen jedoch sollten wir …

Blühen!

Strahlen!

Glühen!

Leben.

– ENDE –

„Only you know how
To hear me through the silence.“
Sinead O’Connor

Hund: Freundschaft, Loyalität

Lexikon der Träume

♥

Für Carlos (1999–2015)

Du hast mein Herz gestohlen, als du zu mir kamst.
Und du nimmst es dorthin mit, wo du jetzt bist.

Ich liebe dich, kleine Hupe.

MERCI

Ich danke meiner Lektorin Sarah Hielscher, Tania Krätschmar und allen bei MIRA, die dabei geholfen haben, dass dieser Traum wahr wird. Meinen treuen Freunden Tordis Stöckmann und Marcus Gaida, die mit mir durch dick und dünn gehen. Meinem Sohn Irwy für sein gutes Herz und sein süßes Pfannkuchenlächeln. Doktor Jose Morcate dafür, dass er mir bei dieser unmöglichen Operation freundschaftlich assistiert hat. Roberto, Cristo und Pilar mitsamt Familien für ihre Gastfreundschaft, die mir geholfen hat, die Geschichte von Ruby, Noah und der Traumweberin unter schwierigen Bedingungen zu schreiben.
Detlef Krause für seine schönen Illustrationen.
Dem fabelhaften MIX in La Pineda.
Und last but not least dir, meiner Muse – dem lebendigen Beweis, dass wir uns nur in Engel verwandeln müssen, um endlich im Himmel leben zu können.

Lesen Sie auch von Ben Bennett:

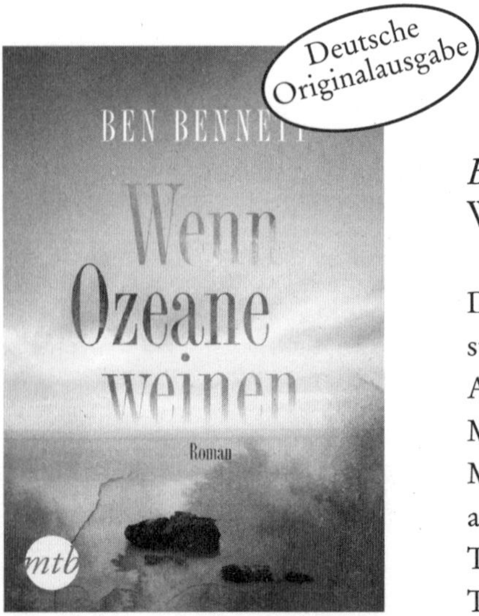

Band-Nr. 25837
9,99 € (D)
ISBN: 978-3-95649-180-1
eBook: 978-3-95649-473-4
304 Seiten

Ben Bennett
Wenn Ozeane weinen

Die Liebe ist ein unwiderstehlicher Sog. Das lernt Amber Wood als kleines Mädchen, als sie mit ihrer Mutter in das gläserne Haus am Pazifik zieht. Vom ersten Tag an hat sie nur Augen für Taylor, den Sohn der Familie Teagarden. Als dieser bei einem Bootsunfall von der rätselhaften Mandy gerettet wird, beginnt eine so geheimnisvolle wie magische Dreiecks-Liebesgeschichte.

Eine Saga über die große Liebe, unerfüllte Sehnsucht und ewige Freundschaft – so groß wie der Ozean, dessen Geheimnisse bis heute verschlossen für uns alle in dunkler Tiefe liegen …

Deutsche Originalausgabe

Danielle Stevens

Im Tal der Kolibris

Hamburg, 19. Jh.: Mit bangem Herzen umklammert Charlotte ihr Medaillon – das Einzige, was ihr von ihrer geliebten Mutter geblieben ist. In wenigen Minuten wird sie ins ferne Chile aufbrechen. Dort soll sie den Großgrundbesitzer Miguel Duarte heiraten. Doch das Schicksal hat anderes im Sinn …

Band-Nr. 25829

9,99 € (D)

ISBN: 978-3-95649-170-2

eBook: 978-3-95649-434-5

304 Seiten

Pia Engström

Die Schärenärztin

Nie wollte Hanna in die Abgeschiedenheit der schwedischen Schären zurückkehren. Doch als ihr Vater Hilfe in seiner Arztpraxis braucht, reist die junge Chirurgin zurück. Schon bald lernt sie die neue Aufgabe als Schärenärztin zu schätzen. Doch als sie eines Tages die kleine Maja aus Seenot rettet, wird sie jäh von der Vergangenheit eingeholt …

Band-Nr. 25846

9,99 € (D)

ISBN: 978-3-95649-192-4

eBook: 978-3-95649-439-0

304 Seiten

Deutsche Originalausgabe